Allenamento in Palestra

Copyright © 2021 Juicy Gems Publishing

Tutti i diritti riservati. Nessuna parte di questa pubblicazione può essere riprodotta, distribuita o trasmessa in qualsiasi forma senza il previo consenso dell'autrice.

A cura di Robin Morris

Seguitemi sui social media, per rimanere aggiornati sulle nuove uscite, annunci e premi in palio!

www.cassiecoleromance.com

Altri libri di Cassie Cole (italiani)

Una tata per un Miliardario
Una tata per i Pompieri
Condivisa tra i Cowboy
Una tata per i SEAL
Condivisa tra i Miliardari
Tre uomini e una tata
Full Contact
Fuoco
I Tre Mercenari
Il Gruppo di Studio
Pacchetto di Natale
Una Tata per Babbo Natale
Sotto la Neve
Allenamento in Palestra

Altri libri di Cassie Cole (inglese)

Broken In
Drilled
Five Alarm Christmas
All In
Triple Team
Shared by her Bodyguards
Saved by the SEALs
The Proposition
Full Contact
Sealed With A Kiss
Smolder
The Naughty List
Christmas Package
Trained At The Gym
Undercover Action
The Study Group
Tiger Queen
Triple Play
Nanny With Benefits
Extra Credit
Hail Mary
Snowbound
Frostbitten
Unwrapped
Naughty Resolution
Her Lucky Charm
Nanny for the Billionaire

Shared by the Cowboys
Nanny for the SEALs
Nanny for the Firemen
Nanny for the Santas
Shared by the Billionaires

1

Katherine

Stavamo camminando per la strada dopo cena, quando uno dei miei nipotini urlò improvvisamente: "Zia Kat! Quando farai un figlio?"

C'eravamo solo noi quattro, a spasso per Denver. Io, mio fratello Darryl e i suoi gemelli, Nathan ed Ethan. Era stata una serata di dicembre pacifica e gelida, fino a quella domanda improvvisa. La schiettezza della domanda mi fece quasi inciampare.

"Nathan!" scattò Darryl. "È una domanda scortese per la zia Kat."

"Perché?" Nathan sembrava completamente confuso, come è normale per un bambino di sette anni. "Angela, che abita in fondo alla strada, ha un sacco di cugini. Perché noi non abbiamo neanche un cugino per giocare?"

Prima che Darryl potesse rimproverarlo di nuovo, gli misi una mano sul braccio. La domanda non mi aveva infastidito, anche se mi aveva colto alla sprovvista. "Non c'è problema. Vedete, ragazzi, non so quando avrò dei figli. Un giorno, prima o poi."

"Ma perché?" chiese Ethan.

"È solo che non ho ancora trovato il ragazzo giusto" risposi, "e non ho fretta. Inoltre, ho il mio negozio di dischi. È come avere un grande bambino con le pareti di mattoni."

"Gli affari vanno ancora a gonfie vele, vero?" chiese Darryl.

Gli affari stavano andando alla grande. C'era un grande ritorno dei dischi in vinile e il mio negozio, Vinyl High Records, stava godendo di questa rinnovata popolarità. Le vendite erano cresciute ogni trimestre per tre anni consecutivi, e non mostravano segni di rallentamento.

"Va abbastanza bene" dissi. Non mi piace vantarmi, nemmeno con mio fratello maggiore.

"Ci passi molto tempo" sottolineò Darryl.

"Abbiamo ampliato la nostra offerta" gli spiegai. "Non solo abbiamo una scelta più ampia di album musicali in vinile, ma ci stiamo espandendo anche negli audiolibri."

"Gli audiolibri? Su un disco in vinile? La gente li comprerà davvero?"

"Lo spero proprio, perché ho un carico enorme in arrivo, la prossima settimana."

Ethan mi tirò il cappotto. "Significa che non hai molto tempo libero?"

Scoppiai a ridere. La mia lista di cose da fare era lunga quattro pagine e appena cancellavo un impegno, ne apparivano altri due. Gestire la propria attività significa lavorare sedici ore al giorno, sette giorni a settimana, ma non l'avrei cambiata per niente al mondo.

"È vero, non ho molto tempo libero" risposi.

Nathan diede una gomitata a suo padre e sussurrò: "Non credo che le piacerà il suo regalo di Natale."

"Shh" rispose lui.

"Perché?" gli chiesi. "Che cos'è?"

"Lo vedrai" disse Darryl.

Girammo l'angolo e arrivammo su Magnolia Street, che era una zona emergente di Denver. Il nuovo edificio all'angolo era ancora in costruzione e una volta completato sarebbe stato enorme. Mentre passavamo, guardai nelle finestre, ma non c'era alcun indizio di cosa sarebbe diventato. *Spero che sia un ristorante*, pensai. Lavoravo spesso fino a tardi nel negozio, e sarebbe stato bello avere un nuovo ristorante dove ordinare cibo da asporto.

Vinyl High Records era nel terzo edificio sulla destra. La vista di quel negozio mi faceva sempre sorridere, anche quando i tempi erano duri. Avevo costruito l'attività da zero. Era tutta mia.

"Perché siamo venuti qui, zia Kat?" chiese Ethan.

Tirai fuori le chiavi e aprii la porta. "Apro solo per voi due. Come regalo di Natale, ognuno potrà scegliere un disco!"

Appena aprii, i ragazzi strillarono felici ed entrarono di corsa nel negozio. Spinsi l'interruttore vicino alla porta e il locale si riempì di luce. C'erano otto file di album, suddivise per genere musicale. Ethan e Nathan corsero dritti all'ultima fila, contraddistinta dal cartello *Rock*.

"Allora non scherzavi ,quando hai detto che adorano i dischi in vinile."

Darryl ridacchiò. "A loro piace guardarli girare sul giradischi. Per loro, è più magico della musica che esce dai telefoni." Alzò leggermente la voce. "Decidete velocemente! La mamma ha detto che la cena di Natale sarà in tavola alle sei!"

I due erano troppo occupati a rovistare tra le copertine quadrate degli album e non si accorsero neanche che il loro padre aveva detto qualcosa. Darryl scosse la testa.

"Va bene Kat, mentre loro scelgono il loro regalo, io ti faccio vedere il tuo."

"Vuoi farmelo vedere?" gli chiesi. "Dov'è?"

Mio fratello maggiore mi prese la mano e mi condusse due porte più giù, dall'altra parte della caffetteria. Quando si fermò davanti alla grande porta a vetri, rimasi sbalordita. Era chiusa perché era Natale, ma dall'altra parte del vetro, nella penombra, intravvidi file di tapis roulant ed ellittiche.

Guardai il cartello sopra la porta.

ROCKY MOUNTAIN FITNESS

"Una palestra?" dissi. "Non capisco..."

Senza parlare, mi porse una busta da lettere. La aprii, tirai fuori i fogli e lessi tutto avidamente.

"Darryl! Ti ho detto che non volevo l'abbonamento della palestra!"

Lui alzò un dito. "No, mi hai detto che la Rocky Mountain Fitness era troppo cara per te. Ho eliminato il problema del prezzo, comprandoti un abbonamento Platinum di dodici mesi."

Guardai mio fratello. "È un po' come quella pubblicità scema dove il ragazzo regala a sua moglie una bicicletta Peloton. Stai cercando di dirmi qualcosa?"

"Oh, andiamo, Kat. Non c'entra niente. Mi hai detto che la tua risoluzione del nuovo anno era di ricominciare a fare esercizio come quando eri al college. E hai detto che la tua ultima visita dal dottore non è andata benissimo. Ti sto aiutando a raggiungere i tuoi obiettivi."

Aveva ragione: la mia salute non era più quella di una volta. Il dottore aveva detto che la pressione stava iniziando a salire e che stavo diventando sempre più insulino resistente. Aveva affermato che entro un anno avrei potuto diventare pre-diabetica. Nonostante ciò, avevo continuato a mangiare fast food a pranzo ogni giorno e avevo sempre una vaschetta di gelato nel congelatore.

Sapevo di dover fare dei cambiamenti nelle abitudini di vita, ma iniziare era così difficile, soprattutto perché ero sempre occupatissima.

Lanciai un'occhiata ai documenti. Non indicavano il prezzo, ma sapevo che un abbonamento regolare costava trecento dollari al mese. Non volevo neanche pensare a quanto gli fosse costato l'abbonamento Platinum.

"Non ho bisogno di un costoso abbonamento in palestra per ricominciare a fare esercizio" sostenni. "Posso andare a fare jogging all'aperto, gratuitamente..."

Darryl scoppiò in una sonora risata, che sprigionò un grosso sbuffo bianco davanti alla sua faccia. "Adesso ci sono -6 gradi e stai letteralmente tremando! Sarebbe troppo facile, rimandare fino a quando farà più caldo. Potrebbero mancarci vari mesi. Inoltre, la palestra è proprio sulla strada del tuo negozio. Non avrai scuse per essere pigra." Mi afferrò per le spalle e mi guardò pazientemente. "È tutto a posto, puoi rimetterti in forma, come dici da anni. L'iscrizione inizia il giorno di Capodanno ed è compreso anche il personal trainer. Farai scintille, Kat. Lo sento."

Darryl era sempre stata la persona più solidale con me, soprattutto dopo la morte dei nostri genitori. Era la spalla su cui piangere quando ero a terra, ed era lui che mi spingeva avanti quando ne avevo bisogno. E in quel momento, avevo bisogno proprio di quello.

Lo strinsi forte tra le braccia. "È molto gentile. Grazie."

"A cosa servono i fratelli maggiori?"

"Oltre a farti i dispetti da piccoli?"

"Ehi. È un bel po' che non ti faccio un piccolo dispetto."

Tornammo verso il negozio. "Quindi, è per questo che i gemelli hanno pensato che fosse un brutto regalo? Perché non ho molto tempo libero per andare in palestra?"

Darryl fece una smorfia. "Beh... sì. Speravo che ti sarebbe stato più facile andare a una palestra vicino al tuo negozio, ma se non hai molto tempo libero per andarci..."

"Posso trovarlo" dissi rapidamente. "La vicinanza al lavoro aiuta molto."

Nel fondo, sapevo che era una bugia. Sarebbe stato impossibile aggiungere alla mia agenda già piena, anche solo mezz'ora di palestra qui e là. Ma era un regalo molto dolce, e volevo che Darryl sapesse quanto lo apprezzavo.

Appena tornammo al negozio, i gemelli alzarono tra le mani i dischi che avevano scelto, urlando. Nathan mi consegnò un album con il disegno di una fiamma dorata sulla copertina.

"Ti piacciono gli Audioslave?" gli chiesi.

Nathan sorrise: "Sì."

"Hanno preso i buoni gusti musicali da me" si vantò Darryl.

"Più che altro li hanno presi dalla loro zia figa. Se non sbaglio tu ascoltavi gli Hanson, da giovane."

"Ehi! Gli Hanson non erano così male."

Mentre discutevamo su chi avesse i gusti musicali più imbarazzanti, la mia mente si diresse alla grande palestra e alla decisione di rispettare, finalmente, la risoluzione del nuovo anno.

2

Katherine

Pensai alla palestra per tutta la settimana.

Quando ero più giovane, il fitness occupava una parte molto importante nella mia vita. Darryl era il ragazzino secchione, mentre io ero l'atleta. Giocavo a softball, e d'estate ero sempre nella squadra del quartiere. Poi, al liceo correvo la corsa campestre. Non avevo il livello per entrare nella squadra del college, ma avevo continuato a correre durante gli anni dell'università.

Fino all'incidente d'auto dei miei genitori.

Non ho molti ricordi dei mesi successivi alla loro morte. È tutto sfocato. L'aspetto più crudele della tragedia è che non sono sopravvissuti, ma sono rimasti in ospedale tanto a lungo da accumulare un debito colossale per le spese mediche. Io mi assentai dall'università per un semestre, per aiutare Darryl a sistemare la situazione finanziaria e a vendere la casa. Alla fine, non restò quasi più un soldo.

Un semestre di assenza diventarono due, e alla fine abbandonai completamente. Quell'anno, ero emotivamente distrutta. Riuscivo appena a trovare la forza di scendere dal letto, figuriamoci vestirmi e andare a fare esercizio.

L'unica cosa che mi salvò fu Darryl, che mi convinse a seguire il sogno della mia vita e aprire un negozio di dischi coi soldi che rimanevano dei nostri genitori. Da allora, avevo riversato tutte le mie energie nella ditta e non avevo avuto tempo di fare nient'altro.

La settimana dopo Natale passò in fretta. Ogni giorno, passavo davanti alla Rocky Mountain Fitness e cercavo di non guardare dentro. Non avevo proprio il tempo, e non volevo farmi delle false speranze.

Una sera, aprii il diario per scrivere la mia risoluzione di Capodanno. L'ultima, l'avevo scritta quasi un anno prima, il primo gennaio:

1. Ricominciare a correre
2. Perdere dieci chili
3. Mangiare più sano
4. Essere soddisfatta di come sono

Strappai quella pagina e ricopiai le stesse quattro frasi.

La mia vittoria più grande della settimana fu comprare un'insalata per cena, una sera tornando a casa. Ma dopo l'insalata, mi sembrava di avere ancora un buco nello stomaco e alla fine cedetti e mi feci una bella ciotola di gelato, ma senza metterci lo sciroppo di cioccolato. Mi sembrò già un buon progresso.

Il trentuno dicembre, finalmente mi fermai a guardare all'interno della RMF. C'era gente che si allenava sui tapis roulant e sulle ellittiche, e sembravano tutti molto sani e in forma.

Poi vidi il mio riflesso sul vetro. Non ero proprio grassa, ma i jeans mi andavano stretti e avevo la faccia un po' troppo rotonda. Non ero più la ragazza magra e atletica di cinque anni prima. Nel profondo, volevo tornare ad essere come ero e forse, questa era la spinta di cui avevo bisogno.

Se solo avessi avuto il tempo...

Poi entrai nel Vinyl High Records, che era già aperto. Paul, il mio unico impiegato, mi fece un gesto di saluto dal bancone, mentre assisteva un cliente. Era il tipico sballato di Boulder, un ragazzo cicciotto che indossava sempre la stessa felpa col cappuccio e si riempiva di profumo per coprire l'odore dell'erba. Ma lavorava sodo e per la musica era un genio.

Stava spiegando al cliente: "I Gunship sono molto più melodici di tante altre band elettroniche." L'altro ascoltava un album con un paio di cuffie enormi. "Specialmente sul vinile. Senti quel sintetizzatore sullo sfondo? È molto più chiaro che sul supporto digitale."

Il cliente si tolse le cuffie. "Mi hai convinto. Lo prendo."

"Ottimo!" disse Paul. "E se ti è piaciuto quello, ascolta il nuovo LP dei Lazerhawk..."

Già a quell'ora c'era una folta clientela: una sorpresa piacevole. Mi aspettavo che gli affari rallentassero, dopo Natale, invece c'erano un sacco di clienti che venivano a riscuotere dei buoni regalo, e di solito spendevano di più dell'ammontare del buono regalo, e portavano anche degli amici.

Chiesi a qualche cliente se aveva bisogno di assistenza, poi andai sul retro a posare la borsa. Oltre l'assistenza dei clienti e le vendite, la maggior parte del mio lavoro era di gestione. Contabilità, pubblicità su Facebook, gestione dell'inventario. Tutto ciò che comporta una piccola impresa.

E non solo, dovevo anche decidere che tipo di musica vendere nel negozio. Non basta guardare la Top 100 e comprare dieci copie di ogni disco. Chi ascolta i dischi in vinile, di solito è attirato da alcuni generi in particolare, come il classic rock, l'elettronica, il jazz e l'heavy metal quindi, prima di ordinare, dovevo fare una cernita. Paul era bravo a darmi consigli sull'elettronica, ma la decisione finale toccava comunque a me. Per non parlare del fatto che dovevo ascoltare tutti gli altri generi. Alla fine, passavo probabilmente venti ore a settimana ad ascoltare musica.

Presi uno degli album più recenti dalla pila che avevo sulla scrivania, tirai fuori il disco dalla copertina e lo misi sul mio bel TEAC TN-400S vintage.

Mentre ascoltavo l'album (che purtroppo non era molto bello) feci un po' di contabilità di fine anno, che avevo rimandato da qualche tempo: il controllo delle transazioni in Quickbooks e la suddivisione in categorie per la dichiarazione delle tasse. Mentre lavoravo, la mia mente andava alla Rocky Mountain Fitness. Sarei riuscita a trovare il tempo? Di solito arrivavo al lavoro verso le otto di mattina e ci restavo fino alle nove o le dieci di sera. Se fossi riuscita a svegliarmi prima, avrei potuto andare a fare esercizio prima del lavoro.

Certo, dire di svegliarsi prima è più facile che farlo.

A mezzogiorno, diedi il cambio a Paul per lasciarlo andare a pranzo. Quando lui tornò, fu il mio turno di uscire per la pausa pranzo. C'era un'ottima panineria in fondo alla strada, e avevo già voglia di uno dei loro panini al tacchino e formaggio.

La Rocky Mountain Fitness era proprio sulla strada. Mentre gli passavo davanti, uscì un ragazzo molto bello. Mi vide e mi tenne la porta aperta.

"Vuoi entrare?" chiese con una voce profonda e invitante.

"Sì" dissi automaticamente, "devo entrare."

E così, entrai in palestra. La mia palestra.

Mi trovai nell'atrio. A sinistra c'era la reception e a destra i corridoi degli spogliatoi. Di fronte a me, verso l'entrata della sala, c'era una colonnina con un lettore di codici a barre. Una donna passò, scannerizzò il braccialetto sulla colonnina, si accese una luce verde e lei entrò.

"Benvenuta alla Rocky Mountain Fitness!" disse allegramente una donna molto atletica, alla reception. "Desidera informazioni?"

"Ehm... beh, stavo solo guardando."

"Vuole che le mostri la palestra? Quando l'avrà vista, vorrà sicuramente iscriversi!"

"Veramente, sono già iscritta" le dissi. "Mi hanno regalato l'iscrizione per Natale."

"Ah, allora devo proprio mostrarle la struttura! Come si chiama?"

"Katherine Delaney." Feci un cenno con la testa. "Ma stavo solo dando un'occhiata. Non ho portato i documenti e devo andare..."

"Torno subito!" La ragazza scomparve nella stanza del retro, come un elfo indaffarato.

Nel frattempo, guardai nella sala adiacente, che era piena di attrezzature e dalla quale proveniva il rumore regolare delle macchine. Non avevo programmato di visitare la struttura quel giorno, e non pensavo a nient'altro che al gustoso panino al tacchino. Il brontolio dello stomaco mi ricordò il vero motivo per cui ero uscita.

Stavo per andare via, quando la ragazza tornò, e non era sola.

3

Katherine

Il ragazzo che tornò insieme a lei era uno degli uomini più muscolosi che avessi mai visto. Il suo petto premeva forte dentro la canotta della Rocky Mountain Fitness e le braccia erano come pilastri di pietra scolpita che oscillavano ai lati del suo splendido busto. I pantaloncini da palestra che indossava sarebbero stati larghi per un uomo normale, ma sulle sue cosce da tronco d'albero erano stretti.

"Benvenuta da noi, Katherine" disse con voce profonda e un sorriso era caldo e invitante. "Io sono Finn."

Ci stringemmo la mano. Tutta la mia mano scomparve nella sua calda presa, che era delicata nonostante le dimensioni. Distolsi lo sguardo dal suo corpo per guardarlo negli occhi, marroni come il caffè. Aveva il viso squadrato, con zigomi scolpiti e la mascella prominente. E i capelli corti e neri, con la riga perfetta di lato.

Mi sorrise come se fossi la sua migliore amica.

"Sei già stata qui, Katherine? O vuoi fare un giro della palestra?"

Il mio cervello si era imballato, quindi riuscii solo a dire: "Sì."

"Sì, eri già venuta, o sì, ti piacerebbe fare un giro?"

Stupida Katherine. Riprenditi! È bellissimo, ma è solo un

ragazzo. Un ragazzo sexy e affascinante...

"No, non ero mai venuta prima" dissi. "E sì, vorrei fare il giro della palestra. Per favore."

Finn annuì, come se non avesse notato che stavo balbettando. "Splendido. Da questa parte, nella sala cardio principale..."

Superammo la colonnina ed entrammo nella sala. Era un'area aperta enorme, con il soffitto di almeno 10 metri. Al primo piano c'erano file di attrezzature cardio: tapis roulant, ellittiche, cyclette e attrezzature secondarie come stepper. Al secondo piano c'era un balcone che girava attorno a tutto lo spazio, con altre cyclette e tapis roulant. Circa la metà dell'attrezzatura era occupata; si sentiva un'orchestra di macchine che giravano e ronzavano. Sulle pareti c'erano decine di televisori, sintonizzati su vari canali via cavo. Su alcuni schermi appariva una strana lista di nomi e punteggi.

Finn allargò le braccia muscolose e sorrise. "Ti do personalmente il benvenuto alla RMF. Questa è la sala cardio principale, come puoi vedere. Vicino ai muri ci sono distributori di asciugamano con dispenser di salviette disinfettanti, per pulire la macchina dopo l'uso. In ogni macchina c'è un jack audio, e puoi sintonizzarti su uno dei televisori o sulla stazione radio della palestra. La sala pesi è da questa parte..."

Nella sala successiva imperava il suono dei pesi di metallo. Lungo un'intera parete erano istallate le rastrelliere per squat, con bilancieri e piatti Olympics. Al centro della sala c'erano le panche per i pettorali, dove uomini e donne alzavano bilancieri di pesi sotto gli occhi degli assistenti. Sulla parete opposta a quella degli squat rack c'erano scaffali con un milione di manubri e kettlebell di ogni dimensione.

"La palestra della boxe è qui" continuò Finn. "Abbiamo vari sacchi da boxe, pere e due ring." Sul ring, due donne si stavano studiando, muovendosi con cautela in attesa di fare la prima mossa. Una scattò in avanti con una raffica di colpi, ma l'altra si liberò facilmente.

"Oh, io non farò la boxe", dissi con una risata autoironica.

"Non scartarlo, finché non hai provato!" rispose Finn. La sua voce era così profonda e liscia che se fosse stato un lenzuolo sarebbe stato di seta. "Tutti iniziano da principianti. E a volte è bello prendere a pugni qualcosa."

Poi mi condusse nella sala della piscina. Era piena di vapore, ed era almeno dieci gradi più calda delle altre sale. C'erano due persone che nuotavano.

"Quattro corsie di venticinque metri. È acqua salata riscaldata, niente cloro. Non devi preoccuparti che ti resti l'odore di cloro nei capelli per il resto della giornata. Là in fondo c'è la vasca idromassaggio. E quelle porte vanno direttamente negli spogliatoi che hai visto all'ingresso. In questo modo, i nuotatori possono cambiarsi e andare direttamente in piscina senza passare nella zona cardio. Se non ti piace nuotare, abbiamo anche lezioni quotidiane di acquarobics."

Vedendo la piscina, mi tornarono in mente dei bei ricordi. "Da bambina ero nella squadra di nuoto" dissi.

Finn annuì amabilmente. "Che bello! Allora la piscina ti piacerà. La maggior parte dei giorni avrai almeno una corsia tutta per te."

"Oh, non nuoto da molto tempo" dissi. "Non ho nemmeno un buon costume."

"Puoi comprarlo, sai?" precisò Finn.

"Lo so, lo so, è solo che... sì." Scrollai le spalle.

"Ok, ti mostro il piano di sopra."

Tornammo alla sala cardio e prendemmo le scale per il secondo piano. Oltre all'attrezzatura cardio vicino alla ringhiera che dava sulla sala principale, c'erano un sacco di stanze separate. Seguii Finn in una stanza, che era buia e piena di spin bike rivolte verso uno schermo. Il video mostrava una strada di montagna, con una vista incredibile su una valle. Davanti allo schermo, di fronte alle biciclette, c'era un istruttore con un auricolare.

"Manca solo un chilometro alla cima del Mont Ventoux!"

annunciò l'istruttore, che era molto carino. "Dopodiché, è tutto in discesa. Salutate i pedoni che sono venuti a vederci passare!"

L'istruttore si voltò e salutò me e Finn, e poi l'intera classe seguì l'esempio. Sorrisi timidamente e mi guardai intorno nella stanza. C'era anche un altro schermo, con una lista di nomi e punteggi.

"Lui è Max" sussurrò Finn. "È un mio amico ed è il miglior istruttore di spinning che abbiamo. Prima avevamo solo una lezione di spinning al giorno, ma ora abbiamo un programma completo. È una delle nostre attività più frequentate, quindi devi iscriverti in anticipo per avere il posto. E ogni venerdì, qui c'è anche la serata del film. Fanno spinning mentre guardano un film sullo schermo. La scorsa settimana c'era Elf, e questa settimana ci sarà il nuovo film di Avengers."

Uscimmo dalla sala di spinning e continuammo a visitare il secondo piano. "Queste due stanze successive sono per lo Yoga. Le porte sono chiuse perché ci sono lezioni in corso, quindi non li disturberemo. Ce ne sono per tutti i livelli, da principiante ad avanzato. È ottimo per la mobilità e la flessibilità. La prossima è una delle mie stanze preferite... il Rejuvenation Lounge."

La stanza sembrava un centro benessere. C'erano sette persone sedute su grandi sedie, con i piedi sui poggiapiedi e gli occhi chiusi. Però, anziché esserci delle donne a fargli il pedicure, i partecipanti indossavano delle specie di pantaloni gonfiabili.

Finn rise. "Tutti fanno quella faccia, la prima volta che vedono un paio di stivali criogenici. Aiutano nel recupero muscolare, soprattutto per gli atleti che fanno sport di resistenza come i maratoneti o i triatleti. C'è anche una stanza dove facciamo bagni di ghiaccio, e altre stanze individuali dove i personal trainer possono fare massaggi sportivi o offrire assistenza personalizzata."

"Quando facevo corsa campestre, ho sentito parlare degli stivali criogenici" dissi, "ma non li avevo mai visti."

Finn sbatté le palpebre. "Nuoto, corsa campestre... sembri un'atleta tosta, Katherine!"

"Come puoi capire guardandomi, quei giorni sono passati da un pezzo" risposi.

Finn fece una smorfia. "Non vedo di cosa parli. Stai benissimo. Quassù c'è un'altra zona che devi vedere, è la mia preferita."

Mentre uscivamo dal Rejuvenation Lounge, diedi un'occhiata a un volantino sul muro con l'elenco dei prezzi. Dieci minuti con gli stivali criogenici costavano venti dollari. Mamma mia!

Scoprii che la zona preferita di Finn era il Nutrition Bar. Dietro il bancone, un cameriere versò gli ingredienti in un frullatore e lo accese con un ronzio rumoroso. Un uomo si sedette su uno sgabello e si mise a picchiettare pigramente sul suo iPad. C'erano anche degli scaffali e un frigo con ogni tipo di barretta proteica, frullati proteici e spuntini.

"Hai già pranzato?" mi chiese Finn.

"Vado a prendere qualcosa dopo il giro della palestra."

"Guarda, ti preparo un frullato."

Finn andò dietro il bancone e iniziò a prendere gli ingredienti da un frigorifero. Lanciai un'occhiata al menu sul cartello sopra al bancone. Il frullato più economico costava dieci dollari. Mamma mia di nuovo!

Finn sembrò leggermi nel pensiero. "Hai l'abbonamento Platinum, che include cinque frullati gratuiti a settimana. In teoria, la tua iscrizione inizia da domani, quindi questo sarà il nostro piccolo segreto."

Il cameriere spense il frullatore e fischiò. "Un membro Platinum. Tu prendi tutti i migliori, Finn."

"Puoi dirlo forte."

Sbattei le palpebre. "Ho diritto a cinque frullati gratis a settimana? Cos'altro include la mia iscrizione?"

Finn accese il frullatore, lo lasciò funzionare per cinque secondi e lo spense. "Potrai accedere gratuitamente a tutte le lezioni a pagamento e al Rejuvenation Lounge. Oh, e avrai cento ore col sottoscritto."

Feci un salto. "Con te?"

Il suo sorriso accentuò la linea della mascella scolpita. "In realtà, hai cento ore col personal trainer di tua scelta. Ma ecco un piccolo segreto: io sono il migliore."

Il mio stomaco fece un salto mortale all'indietro. Cento ore con questo fusto? Ecco la motivazione per andare in palestra ogni giorno.

"Va bene, ma non mi sto allenando per qualcosa di specifico", ammisi.

Finn mi porse il frullato. "Non è necessario. Posso crearti un allenamento bilanciato, in base all'obiettivo che vuoi raggiungere. Posso insegnarti la postura corretta per gli esercizi, aiutarti nella mobilità con lo stretching, e farti dei massaggi defaticanti. Tutto quello di cui hai bisogno."

Il pensiero che mi facesse un massaggio fu sufficiente a farmi arrossire e cercai di nascondermi bevendo un sorso di frullato. "Mmhh, è veramente buono!"

"Sembri una donna da fragola e banana. Noi usiamo solo ingredienti naturali, senza aggiunta di zuccheri. È un frullato Gladiator Protein, ma abbiamo decine di scelte, sul menu. Io bevo un frullato ogni giorno e non me ne stanco mai."

Seguii Finn al piano di sotto. Avevo un sacco di cose su cui riflettere. E il fatto che la mia iscrizione includeva tutto... cavolo, anche se ci fossi andata anche solo per i frullati, avrei finito per risparmiare qualche centinaio di dollari al mese solo sui pranzi.

E pensare che a Darryl ho regalato solo una giacca da sci.

"Nella nostra struttura, la privacy è un aspetto molto importante", mi spiegò Finn mentre scendevamo le scale. "È severamente vietato fare fotografie. Chiunque venga sorpreso a scattare foto col telefono, viene immediatamente espulso. Le telecamere di sicurezza non sono rivolte sulle attrezzature. Le uniche telecamere di sicurezza sono nell'atrio, nel Rejuvenation Lounge e nel Nutrition

Bar."

"E non c'è un problema di responsabilità? Se succede qualcosa, non volete che ci siano delle prove video?"

Finn scosse la testa. "È più importante che gli iscritti si sentano a proprio agio. Per quanto riguarda la responsabilità, abbiamo molto personale in servizio in ogni momento, e loro sorvegliano le sale."

Passammo sotto uno schermo che non mostrava una trasmissione televisiva. "Cosa sono queste schermate con dei nomi e dei numeri?"

"Oh! Quella è la parte migliore." Finn fece un gesto verso lo schermo. "Facciamo una gara trimestrale di esercizi. I partecipanti accumulano punti per ogni esercizio che fanno. Colin! Ti trovo bene, amico! Qual è il tuo obiettivo di oggi?"

Un iscritto anziano, con i capelli grigi ma il corpo in forma, si avvicinò a una ellittica. "Grazie, Finn. Faccio solo mezz'ora a ritmo di gara."

"Bene. Inizia forte e continua così." Finn si avvicinò a me. Il suo deodorante Old Spice era inebriante. "Hai visto che Colin ha scansionato il suo monitor da polso sulla macchina? Ora la macchina conterà per quanto tempo si allena, e gli assegnerà un certo numero di punti. Ogni trimestre affiggiamo il nome del vincitore e gli diamo un premio."

Sorrisi con aria furba. "Quindi se salgo su un tapis roulant e cammino per diciotto ore al giorno, sono sicura di vincere?"

Finn mi agitò un dito davanti alla faccia. "Furbacchiona. Non sei la prima a pensarci. Il sistema dei punti non si basa solo sul tempo. I punti sono calcolati sulla base della frequenza cardiaca, dell'età e del sesso. Se tu e Colin passaste mezz'ora sul tapis roulant correndo allo stesso ritmo, lui otterrebbe più punti perché è nella fascia d'età tra i sessanta e i settanta anni. Non solo, ma diversi esercizi sono ponderati in modo diverso. Ad esempio, dieci minuti di nuoto valgono più punti di dieci minuti di jogging."

"Il nuoto? Il monitor da polso funziona in piscina?"

"Certamente. Lo scannerizzi a bordo piscina prima di andare a nuotare. L'accelerometro del dispositivo conta quante bracciate fai e quante vasche." Finn indicò lo schermo. "Il ragazzo in testa in questo trimestre, Brody Forrester, nuota molto. Il tuo monitor da polso dovrebbe essere già configurato e ti sta aspettando alla reception."

Tornati nell'atrio, la ragazza allegra aveva davvero preparato il mio monitor da polso. Sembrava un Apple Watch, col polsino di plastica e lo schermo elettronico. Finn me lo allacciò al polso e rimasi colpita dalla gentilezza del suo tocco, per una persona così enorme.

"Come lo senti?" mi chiese. "Dovrebbe essere aderente, per rilevare il tuo battito cardiaco. Quando arrivi, per entrare devi scansionarlo sulla colonnina. Bene, il giro della RMF è finito! Qualche domanda?"

"Penso di aver capito tutto" dissi.

Finn mi strinse di nuovo la mano. I suoi dolci occhi marroni brillarono. "Siamo felici di averti con noi, Katherine. Hai dei bei piani per stasera?"

Mi sentii subito tesa. In primo luogo perché sembrava che stesse flirtando con me, e in secondo luogo per ciò che significa per me il Capodanno. Ripensai a quella notte di cinque anni prima, quando ricevetti la telefonata riguardante i miei genitori...

"Non lo festeggio" dissi.

"Allora domani è un ottimo giorno per iniziare" disse serenamente Finn. "Un nuovo inizio per il nuovo anno."

"Un nuovo inizio" concordai. "A che ora aprite? Non ho visto l'orario, sulla porta."

Lui ridacchiò. "Siamo sempre aperti. Ventiquattro ore al giorno, sette giorni alla settimana. Tranne a Natale e il 4 luglio. Quindi vieni appena ti svegli!"

Mi diede una pacca rassicurante sul braccio, poi tornò nella sala cardio. Lo guardai allontanarsi. Se avevo pensato che dal davanti era bello, di spalle era fantastico. L'ampia schiena sulla vita snella, come una piramide capovolta di muscoli, e il modo in cui quel culetto stretto si muoveva nei suoi pantaloncini...

"Finn è uno dei nostri migliori personal trainer" disse improvvisamente la ragazza alla reception. "Ti piacerà lavorare con lui." Mi sorrise un po' più di prima, con uno sguardo complice.

Uscendo dalla palestra, ebbi la sensazione che avesse ragione.

4

Katherine

Tornai al negozio stordita. Paul stava ordinando gli album su uno scaffale.

Quando mi vide, mi fece: "Woah! Hanno aperto un locale di frullati da queste parti?"

Diedi un'occhiata al frullato che avevo in mano. "L'ho preso alla Rocky Mountain Fitness."

Paul sbuffò e continuò il suo lavoro. "Quella palestra è cara. Avevo pensato di rimettermi in forma un paio di mesi fa ma dovrei trovarmi un secondo lavoro per pagarmela. No, grazie."

"Darryl mi ha regalato l'abbonamento per Natale."

Paul spalancò la bocca. "Woah. Davvero?"

Sospirai. "Non so come farò a trovare il tempo..."

"Tu sei la padrona. Assumi più persone per fare tutte le cose da manager, no?"

"Se solo fosse così semplice" dissi seccamente. "Hai programmi per stasera?"

Un sorriso comparve sul suo viso. "Certo. Vado a una festa in centro con degli amici del college."

Stava per chiedermi cosa avrei fatto io, ma si fermò. Era tanto che lavorava per me, e lo sapeva.

Nel pomeriggio non ci fu molto afflusso di clienti, quindi lasciai uscire Paul prima della chiusura. Mentre stavo alla cassa e assistevo i clienti, pensavo alla Rocky Mountain Fitness e al personal trainer che mi aveva accompagnato a visitare la palestra. A parte la struttura magnifica, allenarmi con Finn sarebbe stata una forte motivazione.

Chiusi prima, lavorai un po' alla contabilità, in ufficio, poi finalmente tornai a casa. Quella sera il mio appartamento mi sembrò particolarmente freddo e vuoto, quando mi rannicchiai sul divano a guardare la TV con un piatto di pasta in mano.

Verso le nove, ricevetti un messaggio da mio fratello:

Darryl: Ti voglio bene, Kat.
Io: Anch'io ti voglio bene.

Non ci dicemmo altro. E non c'era bisogno di dirci altro.

Andai a letto presto e cercai di non pensarci.

La mattina dopo, mi sembrò che la sveglia suonasse più presto del solito. La spensi e mi ricordai che era Capodanno e il negozio oggi era chiuso. Potevo tornare a dormire!

Ma mentre mi rigiravo nel letto, pensavo alla palestra. Un nuovo inizio, lo aveva chiamato Finn. Soprattutto visto che ieri sera non ero uscita a festeggiare. Era il primo giorno dell'anno, una data arbitraria ma psicologicamente importante.

Alla fine, vinse il senso di colpa. Con tutti i soldi che aveva speso Darryl, sarebbe stato orribile da parte mia non provarci neanche.

Mi alzai dal letto, mi feci una doccia veloce e cercai nella cassettiera dei vestiti da ginnastica. Avevo un paio di pantaloni da yoga che avevo ambiziosamente acquistato un anno prima, ma erano diventati i miei pantaloni comodi dei fine settimana e non li avevo mai usati per fare esercizio. Fu ancora più difficile trovare il reggiseno sportivo in fondo al cassetto, e l'elastico stava già cedendo, ma era meglio del dolore delle tette che rimbalzano.

Mi guardai allo specchio. Ero tutt'altro che alla moda e non ero molto entusiasta del mio aspetto, ma il punto era proprio quello. Si va in palestra per migliorarsi.

Mi misi al polso il monitor e mi sentii più sicura di me. Lo strinsi proprio come mi aveva mostrato Finn, stretto ma non troppo. Stava succedendo davvero.

Appena uscii, un vento gelido mi attraversò la giacca. Il mio appartamento era a due isolati da Magnolia Street. Abbastanza vicino che mi sentivo obbligata ad andarci a piedi, ma abbastanza lontano che quando arrivai mi stavo congelando. Appena entrai nell'atrio, l'aria calda della palestra fu un sollievo.

La stessa ragazza allegra di ieri mi sorrise da dietro il bancone. "Buon anno! È un piacere rivederti!"

Sorrisi educatamente e scansionai il mio monitor sul terminale. Nonostante fossero le prime ore di Capodanno, la palestra era più affollata di ieri. Forse è vero che la gente inizia a fare esercizio a Capodanno.

Mi resi conto che non avevo un piano. Mi ero concentrata troppo sullo sforzo di andare in palestra e non avevo pensato a cosa avrei fatto, una volta arrivata. I tapis roulant erano le macchine più vicine, quindi decisi impulsivamente che era da lì che avrei iniziato. Presi un asciugamano dalla pila più vicina e salii su una macchina alla fine della fila. Quando scansionai il monitor, il tapis roulant fece un suono felice.

"Inizierò con calma" mormorai tra me e me. "Solo una passeggiata per riscaldarmi." Dopodiché, avrei fatto una corsa facile di 5 chilometri. Sicuramente ero ancora in grado di farlo. Fissai la velocità a tre e il tappeto iniziò a muoversi sotto i miei piedi.

Mentre camminavo, mi guardavo intorno nella palestra. Il giorno prima, tutti sembravano molto in forma e muscolosi e mi avevano intimidito. Oggi era diverso. Sulle macchine c'erano molte più persone dall'aspetto normale. Il ragazzo sovrappeso sul tapis roulant di fronte a me era sudato fradicio, e il timer del suo tapis roulant mostrava che era lì da quaranta minuti. La donna sull'ellittica due file più un là, indossava jeans e una felpa.

Tutto questo mi fece sentire più tranquilla: non ero l'unica a non sembrare in forma.

Dopo cinque minuti di marcia, mi sentivo piuttosto bene. Alzai la velocità a sei. Era un ritmo di sei minuti al chilometro. Quando facevo corsa campestre, sarebbe stato facilissimo.

Nel primo minuto, fu facile. Il mio ritmo cardiaco aumentò e correvo sul tapis roulant come se stessi volando sulle nuvole. Mi concentrai sulla forma, con le braccia strette ai fianchi e la schiena dritta.

Presto, iniziai a fare più fatica e a sudare sul viso e sul collo. Sentivo che pesavo più di una volta. I piedi sembravano diventati di cemento e battevano pesantemente sul tapis roulant ad ogni passo. Cominciai a sentirmi a disagio per le oscillazioni del tapis roulant sotto il mio peso.

Scommetto che tutti mi guardano, pensai. Mi guardai attorno, ma nessuno sembrava accorgersene. Ognuno pensava ai fatti suoi.

Lo schermo mostrava l'elenco delle persone che si stavano allenando. Il nuovo trimestre era appena iniziato e i punteggi erano molto più bassi di ieri. In primo luogo, mostrava la lista complessiva, e poi gli atleti divisi per fasce di età senza distinzione tra uomini e donne. Quando apparve la fascia d'età dai venticinque ai ventinove anni, guardai in su:

FASCIA D'ETÀ 25-29 ANNI

BRODY F: 101
MARCIA J: 29
JAMES P: 21
KATHERINE D: 12

Vedermi già tra i primi quattro mi fece sorridere, anche se era solo la mattina presto del primo giorno dell'anno. Ricordavo che Brody F era il ragazzo che aveva vinto lo scorso trimestre, ed era già in vantaggio nel nuovo anno.

Continuai a martellare sul tapis roulant e arrivai a un chilometro. Riuscivo a malapena a respirare, così abbassai la velocità per marciare. Da quel momento in poi, provai ad alternare corsa e marcia. Un minuto di corsa e uno di marcia.

Presto diventò un minuto di corsa e due di marcia, ma almeno lo stavo facendo. Dovevo pur iniziare da qualche parte.

Cercai di distrarmi pensando ad altro. Pensai al negozio e agli affari che andavano meglio che mai. Quando avrei iniziato a vendere audiolibri, le entrate sarebbero aumentate ancora di più. Pensai al frullato che avrei preso alla fine della corsa. Pensai a quanto fossi fortunata ad avere un fratello maggiore solidale come Darryl.

E pensai anche a ciò che aveva detto mio nipote a Natale: "Zia Kat, quando avrai dei figli?"

Uscire con i ragazzi non era mai stato in cima alla lista delle mie priorità. Beh, non esattamente. Al college uscivo con un sacco di ragazzi. Avevo un desiderio sessuale come... beh, come una studentessa universitaria. Il fatto di essere in forma e attraente mi aiutava molto, e nel mio gruppo di corsa c'erano un sacco di atleti tra cui scegliere.

Quando morirono i miei genitori, abbandonai tutto. Smisi di allenarmi e smisi di uscire coi ragazzi. Poi, finalmente avevo iniziato ad andare da uno psichiatra per uscire da quella depressione e riversai tutto il mio tempo e le mie energie nel negozio di dischi. Sì, mi ero iscritta ad alcuni siti di incontri online nel corso degli anni, ma niente era mai andato a buon fine.

Volevo una relazione, e a lungo termine, una famiglia. Ma in quel momento, sembrava un obiettivo molto lontano. Ethan e Nathan avrebbero dovuto aspettare un po' prima di avere dei cuginetti con cui giocare.

Quando raggiunsi l'obiettivo che avevo fissato, il tapis roulant emise un segnale acustico: cinque chilometri. Cinque chilometri! Ce l'avevo fatta! A quei tempi, cinque chilometri era il riscaldamento prima della corsa vera e propria. Non avrei mai pensato che sarebbe stata un'impresa così grande.

Ma oggi, sembrava un'enorme vittoria.

Per il raffreddamento, impostai la velocità su una marcia lenta. Le gambe mi facevano terribilmente male e sembrava che mi avessero preso a martellate le articolazioni del ginocchio e della caviglia.

"Katherine!" disse una voce dolce e profonda.

A quel suono, mi corse un formicolio lungo la schiena.

5

Katherine

Mi voltai per guardare Finn che si avvicinava al mio tapis roulant. Era sexy come ieri, come una statua di marmo vivente, coi muscoli ben scolpiti. Sembrava che avesse la canotta della Rocky Mountain Fitness dipinta sul petto.

"Sono felice di vederti qui così presto!" disse. "Quando arrivo, guardo sempre i registri delle entrate e mi ha fatto piacere vedere il tuo nome."

"È proprio come hai detto tu: nuovo anno, nuovo inizio" dissi. "Ho appena corso 5 chilometri."

"Fantastico!" Alzò la mano per darmi il cinque. Fu come colpire un blocco di cemento. "Come ti senti?"

"Mi sento bene" dissi, mentendo.

"Bene. Facciamo un po' di stretching, mentre sei ancora calda."

Stretching. Mi immaginai sdraiata sulla schiena con Finn che mi sollevava la gamba in aria per spingerla e stirarla, coprendomi con il suo corpo. Ma con mio sollievo, e un leggero sentimento di delusione, mi condusse nella sala dei pesi, ci sedemmo in un angolo e facemmo degli stiramenti uno di fronte all'altro. Prima allungammo entrambe le gambe e cercando di toccare le dita dei piedi, poi unimmo i piedi piegando le gambe a farfalla.

"Non ne abbiamo parlato durante la visita della palestra, ma ho bisogno di sapere i tuoi obiettivi" disse.

"Obiettivi?"

Annuì: "La maggior parte delle persone che vengono in palestra rientrano in tre categorie. Si allenano per un evento, come una gara, o cercano di perdere peso, o cercano di migliorare complessivamente la salute."

"Ehm, gli ultimi due" dissi. "Diventare più sana va bene, ma io... mi piacerebbe anche perdere un po' di peso."

Feci una smorfia, quando mi resi conto di aver detto una cosa del genere a un ragazzo così robusto e sexy come Finn, ma lui si limitò ad annuire. "Perfetto. Quante volte a settimana pensi di poter venire in palestra?"

Realisticamente, dubitavo di poter trovare il tempo di andarci anche una volta a settimana, però sentii un bisogno irrefrenabile di fare buona impressione su Finn, quindi dissi: "Tre volte a settimana, almeno."

"Molto bene. Hai detto che eri nella squadra di corsa campestre. Preferisci il cardio piuttosto che gli esercizi di resistenza?"

"Immagino di sì. Se voglio perdere peso, il cardio è la cosa migliore, giusto?"

Lui scosse la testa. "Il cardio è ottimo, ma il sollevamento pesi è ancora meglio, per perdere peso."

Feci un salto. "Sul serio?"

"Certo! È un errore comune pensare che il sollevamento pesi ti renda solo più grossa. Il corpo brucia molte più calorie sollevando un bilanciere che andando a fare jogging, e continua a bruciarle molto più a lungo. Vorrei farti fare un programma PPL tre volte a settimana."

"PPL?"

"Push, pull, legs, ovvero pressioni, trazioni e gambe" mi spiegò.

"Un giorno, fai solo esercizi di spinta, poi solo esercizi di trazione, e infine solo esercizi per le gambe. I più forti lo fanno sei volte a settimana, ma per una che inizia, tre volte è abbastanza. Penso che questa routine ti farebbe molto bene, Katherine."

Aveva gli occhi illuminati e pieni di entusiasmo e pensava che mi avrebbe fatto molto bene. "Sei sicuro? Non voglio essere un peso..."

La risata di Finn fu un suono profondo e ricco. "Non è affatto un peso! Ricorda che l'abbonamento Platinum include cento ore di personal training."

"Allora va bene" dissi.

"Perfetto! Cominciamo subito."

Lo seguii fino a una panca piana. Nella sala c'era un'altra donna, quindi non ero l'unica, ma mi sentivo fuori posto circondata da tanti ragazzoni che sollevavano del ferro.

Finn diede una manata sul bilanciere. "Cominciamo con la panca. la regina di tutti i movimenti di spinta." Si sdraiò sulla panca e strinse le dita sul bilanciere vuoto.

"Afferra il bilanciere in questo modo, con le mani alla larghezza delle spalle. Allarga le gambe, con i piedi a terra. Inarca leggermente la schiena. Poi alza il bilanciere dal supporto. Abbassalo delicatamente sul petto. In basso fai una pausa: vietato il rimbalzo. Quello sarebbe barare. Poi, mentre spingi il manubrio in alto, impegna i muscoli della schiena."

Mi dimostrò tutto il movimento. Per un ragazzo della sua taglia, il bilanciere di venti chili sembrava uno stuzzicadenti. Comunque, i muscoli delle sue braccia si piegarono meravigliosamente mentre eseguiva il movimento. Avrei potuto restare a guardarlo tutto il giorno, ma sistemò il peso sul supporto e saltò su.

"Adesso prova tu!"

Mi sdraiai sulla panca, che era ancora calda del suo calore. Scivolai giù fino ad avere il manubrio sopra la faccia. Lo afferrai con entrambe le mani e lo sfilai dalla rastrelliera, tenendolo sospeso in aria.

Lo calai lentamente sul petto, mi fermai con il metallo freddo a contatto con la maglietta, e poi lo spinsi di nuovo in alto.

"Molto bene" disse con entusiasmo. "L'avevi già fatto prima?"

"Al liceo abbiamo fatto un po' di cross-training con i pesi" ammisi. "Ma è stato tanto tempo fa."

Finn mi guardò strizzando gli occhi scherzosamente. "Ehi, io e te abbiamo la stessa età. Non farmi sentire vecchio."

Scoppiai a ridere. "Scusa! Immagino che sembri più di quanto non sia."

"Mettiamoci un po' di pesi. Inizieremo con trenta chili." Prese un paio di piatti da quattro chili da una pila vicina e ne mise uno su ogni lato. Appena lo fece, la panca emise un segnale acustico e un piccolo schermo nel lato lampeggiò: 30.

"C'è una bilancia incorporata nel supporto, così sai quanto stai sollevando. E anche un accelerometro che rileva quale esercizio stai facendo e quante ripetizioni hai fatto. Ora devi solo toccare il sensore con tuo monitor da polso..."

Lo feci, e la panca emise un bip felice, proprio come aveva fatto il tapis roulant.

"Ora puoi iniziare. Voglio che tu faccia tre serie di otto ripetizioni ciascuno."

Mentre eseguivo le otto ripetizioni, Finn mi guardava. Feci una breve pausa tra una serie e l'altra. La prima fu piuttosto facile, ma alla terza sentivo la tensione nelle braccia.

"Ogni settimana aumenteremo il peso" mi spiegò, mentre toglieva i piatti dal bilanciere. "Questa si chiama progressione lineare. Fa aumentare velocemente, soprattutto per i principianti. Poi faremo pettorali con la presa ravvicinata..."

Continuammo a fare esercizi per un'ora. I pettorali con la presa ravvicinata sono proprio come dice il nome: uguali ai pettorali, ma con le mani più vicine tra loro. Poi ci fu la panca inclinata, poi passammo ai manubri per le estensioni dei tricipiti e i sollevamenti laterali.

Per l'ultimo esercizio, le spinte in alto, andammo a uno squat rack. Finn dimostrò come si fa: si mise in piedi nello squat rack con il manubrio di fronte a sé, poi lo alzò dritto in alto.

"Questo è difficile, soprattutto per le donne, quindi il tuo peso di lavoro sarà solo il manubrio" mi spiegò.

Gli feci una smorfia. "Ehi. Perché è più difficile per le donne?"

Allungò una mano e mi premette con due dita sulla spalla. Al contatto della nostra pelle, mi sembrò di sentire una scossa elettrica. "Le donne hanno muscoli deltoidi e trapezi più piccoli. Sono quelli della spalla e della parte superiore della schiena." Mi fece un sorriso disarmante. "Non sono sessista. È così e basta. D'altra parte, le donne sono davvero forti nei quadricipiti e nei polpacci."

Risi. "Cosce più grandi, proprio quello che vogliono tutte le donne."

Finn sorrise. "La vita a volte è ingiusta. Va bene, fa' tre serie da otto, solo col bilanciere."

Imitai quello che mi aveva appena mostrato. Dalla posizione eretta, tolsi il manubrio dal rack e me l'appoggiai sulla clavicola, poi lo spinsi verticalmente in alto. Era davvero un esercizio difficile; portare il manubrio oltre la faccia e sopra la testa mi richiedeva molta concentrazione e sforzo.

"Va bene, ma oscilli un po' troppo avanti e indietro" spiegò Finn. "Continua, mentre io ti stabilizzo."

Mentre abbassavo il bilanciere, mi mise una mano sul fianco e l'altra sulla parte superiore della schiena. Era gentile, ma forte, e mi rese consapevole di come dondolavo, mentre sollevavo il manubrio. Il suo tocco era completamente innocente... ma mi fece comunque rabbrivire. Era così vicino a me che potevo sentire il suo odore maschile e il calore del suo corpo.

Era difficile non eccitarsi, vicino a quell'enorme, splendido esemplare di maschio.

Era già un'ora che sollevavamo pesi. Lui aveva registrato tutti i miei esercizi su un tablet, con degli appunti su come li eseguivo. "Ti invierò questo foglio di calcolo, in modo che tu possa monitorare i tuoi progressi. È motivante vedere i numeri salire, settimana dopo settimana! Come ti senti?"

Scossi le braccia. "Mi sento abbastanza bene! Penso che avrei potuto fare di più."

"Domani sarai indolenzita" mi assicurò Finn. "E anche il giorno dopo. Andiamo a prendere un frullato."

Sorrisi. "Sto pensando al frullato di fragole e banana da quando sono arrivata."

Mentre salivamo, guardai il tabellone segnapunti sul muro.

FASCIA D'ETÀ 25-29 ANNI
BRODY F: 112
KATHERINE D: 85
MARCIA J: 29
JAMES P: 27

"Guarda un po'! Sei al secondo posto!"

"Wow, col sollevamento pesi il punteggio aumenta molto, eh?"

"Certo. I pesi sono ottimi anche per il tuo obiettivo di dimagrire. I muscoli continueranno a bruciare energia per le prossime ventiquattro ore. Si chiama consumo di ossigeno post-allenamento. Bruci calorie mentre stai seduta.

"Ehi, Brody!" disse Finn, quando fummo vicino al Nutrition Bar. "Hai una nuova concorrente nella tua fascia d'età!"

L'uomo seduto al tavolino stava giocherellando con un piccolo tablet, ma lo mise via quando Finn lo salutò. Aveva i capelli corti biondi e gli occhi azzurri penetranti. Aveva i vestiti da palestra umidi di sudore, ma gli stavano perfettamente come se fossero fatti su misura, rivelando un corpo in forma perfetta.

Brody sorrise a Finn, poi a me. "Mi farebbe piacere, un po' di concorrenza. Ho vinto l'ultimo trimestre con un migliaio di punti di vantaggio." Aveva una forza tranquilla che era immediatamente accattivante. Un uomo di poche parole, perché non aveva bisogno di dire molto.

"Cazzo, sì, amico. Li hai distrutti." Finn gli diede una pacca sulla schiena di sfuggita. "E stai iniziando forte anche questo trimestre. Che cosa hai fatto finora?"

"1600 in piscina, poi un raffreddamento di due ore in bici."

Ridacchiai come se stesse scherzando, ma lui aggrottò la fronte. "Aspetta, veramente? Due ore in bici sono il tuo raffreddamento?"

"Beh, sono state due ore leggere. Neanche vicino al mio target aerobico."

"Brody si sta allenando per un triathlon" spiegò Finn, mentre preparava il mio frullato.

"Sul serio? È una gara intensa."

Brody si limitò a scrollare le spalle. "Sì, molto. Ma mi piace."

Gli porsi la mano. "Piacere, io sono Katherine Delaney."

"Brody Forrester. Sei una nuova iscritta?"

"È così evidente che sono una novellina?"

Brody arrossì. "No, non intendevo quello! È solo che non ti ho mai vista."

"Katherine è uno dei nostri iscritti Platinum" intervenne Finn. "È in regola."

"Caspita, Platinum! Ho veramente una concorrente seria, allora?"

Sorrisi e distolsi lo sguardo. Sarebbe stato facile spiegare che mio fratello mi aveva regalato l'abbonamento, ma mi piaceva che Brody mi guardasse come mi stava guardando, con ammirazione.

Finn mi porse il frullato. "Vuoi fare un po' di recupero? Vuoi provare un massaggio, o gli stivali criogenici?"

Lanciai un'occhiata a Brody. "Quelle cose gonfiabili non sono solo uno scherzo? Perché sembrano uno scherzo per i nuovi iscritti creduloni."

"Funzionano davvero. Sinceramente."

Ero tentata, ma scossi la testa. "Ho del lavoro da fare."

"A Capodanno? Il tuo capo deve essere uno stronzo."

Sorrisi e dissi una delle mie battute preferite. "La mia capa è sicuramente una stronza... perché sono io. Ho la mia ditta."

"Ah! Bello" disse Finn.

"Forse la prossima volta" aggiunsi. "Non voglio esagerare, il primo giorno."

"Ottima decisione. Ci vediamo domani." Finn alzò il palmo per darmi il cinque, che ricambiai felicemente. Mi sembrava di avere un compagno di allenamento, non solo un personal trainer.

"È stato un piacere conoscerti, Brody."

Lui annuì, facendo ondeggiare i suoi capelli biondi. "Anche per me è stato un piacere. Spero che vada forte per il resto del trimestre."

Uscii dalla palestra, molto soddisfatta di me stessa.

6

Brody

A differenza della maggior parte dei ragazzi, io sono molto consapevole del fatto che le donne non vogliono essere osservate quando sono in palestra. Ci vanno per allenarsi, non per essere guardate da tutti gli uomini come se fossero degli oggetti. Certo, guardavo tutti gli atleti presenti alla Rocky Mountain Fitness, ma era sempre solo uno sguardo. Un sorriso e un cenno per i clienti abituali, niente di più.

Ma era difficile non ammirare Katherine mentre si allontanava.

Era formosa, con un rapporto anca-vita molto sexy, accentuato dai suoi pantaloni da yoga attillati. Un sederino rotondo come una pesca, e un seno pieno che nemmeno il suo reggiseno sportivo riusciva a nascondere. Aveva dei begli occhi grandi e i capelli rossastri legati in una coda di cavallo che ondeggiava quando camminava. E il sorriso e le guance rosse, come se fosse intimidita da noi...

Mi scoprii intensamente attratto da lei.

"Penso che ti darà del filo da torcere, questo trimestre" disse Finn.

Mi fece uscire dalla trance. "Dici? Pensavo che fosse una novizia."

Finn si appoggiò alla ringhiera e guardò giù, nella sala cardio principale. "Ha fatto la corsa campestre. E oggi coi pesi, ha spaccato. Credo che ce l'abbia nel sangue. Con la giusta motivazione..."

Guardai lo schermo più vicino. Era a soli ventisette punti da me. Certo, era il primo giorno e avevo novanta giorni per mettermi in vantaggio e restarci.

Sollevai il tablet. "Meno male che posso lavorare sulla cyclette. Posso vivere qui, se necessario."

Finn fece un grande sorriso. "Quello è imbrogliare. Quindi resterai a Denver per tutto il trimestre? Quando hai iniziato a venire qui, hai detto che non sapevi quanto tempo saresti rimasto in città..."

"Ci resterò fino all'autunno. Ho intenzione di vincere il concorso ancora una o due volte, prima di tornare in California." Poi ripensai a quello che aveva detto Katherine. "Lei che attività ha?"

"L'ho appena incontrata. Qualcosa di locale, probabilmente."

Ci riflettei. Essendo proprietaria di una piccola impresa, doveva lavorare più ore che un normale impiegato. Non era possibile che potesse venire in palestra tutte le ore che ci stavo io.

Ma sarei stato felice di sbagliarmi e di vederla di più...

Mi alzai dalla sedia e gettai il frullato nella spazzatura. "Rimettiamoci al lavoro."

Mentre passavo, Finn mi diede il cinque. "Continua così, fratello."

Scesi e montai su una cyclette, ma la mia mente si allontanò dai fogli di calcolo e andò alla ragazza che avevo appena incontrato.

7

Katherine

La mattina dopo, quando mi svegliai, mi sembrava che le Montagne Rocciose mi avessero schiacciato.

Girandomi nel letto, mi faceva male lo stomaco e il petto. Avevo le gambe di gomma e mi facevano male anche le palpebre, come se avessi esercitato anche quelle.

Feci un grugnito: "Penso che sto per morire."

Mi resi conto che la sveglia non era ancora suonata. Cosa mi aveva svegliato? Afferrai il cellulare e vidi che avevo un sms:

NUMERO SCONOSCIUTO: Buongiorno, Katherine! Sono Finlay Hadjiev, della RMF. Ecco il link del tuo programma di esercizio PPL. Lo aggiornerò ad ogni allenamento. Se hai qualche domanda, sono a tua disposizione.

NUMERO SCONOSCIUTO: Inoltre, scommetto che stamattina ti fa male tutto. È normale. La cosa migliore da fare, è la guarigione attiva. Una pedalata leggera sulla bici per far fluire il sangue ai muscoli doloranti. Il nostro istruttore esperto di spinning farà una lezione di recupero alle undici e una a mezzogiorno. Dovresti fare un salto! Altrimenti, potrei convincerlo a farti una lezione privata più tardi. Fammi solo sapere i tuoi piani e troveremo una soluzione.

"Finlay Hadjiev?" mormorai. Mi ci volle un minuto per capire che doveva essere Finn.

Poi il contenuto del messaggio mi fece ridere. Era assolutamente impossibile che mi allenassi oggi. Non ero sicura neanche di riuscire ad alzarmi dal letto.

Io: Grazie, ma probabilmente oggi salterò la palestra. Penso che tre volte a settimana sia un buon obiettivo, per me.

Finn: Lo capisco. Ma mi fai un favore? Prepara la borsa della palestra, nel caso cambiassi idea. E in caso contrario, ci vediamo domani.

Mi alzai dal letto e mi preparai per la giornata, poi riempii controvoglia la borsa della palestra con pantaloncini, maglietta e scarpe da ginnastica. Avevo solo un reggiseno sportivo, quindi feci il test dell'olfatto prima di mettere anche quello nella borsa.

Durante la camminata fino al lavoro, sentii che faceva più caldo di ieri. Anche se all'inizio praticamente zoppicavo, le gambe iniziavano a muoversi meglio quando arrivai a Magnolia Street. L'edificio in costruzione all'angolo era già un brulicare di attività: c'era una piattaforma aerea sopra la porta d'ingresso e vicino ad essa era parcheggiato un camion della Denver Decals and Signage. Stavano istallando l'insegna della nuova attività. Incrociai le dita e sperai che fosse un *Panera Bread*.

Salutai Paul e andai nella stanza sul retro a lavorare. Passai qualche ora a rivedere le transazioni di dicembre in Quickbooks e a calcolare i profitti dell'ultimo trimestre. Il numero che ottenni mi mise un grande sorriso sul viso. Era stato il miglior trimestre di sempre, con un ampio margine! Non era sorprendente, visto che per le vacanze c'era sempre la corsa agli acquisti, ma i numeri erano migliorati enormemente rispetto all'anno precedente.

Tirai la testa fuori dalla porta dell'ufficio. "Paul, riceverai un grosso bonus natalizio."

Lui, da dietro la cassa, sbatté le palpebre. "Ah, sì? Va benone!"

Mi sistemai di nuovo sulla mia sedia e guardai la pila di dischi in vinile che dovevo ascoltare. Ma non riuscii a convincermi ad aprirne neanche uno. Avevo voglia di fare esercizio. Quando ero al college, l'allenamento era una parte importante della mia vita. Avevo bisogno di quella scarica quotidiana di endorfine di un buon allenamento, così come avevo bisogno del mio caffè mattutino. Se non l'avevo, ero scontrosa.

Quella mattina, sentivo la stessa sensazione. Il mio corpo voleva che facessi qualcosa per liberare quegli ormoni.

E quel desiderio era sostenuto dal fatto che mi sentivo già benaccetta in palestra. La maggior parte delle palestre sono intimidatorie, per i nuovi arrivati. Ma Finn era molto amichevole, era come un compagno di allenamento, più che un dipendente della RMF. Sembrava che credesse in me come persona, non solo come cliente. Sarei stata contenta di rivederlo, e non volevo deluderlo saltando un giorno.

Presi la mia sacca da palestra, dissi a Paul che andavo a pranzo presto e uscii.

Avrei potuto cambiarmi in ufficio, ma volevo farmi una doccia in palestra dopo l'allenamento. Alla reception non c'era la ragazza allegra, ma un uomo altrettanto cordiale che mi salutò e mi accolse. Scansionai il monitor da polso alla colonnina e andai allo spogliatoio delle donne. Era più bello di quanto mi aspettassi. Grande, pulito e profumato di fresco, non odorante di umido come quello della palestra del liceo. Il prezzo dell'abbonamento era sicuramente giustificato.

Mi cambiai e andai di sopra, al corso di spinning. Vicino alla porta c'era uno schermo che mostrava il programma del giorno:

11:00 - RECUPERO - 32/32 POSTI
12:00 - RECUPERO - 29/32 POSTI
13:00 - FREE SPIN - 14/32 POSTI
16:00 - AVANZATO - 25/32 POSTI

Imprecai. Durante il giro, Finn mi aveva detto che dovevo iscrivermi in anticipo alle lezioni. E la lezione delle undici era piena! Ero in anticipo, quindi sbirciai all'interno della sala di spinning.

C'erano già tre persone in bicicletta, ma non fu quello che attirò immediatamente la mia attenzione. Dall'altra parte della stanza c'era un uomo chino, di spalle. Indossava dei pantaloncini a compressione che stringevano come un guanto il suo culetto compatto. Da dietro, riuscii persino vedere il contorno del suo rigonfiamento. Le cosce e i polpacci erano privi di grasso e aveva dei muscoli che sembravano scolpiti nel marmo.

Finì di allacciarsi la scarpa e si voltò. Era alto e magro, con un viso severo e bello, con linee e superfici dure. Sbatté le palpebre, sugli occhi verdi come l'erba estiva.

"Benvenuta, Katherine" mi disse con tono autorevole. Doveva essere l'istruttore. "Sei qui per la lezione di recupero?"

Feci un salto. "Come fai a sapere come mi chiamo?"

Mi guardò imperturbabile. "Per cominciare, hai l'aria di una che si chiama Katherine." Si fermò, poi aggiunse: "E poi, sopra la porta c'è uno schermo che mostra il nome di tutti quelli che entrano, grazie al monitor da polso, per aiutare noi istruttori a ricordare i vostri nomi."

Mi guardai alle spalle ed effettivamente c'era un piccolo schermo che indicava il mio nome in caratteri grandi e rossi. Un'altra donna attraversò la porta e il nome cambiò, ma il suo era di un altro colore.

"Perché il mio nome era rosso e il suo è verde?" gli chiesi.

L'istruttore, Max, diceva la sua targhetta, fece un mezzo sorriso. "Il verde è per i membri che mi piace vedere. Il rosso è per quelli che odio. Mi dispiace ma sei finita sulla lista degli odiati. Ti farò lavorare più degli altri."

Aveva un tono del tutto serio, ma il mezzo sorriso mi disse che stava scherzando. *Dio, è stupendo*, pensai. Era difficile pensare ad altro mentre, mi guardava.

"Io..." mormorai.

Alla fine ebbe pietà di me e smise di recitare. "Il verde è per i membri che si sono iscritti alla lezione in anticipo e il rosso è per i piantagrane che entrano qui come se fossero a casa loro."

Trasalii. "Me ne ero dimenticata! È solo il mio secondo giorno qui e Finn, il mio personal trainer, mi ha parlato di questa lezione di recupero solo stamattina... devo tornare per la lezione di mezzogiorno?"

Max inclinò la testa. "Ahh. Finn mi ha detto di tenere un posto per l'iscritta con l'abbonamento Platinum." Mi prese il polso e appoggiò il suo monitor sul mio. Ci fu un leggero bip e lui annuì. "Puoi partecipare alla lezione delle undici. Per questa volta. Ma la prossima volta ricordati di iscriverti in anticipo, o ti metterò nella prigione dei ciclisti."

Sembrava metà serio e metà scherzoso, non riuscivo a capirlo. "La prigione dei ciclisti è peggio di una prigione normale?"

"Oh, è molto peggio. I prigionieri normali alla fine escono, ma i ciclisti ci restano finché non gli si staccano le gambe a forza di pedalare."

Sorrisi. "Sono molto attaccata alle mie gambe, quindi la prossima volta mi iscriverò sicuramente."

Mi squadrò dall'alto in basso, non in modo sessuale, ma con lo sguardo di un istruttore che cerca di valutare la forma fisica di una nuova allieva. "Lasciami indovinare. Finn ti ha messo a fare il suo allenamento PPL e stai praticamente morendo dopo il primo giorno."

Scoppiai a ridere. "È esattamente così. Stamattina riuscivo a malapena a sollevare le braccia!"

"Non sei la prima, ma è una buona routine di pesi. Finn è il miglior personal trainer che abbiamo qui alla RMF. Sei fortunata che ti sia stato assegnato lui."

"Così mi hanno detto."

"E ha ragione su questa lezione di spinning. Per il recupero è importante far circolare il sangue, anche se sono le braccia che ti fanno male. Per quanto riguarda le lezioni di spinning, questa è abbastanza facile. Se vuoi allenarti davvero, dovresti venire a una delle mie lezioni quotidiane. Ti faccio sudare subito."

Mi fece un altro sorriso. Stava facendo quelle allusioni di proposito? Probabilmente sì.

"Forse dovresti investire in un buon paio di pantaloncini da ciclista" disse, indicandomi la parte inferiore del mio corpo. "Questi pantaloncini ti stanno bene e vanno bene per questa lezione di recupero, ma se fai spinning sul serio, ti servono dei pantaloncini imbottiti. Scegli una bici, la lezione sta per iniziare."

Quei pantaloncini ti stanno bene. Sicuramente quel complimento non significava niente di più. Probabilmente faceva i complimenti a tutti gli iscritti che venivano alla sua lezione, per farli tornare. Però, mentre sceglievo una bici e scansionavo il monitor sulla macchina, non riuscii a smettere di sorridere.

La saletta si riempì poco a poco. Poi entrò un volto familiare e saltò sulla bicicletta accanto alla mia.

"Due giorni di fila" disse Brody con approvazione. "Cominci bene l'anno, eh?"

"Ci sto provando" dissi. "Tu hai già un bel vantaggio nella

nostra fascia di età."

Scrollò le spalle goffamente. "È presto. Sono felice di vederti qui. Il corso di Max è uno dei più frequentati."

Guardai Brody con gli occhi socchiusi. "Se sono una tua avversaria, perché sei felice di vedermi qui?"

A quella domanda, la sua pelle chiara assunse una sfumatura di rosa, proprio come aveva fatto ieri. "Oh, non volevo dire niente."

"Scusa! Non stavo cercando di insinuare..."

"È bello avere dei concorrenti" disse poi in tutta fretta. "Ci spingono a migliorare, tutto qui."

Annuii e gemetti di nascosto. Era solo il secondo giorno e stavo già mettendo in imbarazzo i miei compagni di palestra. *Brava, Kat.*

Max iniziò la lezione alle undici in punto. Salì su una bici davanti alla classe e lo schermo del proiettore dietro di lui mostrò una pista ciclabile in una foresta di sequoie, piena di verde lussureggiante e marroni profondi.

All'inizio avevo le gambe di piombo, ma si scaldarono in poco tempo. Pedalando tranquillamente, Max chiacchierava con i partecipanti e ci spiegava il percorso. Sembrava conoscere la maggior parte delle persone e ci chiese quali fossero i nostri obiettivi personali. Jen si stava allenando per il RAGBRAI, a luglio. Candice doveva andare da Portland a Seattle in bici in estate e voleva allenarsi per la montagna.

Era come stare con un gruppo di amici, non con una classe di estranei.

"L'allenamento per il triathlon sta andando alla grande, Brody?" chiese Max.

Brody alzò il pollice. "Sarò pronto per l'Alcatraz Triathlon in pochissimo tempo."

"Tu sei pazzo, amico" disse qualcun altro. "Io non proverei a fare quella nuotata neanche se mi pagassero."

Brody si limitò a scrollare le spalle e Max disse: "Ehi, guarda chi stai chiamando pazzo. Anch'io farò Alcatraz, quest'anno."

"Alcatraz?" chiesi a Brody.

Mi guardò e annuì. "È un normale triathlon di San Francisco, eccetto per la gara di nuoto, che parte dall'isola di Alcatraz. Di solito si svolge in estate, ma anche quest'anno lo fanno anche in aprile."

"L'acqua deve essere gelida!"

"Ci vogliono le mute" concordò. "Ma fa parte della sfida."

"Ultimo miglio, ragazzi!" annunciò Max. "Sto aumentando la resistenza sulle vostre bici, quindi spingete forte! Finiamo con una frequenza cardiaca elevata!"

Nonostante Max avesse promesso che quella sarebbe stata una lezione leggera, alla fine mi bruciavano i polmoni. Le gambe, però, erano stranamente rinvigorite e la parte superiore del corpo non era dolorante come quando avevo iniziato, mezz'ora prima. Scesi dalla bici, pronta a fare un altro giro.

"Bel lavoro oggi, novellina" disse Max mentre uscivo. "Spero di vederti presto a una lezione normale."

Risi e gli risposi: "Vedremo."

"Non dimenticare di comprare dei pantaloncini da ciclismo!"

Presi un frullato al Nutrition Bar, stavolta al mango, poi mi feci la doccia e mi cambiai. Scrissi a mio fratello per ringraziarlo per l'iscrizione e tornai al lavoro felice e contenta.

Paul era sul marciapiede fuori dal negozio, e fissava in lontananza. "Paul, che ci fai qui fuori? Mettiti un cappotto."

"Ehm."

Corrugai la fronte. "Che succede?"

Senza parlare, allungò il dito e indicò il cantiere all'angolo della strada. Una gru stava sollevando un'insegna nuova. Da quell'angolazione non riuscivo a vedere cosa fosse, finché non ruotò in aria verso di noi.

PACIFICA VINYL

8

Katherine

Quando vidi il cartello, mi cadde la mascella. "Oh no."

La Pacifica Vinyl è una catena di negozi che vende dischi in vinile vintage. È stata fondata a Oakland, in California, e si è rapidamente espansa su tutta la costa occidentale. Negli ultimi dieci anni avevano costretto a chiudere un sacco di piccoli negozi, ma erano rimasti localizzati in California, Oregon e Washington.

Fino ad ora, pensai.

"Porca miseria" sussurrò Paul. "Il nuovo negozio è un Pacifica."

Non riuscivo a credere a quello che stavo vedendo. Il mio cervello si rifiutava di accettarlo.

"Capo, hai visto?"

"Lo vedo, Paul. Resta qui. Torno subito."

Andai fino al nuovo negozio. Speravo che da lontano avessimo letto male il cartello, ma man mano che mi avvicinavo spariva ogni dubbio: erano il nome e il logo di Pacifica Vinyl. E ora che avevo capito di cosa si trattava, attraverso le finestre aperte riconobbi la disposizione interna. Tavoli bassi con casse di dischi in vinile. Angoli di ascolto, con comode poltrone in pelle dove i clienti potevano ascoltare i dischi prima di acquistarli. E un bar nell'angolo dove si vendevano caffè e pasticcini.

Cazzo! Ormai era chiaro.

"Ehi" urlai a uno degli operai che guardava il cartello sollevarsi in aria. "Quindi questo sarà un Pacifica Vinyl, eh?"

Il ragazzo alzò gli occhi al cielo. "Lei cosa dice?"

"Quando dovrebbe aprire?"

"Come faccio a saperlo?" chiese lui.

Lo rintuzzai chiedendogli: "Dovreste avere una scadenza, per la fine dei lavori, giusto? Quando finite?"

Mi guardò come se non volesse rispondere, ma poi pensò che il modo più rapido per sbarazzarsi di me era dirmi quello che volevo sapere. "Dovremmo completare tutti i lavori entro marzo, quindi immagino che aprirà un po' dopo."

"Sei stato di grande d'aiuto" dissi sarcasticamente.

Tornai al mio negozio. Paul scuoteva la testa scoraggiato. "Abbiamo chiuso. Non c'è modo di competere con Pacifica, soprattutto se è proprio difronte a noi."

"Paul..."

"È finita" insistette. "Game over, amica."

Lo afferrai per le spalle. "Paul, calmati. Non c'è problema. Siamo arrivati qui per primi e abbiamo una clientela affezionata. Non passeranno alla grande catena di negozi."

Eppure, mentre rientravamo nel mio negozio, il panico iniziò a salirmi nel petto, come l'influenza. A Denver c'erano altri negozi di dischi vintage, ma nessuno nel raggio di cinque chilometri dal mio.

Ora, Pacifica Vinyl stava aprendo nello stesso isolato del mio negozio... non avrei mai potuto competere con loro. Certo, avevamo una clientela fedele che amava i mattoni a vista e l'atmosfera intima del mio negozio ma alla fine, il richiamo di Pacifica sarebbe stato troppo forte. Un grande negozio come quello sarebbe stato in grado di vendere a prezzi più bassi dei miei, anche vendendo in perdita per conquistare la clientela e farmi chiudere. Forse avrei potuto durare pochi mesi, o un anno, o forse di più, ma alla fine avrei fallito.

Afferrai il mouse del computer così forte che la plastica scricchiolò. Lo lasciai e finii la contabilità che stavo facendo. I numeri sullo schermo avrebbero dovuto esaltarmi, invece mi sentivo sconfitta.

E dopo quello, avevo ancora un sacco di lavoro da fare. C'era l'enorme pila di album demo da ascoltare, per decidere quali vendere in negozio. Non avevo voglia neanche di cominciare. Sembrava inutile, ora che sapevo che Pacifica Vinyl stava aprendo sulla mia stessa strada.

Avevo bisogno di smaltire un po' di energia. Non solo, volevo picchiare qualcosa. Mi ricordai del giro che Finn mi aveva fatto fare, e della stanza dedicata alla boxe. Ring e sacchi da boxe...

"Torno tra poco" dissi a Paul mentre uscivo. "Vado in palestra."

Lui mi guardò storto. "Woah. Un'altra volta?"

"Sì."

Quando entrai, il ragazzo amichevole alla reception mi salutò. "Due volte in un giorno? Ti sei appassionata subito!" disse accennando un sorriso. Riuscii ad entrare nello spogliatoio senza dirgli qualcosa di scortese.

Mi rimisi i vestiti da palestra, che erano ancora umidi per il sudore dello spinning, ma non mi importava. Scannerizzai il monitor da polso e attraversai la sala cardio con i miei vestiti sporchi. La persona che cercavo non c'era, quindi andai nella sala di pesi. E lì trovai Finn che mostrava a qualcuno come si usano le kettlebell.

Aspettai pazientemente in un angolo. Alla fine si accorse che ero lì. Mormorò qualcosa all'uomo anziano che stava assistendo, poi venne da me. "Katherine! Non mi aspettavo di rivederti in palestra così presto. Com'è andata la lezione di spinning con Max?"

"Voglio imparare a fare la boxe" dissi.

Finn annuì eccitato. "Adesso sì che ci capiamo. Vuoi iniziare a fare arti marziali?"

"No" dissi semplicemente. "Voglio solo prendere a pugni qualcosa."

Deve avermi letto in faccia che non ero in vena di scherzi, perché smise di sorridere e mi portò nella stanza della boxe. Quando entrammo, c'erano dei ragazzi che usavano le attrezzature e uno o due mi lanciarono delle occhiate.

"Se vuoi tirare sui sacchi da boxe, dobbiamo fasciarti le mani." Prese un rotolo di stoffa che sembrava garza, con un'asola a un'estremità. Poi prese le mie mani tra le sue. "In questa asola devi metterci il pollice, poi la avvolgi attorno al polso tre volte, così."

Mi avvolse il panno morbido attorno al polso, con movimenti abili delle dita. Ancora una volta rimasi colpita da come potesse essere delicato, un ragazzo della sua taglia.

"Poi te lo avvolgi attorno al palmo tre volte... così. Poi te lo avvolgiamo attorno al pollice, poi un giro a ogni dito. Prima tra il mignolo e l'anulare... poi tra l'anulare e il medio... poi finalmente tra il medio e l'indice. Dopodiché, finiamo girando attorno alle quattro dita un paio di volte. Ecco, abbiamo finito di avvolgerla, ora possiamo fissare la parte in velcro attorno al polso. Stringi un po' la mano. Che effetto fa?"

Obbedii. La stoffa era aderente, ma non tanto da inibire i movimenti. "Va bene, credo."

Ripeté la stessa cosa per l'altra mano. Flettei le mani e annuì. Poi mi portò all'angolo dove era appesa al soffitto una sacca a forma di pera, all'altezza degli occhi.

"Questo si chiama sacco da boxe. È un buon modo per iniziare senza forzare troppo, per abituare le tue nocche a colpire qualcosa." Lo colpì leggermente con il pugno nudo. Il sacco volò all'indietro sulla sua cerniera, colpì la piattaforma alla quale era appeso e rimbalzò in avanti per colpire la piattaforma vicino alla testa di Finn. Poi tornò nella posizione iniziale.

"L'obiettivo è trovare il ritmo e colpire il sacco ogni tre rimbalzi. Uno-due-tre, uno-due-tre."

Mi mostrò vari pugni di fila. *TACK-TACK-TACK*, pugno, *TACK-TACK-TACK*, pugno.

"All'inizio, non colpire molto forte" mi avvertì. "Anche con la fascia, le tue dita non sono abituate a ricevere dei colpi, quindi va' piano." Fece un passo indietro e fece un gesto d'invito con il braccio massiccio. "Prova tu."

Gli diedi un pugno esitante. Il sacco obbedì e rimbalzò tre volte sul legno sopra di esso. La seconda volta provai due pugni in successione. Sbagliai il ritmo, ma intuivo istintivamente come doveva essere.

"Molto bene" commentò lui. "Vado a controllare il mio amico nella sala pesi. Te la cavi da sola con questo, per un po'?"

"Più di quanto immagini" dissi.

Uscì dalla stanza, e io ricominciai a prendere a pugni il sacco. Uno-due-tre, pugno. Uno-due-tre, pugno. Iniziai lentamente per abituarmi al ritmo, poi accelerai gradualmente. Presto alternai le mani, due con la sinistra e due con la destra.

Era l'attività perfetta, perché era facile lasciarsi assorbire, una volta trovato il ritmo. I miei pensieri tornarono a Pacifica Vinyl che stava per aprire in fondo alla strada.

Pugno, pugno, pugno, pugno.

Non potevo credere che non mi erano arrivate voci sul nuovo negozio. La comunità degli appassionati di vinile vintage è piccola e la voce viaggia veloce, soprattutto se una grande società aggredisce un piccolo commerciante.

Pugno, PUGNO.

Non era giusto. Avevo il mio negozio da cinque anni. Durante i primi anni avevo sofferto: non facevo profitti e non riuscivo nemmeno a pagarmi lo stipendio. Se non fosse stato per Darryl che mi aveva ospitato nella loro stanza degli ospiti, non so cosa avrei fatto.

Pugno, PUGNO, PUGNO.

E alla fine, dopo tutti quei sacrifici, iniziavo ad avere successo.

Il negozio non solo era redditizio, era fiorente! Mi stavo pagando lo stipendio, oltre ai profitti aziendali. Avevo iniziato a pensare di espandermi, magari anche di aprire un secondo negozio tra un anno o due. Avevo l'appartamento e la macchina. E avevo anche un 401k per la pensione!

E in un batter d'occhio, sarebbe sparito tutto.

PUGNO, PUGNO, PUGNO-PUGNO-PUGNO.

Sfogavo le frustrazioni sul sacco da boxe. Presto iniziai a saltellare avanti e indietro sulle punte dei piedi, cambiando l'angolazione da cui sferravo i pugni. Il sudore mi rigò la fronte e mi gocciolò giù per la schiena.

Non pensavo più a nulla, tranne il suono costante del sacco.

"Scusa se ci ho messo così tanto: è la prima volta che Frank usa un bilanciere e volevo assicurarmi che avesse una postura corretta." Finn apparve accanto a me. "Cavolo, ragazza! Ti sei presa una pausa?"

Continuai a dare pugni al sacco. "No."

Come una vipera che colpisce, Finn afferrò il sacco con la mano e lo fermò. "Non devi esagerare, il primo giorno." Il sacco è leggero, ma ti ferisci comunque le mani se ne fai troppo. Vuoi provare a fare un po' di kickboxing con un sacco da boxe più grande? Se usi le gambe guadagni molti punti."

Abbassai le mani e sospirai. "No, mi piace questo. Avevo solo bisogno di sfogarmi un po'. Vado di sopra a fare uno spuntino. Grazie per avermi mostrato come funziona."

Sembrò che volesse dirmi qualcosa, ma si trattenne. "Vengo con te."

Nel percorso, lanciai un'occhiata al tabellone segnapunti:

FASCIA D'ETÀ 25-29 ANNI
BRODY F: 351

KATHERINE D: 299
MARCIA J: 214
JAMES P: 155

Finn lo indicò di sfuggita. "Ecco cosa succede. Sei subito dietro a Brody."

Vedendo il punteggio, provai un piccolo senso di fierezza. Anche se ero ancora dietro Brody, era bello essere in gara. Mi sembrava di aver realizzato qualcosa nei miei due giorni di palestra.

"Che gusto vuoi oggi?" mi chiese Finn.

"Ho già mangiato un frullato a pranzo" risposi, e presi un panino confezionato dal frigorifero. "Come lo pago?"

"Basta scansionare il codice a barre alla colonnina laggiù, poi il monitor da polso, e si aggiungerà al tuo conto."

Mi sedetti a un tavolo e aprii il panino. Diceva che era di tacchino e cheddar, ma c'erano così tante foglie di spinaci tra le fette di pane, che non riuscivo a vedere la carne. Tuttavia, era il primo cibo solido che mangiavo quel giorno, e aveva un sapore fantastico.

Finn rimase in silenzio, mentre si preparava un frullato, poi mi raggiunse al tavolo. "Hai dato un'occhiata al foglio di calcolo?" chiese.

"Non ancora" dissi col boccone in bocca.

"Domani è il giorno delle trazioni. Dovrai fare dei grandi movimenti come stacchi e sollevamenti, quindi dovrai dare il meglio di te."

Non ero ancora sicura di volerci andare così spesso, ma quello che disse Finn mi aiutò a motivarmi. L'indomani mi avrebbe aspettata lì, più come un compagno di allenamento che come un semplice impiegato della palestra che fa il suo lavoro.

"Ci vediamo domattina presto. Prima del lavoro."

Il mio viso deve aver cambiato espressione quando parlai di

lavoro, perché Finn si appoggiò allo schienale della sedia e incrociò le braccia massicce sul petto altrettanto massiccio. "Allora, come va?"

"Che vuoi dire?"

"Sono felice che ti stia godendo il tuo abbonamento Platinum, ma sei tornata un'ora dopo essere andata via e hai chiesto di prendere a pugni qualcosa, poi ti sei sfogata sul sacco come se fosse un ex fidanzato."

Ridacchiai e scossi la testa. "Non è quello. Nessun problema con il fidanzato. Veramente, non ne voglio parlare."

Lui annuì e prese il suo frullato. "Scusami. Non avrei dovuto fare una domanda così personale."

Uffa! Stavo facendo quello che facevo sempre: interiorizzare tutti i miei pensieri. Secondo il mio psicologo, questo era il problema che avevo da dopo la morte dei miei genitori. Avrei dovuto parlare di più con gli altri, lasciarli entrare nella mia vita privata.

"Sai quella nuova costruzione all'angolo dell'isolato?" dissi. "Sarà un Pacifica Vinyl."

Gli occhi di Finn si spalancarono, eccitati. "Davvero? È meraviglioso! Mia sorella a Portland ne va pazza."

"Io sono la proprietaria di Vinyl High Records" dissi seccamente.

"Ah" disse. E quando capì la situazione spalancò gli occhi, e non per la contentezza. "Oh, no!"

"Già. Ecco perché avevo bisogno di prendere a pugni qualcosa."

Finn si passò una mano tra i capelli scuri. "Sono stato nel tuo negozio! È davvero figo. È autentico, non come le grandi catene. Il tizio sballato che mi ha assistito era molto amichevole, anche se puzzava di erba."

Scoppiai a ridere. "Sì, Paul è fantastico. Ma il fatto che Pacifica apre in fondo alla strada, significa che il mio negozio è fottuto."

Finn posò il suo frullato, allungò la mano sul tavolo e prese la mia. "È davvero uno schifo, Katherine. Mi dispiace."

Fu un gesto semplice, che mi fece quasi piangere. "Grazie" dissi piano.

Lui sorrise e mi tenne la mano ancora per un momento. "Tra due minuti devo fare un massaggio a una cliente. Se dopo vuoi prendere a pugni qualcos'altro, fammelo sapere."

"Potrei accettarlo" risposi.

Mi rivolse un ultimo sorriso confortante, poi andò via.

9

Finn

Non riuscivo a togliermi quella ragazza dalla testa.

Non sono il tipo che crede nell'amore a prima vista. A mio parere, è un concetto stupido. È un modo superficiale di giudicare qualcuno solo in base al suo aspetto fisico. Non è la vera attrazione.

Ma mi sentii attratto da Katherine appena la vidi.

Andai al Rejuvenation Lounge per fare un massaggio sportivo a Lisa Porter, un'altra iscritta Platinum. Parlò per tutto il tempo dei suoi nipoti. A quanto pare, uno di loro era entrato alla UCLA. Le sorridevo e tenevo una piacevole conversazione con lei, ma non potevo fare a meno di desiderare di essere ancora con l'altra cliente.

Le avevo preso la mano. Lei mi aveva detto perché era una giornata di merda per lei, e io avevo reagito tenendole la mano stretta nella mia. Avevo oltrepassato il limite? Il contatto non era stato così completo e prolungato come, diciamo, un massaggio sportivo, ma era sembrato molto più intimo. E conoscevo a malapena Katherine.

Forse, proprio in quel momento stava chiedendo di cambiare allenatore? Avrebbe voluto qualcuno di più professionale? Durante tutto il massaggio di Lisa Porter, non riuscii a pensare ad altro.

Alla fine dell'orario di lavoro, andai nella sala pesi ad allenarmi con il mio amico, Nate. Sollevavamo talmente tanti chili, che era fondamentale avere un assistente. I progressi più grandi si fanno al limite delle proprie forze.

Mentre spingevo in alto l'enorme bilanciere, concentrai nella contrazione dei muscoli tutte le emozioni che sentivo per Katherine. *Se riuscissi a completare questo set, forse potrei togliermela dalla testa.*

Ma sulla via di casa, non riuscivo a pensare ad altro che a lei.

Mentre cucinavo pollo e riso, presi il telefono e le mandai un messaggio.

Io: Non dimenticare, domani è il giorno delle contrazioni!

Katherine: Lo so, me l'hai ricordato poche ore fa!

Io: Voglio essere sicuro che riesca a trovare lo stato d'animo vincente. Quando l'avrai trovato, mettilo nella borsa della palestra per non dimenticarlo. Ho grandi aspettative su di te.

Katherine: Ti avverto: faresti meglio ad abbassare le tue aspettative. Ho trovato su Google un video di uno che fa un power clean. Sembra complicato!

Io: Lo è, ma hai il privilegio di avere il miglior personal trainer del Colorado.

Katherine: Anche il più modesto, a quanto pare ;-)

Durante la cena, non feci altro che analizzare il suo emoji ammiccante.

La mattina dopo, aspettai Katherine in palestra. Era come aspettare nella speranza che una ragazza non mi desse buca a un appuntamento. Più passavano i minuti, più il terrore aumentava...

Ma poi, si aprì la porta ed entrò lei.

"Eccomi" disse, sollevando la borsa da palestra. "Non riuscivo a trovare l'umore vincente, ma ho portato l'umore normale."

Emisi un sospiro drammatico. "Speriamo che basti."

Lei mi sorrise. "Tutti i personal trainer sono così personali e mandano messaggi ai clienti dopo l'orario di lavoro?"

"Alla RMF l'importante è il tocco personale" dissi, mentendo. "Voglio che faccia quindici minuti di cardio per riscaldarti, poi ci vediamo ai pesi."

Andò nello spogliatoio a cambiarsi, poi salì su un'ellittica. Feci finta di mettere in ordine i pesi, per guardarla mentre marciava, nell'altra sala. Le sue lunghe gambe oscillavano sulle pedane della macchina, e la sua coda di cavallo rossastra ondeggiava avanti e indietro ad ogni passo. Da quell'angolatura, i contorni dei suoi fianchi e del petto erano perfettamente visibili...

"Piantala con queste stronzate" mormorai tra me e me.

Quando mi raggiunse nella zona dei pesi, era luccicante di sudore. Brillava di energia. "Iniziamo, coach."

La prima cosa che le mostrai fu lo stacco. È senza dubbio uno dei migliori movimenti composti, e Katherine se ne impadronì molto rapidamente. Ma dovetti farle alcune lievi correzioni, toccando delicatamente il suo corpo per dimostrargliele. Posai il palmo sulla parte bassa della schiena, per aiutarla a tenerla inarcata. Un altro tocco sulla coscia, per ricordarle che doveva essere parallela al suolo.

Sono sempre stato professionale con le mie clienti, nonostante a volte fosse stato necessario toccarle. Ero bravo a separare le due cose, anche quando le clienti erano donne bellissime con corpi fantastici. Ma con Katherine...

Ogni volta che la toccavo era come se tra la mia pelle e la sua passasse l'elettricità. La sua pelle era calda e morbida, e mi chiedevo come fossero le altre zone del suo corpo...

La parte peggiore era che il movimento di stacco richiedeva di spingere in fuori il sedere e i suoi pantaloni da yoga accentuavano le sue curve. Aveva un sedere a cipolla, perché era così bello che mi faceva piangere. In qualche modo riuscii a non fissare direttamente il suo sedere, ma era sempre nella mia visione periferica.

Mi ci volle un'enorme forza di volontà, per evitare di avere un'erezione lì vicino a lei. Per fortuna ci riuscii, perché i miei pantaloncini a compressione erano così attillati che non avrei mai potuto nascondere il cazzo duro.

Dopo gli stacchi, passammo ai power clean. Il movimento è molto più complicato, ma lo scomposi per lei in tre parti: sollevare il bilanciere dalle ginocchia alla vita, poi alzare le spalle e infine fare un quarto di squat per afferrare il bilanciere. Lo faceva piuttosto bene, ma dovetti comunque fare diverse correzioni alla sua forma.

Dovevo toccarla ancora.

Non diede segni di disagio, ma mi sentii di nuovo come un adolescente imbarazzato. Era passato molto tempo da quando mi sentivo così.

Cosa mi stava prendendo?

Terminammo il resto degli esercizi: rematore pendlay, alzate laterali, bicipiti. Quando finimmo, ero esausto per lo sforzo di non ammirare le forme seducenti di Katherine.

Alla fine le dissi: "Ottimo lavoro" dandole il cinque. "La prossima settimana, dobbiamo ancora lavorare sulla tecnica del sollevamento, ma a parte quello sei andata molto meglio di qualsiasi principiante."

"Scommetto che lo dici a tutte le schiappe" rispose lei con un sorrisetto.

Cazzo. Quel sorriso poteva sciogliere l'acciaio. Dopo essere stato vicino a lei, avrei dovuto andare a farmi una doccia fredda, ma prima di poterla salutare, Katherine mi mise un altro ostacolo da superare.

"Ehi, puoi farmi uno dei tuoi massaggi sportivi?" mi chiese. "Ho le spalle un po' indolenzite, dopo la boxe di ieri, e i polpacci contratti. Un bel massaggio mi farebbe piacere."

Cazzo, pensai.

"Certo" dissi dolcemente. "Non ho niente in programma fino alle nove, quindi possiamo farlo anche adesso."

Perfetto, pensai mentre andavamo di sopra. *Sembra che la mia professionalità sarà messa alla prova.*

10

Katherine

Mentre salivamo al piano di sopra, mi chiedevo se fossi stata troppo insinuante.

Un bel massaggio mi farebbe piacere. Feci una smorfia. Chi parla così? Probabilmente pensava che fossi una cliente perversa che voleva solo essere toccata dall'allenatore grande e muscoloso. Perché ero diventata così sconsiderata?

Per fortuna, Finn sembrò non accorgersene, o fu così gentile da far finta di niente. Era il suo lavoro e io ero la sua cliente: qualsiasi dimostrazione di amicizia da parte sua sarebbe stata puramente platonica. Era ridicolo, vederci qualcos'altro.

Tuttavia, la dolcezza con cui mi aveva toccata durante la seduta di sollevamento pesi...

Entrammo nel Rejuvenation Lounge e sentii un formicolio eccitante. A parte un ciclista con le gambe in un secchio di ghiaccio, non c'era nessuno. Finn mi portò nelle sale massaggi private e chiuse la porta dietro di noi. All'interno c'era un lettino da massaggio coperto da uno spesso asciugamano bianco.

"Prego, sdraiati a faccia in giù sul lettino, così posso iniziare a lavorare sulla parte superiore della schiena."

"Mi tengo i vestiti?" chiesi.

Lui sorrise educatamente. "Già. Non è quel tipo di massaggio."

Sentii che il viso prendeva tutte le sfumature di rosso, mentre salivo sul lettino. L'asciugamano era morbido e piacevole sulla pelle. Posizionai il viso sul cuscino a forma di ciambella, che mi diede una visione ovale del pavimento sotto di me.

Passarono vari secondi senza che accadesse nulla. Respirai regolarmente, dentro e fuori, mentre aspettavo. L'anticipazione crebbe. Poi apparvero le scarpe da tennis di Finn e le sue gambe muscolose.

"Inizierò con una pressione media" annunciò. "Dimmi se è eccessiva."

Sentii le sue dita premere sulla parte superiore della schiena, appena sotto la spalla. Proprio come durante il sollevamento pesi, al suo tocco sentii il passaggio dell'elettricità.

Poi premette più forte e il dolore mi attraversò la spalla.

"Ahi!" Trattenni il respiro. "È proprio lì che fa male."

Finn fece una risatina profonda. "Sento il nodo. Ti farà un po' più male mentre lo sciolgo, ma dimmi se è troppo intenso."

Ancora una volta affondò le dita nella mia carne. Quando spinse sul punto dolente mi fece molto male, e sussultai sul tavolo. Come avevo fatto a pensare che potesse essere erotico!

Poi il nodo scomparve improvvisamente.

"Oh" esalai il respiro che avevo trattenuto.

"Il nodo è sparito" disse Finn. "Scusa se ti ho fatto male. Ieri ti sei allenata davvero forte con il sacco da boxe."

"Avevo molto stress da scaricare."

"Ti avevo avvertito di andarci piano, la prima volta" disse.

"Lo so. La prossima volta ti ascolterò."

"Ti conviene."

Le sue dita percorsero la mia schiena, muovendosi in piccoli cerchi. Lentamente, iniziai a rilassarmi mentre lui mi impastava il corpo.

"Anche i polpacci, hai detto?" chiese dopo pochi minuti.

"Mmm-hmm."

"Quale gamba?"

"La sinistra."

I piedi di Finn scomparvero dalla mia vista, e si avvicinò al lato del tavolo. Mi premette il palmo della mano sulla parte posteriore della coscia, proprio sotto il sedere. Quando mi resi conto di dove mi stava toccando mi irrigidii, poi fece scivolare la mano sulla parte posteriore della gamba verso il ginocchio.

Lo fece tre volte, poi iniziò ad affondare le dita nella carne della coscia.

"Sento già che i tuoi quadricipiti si stanno tonificando" disse dolcemente. Parlava con voce tesa, concentrato su ciò che stava facendo. "Questo te l'hanno fatto gli stacchi. Lo stesso vale per i glutei, i flessori e l'erettore della colonna."

"Sì, mi fanno male tutti" dissi distrattamente. Non sapevo di cosa si trattasse.

All'inizio ero un po' imbarazzata perché ero sudata, ma le dita di Finn erano così piacevoli che presto smisi di preoccuparmi. Mi massaggiò la parte posteriore della gamba, poi lungo il tendine fino alla parte interna della coscia. Ogni minuto che passava, mi rilassavo sempre di più. Avrei potuto rimanere lì tutto il giorno a farmi toccare da lui...

Mi irrigidii. Le dita continuavano a salire sull'interno coscia, sempre più vicino all'inguine. Praticamente sentivo il calore delle sue mani sulla figa! Mi balzò in testa un pensiero invadente: e se lo facesse? E se continuasse a massaggiare sempre più verso l'alto fino a raggiungere la figa e poi cominciasse a massaggiare anche quella? La fantasia prese piede, e non riuscii più a pensare ad altro. Essere bloccata sul lettino da massaggio dalle sue braccia forti, mentre si approfittava di me, facendomi godere in tutti i modi sporchi che desideravo...

Ma poco prima di raggiungere i miei punti sensibili, le dita tornarono a dirigersi verso il ginocchio.

"Vuoi che lavori sull'erettore della colonna?" chiese.

"Mmm hmm, erettore e glutei" dissi.

Le sue mani lasciarono la gamba e riapparvero sulla parte bassa della schiena. Premette i pollici sui lati della spina dorsale e si piegò su di me.

"Oh, sì, è quello il punto" dissi. Capii che quei muscoli erano tesi solo quando li toccò, ma era esattamente ciò di cui avevo bisogno.

Ci lavorò per qualche minuto, poi chiese: "Hai detto anche i glutei?"

Non volevo che il massaggio finisse, quindi risposi automaticamente: "Sì, anche loro hanno bisogno di un po' di attenzione."

Finn si fermò. Per un momento, mi chiesi se fossi troppo esigente con il personal trainer. Ma poi disse: "Ok" con un tono strano.

Nel momento in cui le sue mani mi toccarono, capii il perché.

Un attimo prima andava tutto bene, e dopo c'erano due mani sulle mie chiappe. Riuscii a trattenermi dal guaire per lo shock. Appoggiò il suo peso sui palmi delle mani, spingendomi le chiappe su e giù. Poi le sue dita iniziarono ad impastare i muscoli del culo.

Quello sì che era un massaggio erotico!

"Non sapevi cosa fossero i glutei, vero?" chiese.

"Sì, lo sapevo" risposi. "Li sento... doloranti. Per gli stacchi, come hai detto tu."

"Non c'è bisogno di sentirsi in imbarazzo" rispose. "I massaggi ai glutei sono normali. La maggior parte dei sollevatori di pesi con cui lavoro, si fa massaggiare i glutei."

"Sembra un buon momento per farlo. Di solito ho bisogno di due o tre drink prima di farmi toccare il culo."

La battuta mi uscì automaticamente dalla bocca. L'umorismo è il mio meccanismo di difesa, quando sono in imbarazzo. Un esempio particolarmente brutto era stato il funerale dello zio Jon, l'anno scorso, anche se aveva fatto ridere Darryl a crepapelle.

Ci fu un lungo silenzio nel quale Finn non disse nulla. Poi all'improvviso scoppiò a ridere.

"È divertente" disse. "Anch'io, di solito ho bisogno di un paio di birre prima di iniziare ad agguantare un culo."

La sua risposta mi fece rilassare all'istante. Non avevo rovinato tutto con la mia stupida battuta. E per fortuna, perché mi stavo godendo il massaggio delle sue dita sul sedere.

"Ti chiami Finlay?"

"Eh?"

"La tua targhetta dice Finn" sottolineai, "ma quando mi hai scritto ieri, ti sei presentato come Finlay qualcosa."

"Sì, Finlay Hadjiev. Mi chiamano Finn, ma la prima volta che mando un SMS uso il nome completo."

"Di che nazionalità sei?"

"Bulgaro" rispose. "Mio padre è venuto qui durante la guerra fredda. Era sollevatore di pesi nella squadra olimpica bulgara e ha partecipato alle Olimpiadi di Los Angeles del 1984. Ha chiesto asilo ed è rimasto qui. Poi ha incontrato mia madre in un rifugio sciistico in Colorado, e hanno avuto me e i miei fratelli."

"È interessante! Quanti fratelli hai?"

"Due. Io sono il più piccolo della famiglia."

Mi scappò da ridere. "Dubito che tu sia il più piccolo."

"So che ti farà ridere, ma sono piccolo rispetto ai miei fratelli. Scherzano sempre sul fatto che devo mangiare di più."

Risi perché mi sembrò ridicolo. Uno come Finn probabilmente deve mangiare diecimila calorie al giorno solo per mantenere il peso.

Prima che mi venisse in mente una battuta, le sue mani

lasciarono il mio corpo. "Ora dovresti sentirti meglio."

Mi girai e mi sedetti sul tavolo. "Mi sento benissimo."

Finn stava sorridendo, ai piedi del lettino. Si stava appoggiando ad esso in modo strano, come se stesse cercando di coprirsi l'inguine.

Mi venne in mente un pensiero: *sta cercando di nascondere un'erezione? Certamente no...*

Saltai giù dal tavolo. "Grazie per l'allenamento e per il massaggio."

"Di niente."

Mi diede il cinque, poi tolse con cura l'asciugamano dal lettino. Lo teneva davanti a sé nascondendosi l'inguine, ma per una frazione di secondo mi sembrò di vedere il contorno di un cazzo lungo e grosso nei pantaloncini grigi a aderenti...

Probabilmente è solo la mia immaginazione, pensai. *Oggi è stato assolutamente professionale. Sono io quella che immagina le cose.*

Gli rivolsi un ultimo sorriso, poi andai al bar a prendere un frullato.

Mentre ero sotto la doccia, pensavo a Finn. No, non in quel modo. Solo un pensiero normale, sotto la doccia. Pensieri innocenti.

Era passato molto tempo da quando avevo avuto una relazione seria. O qualsiasi tipo di relazione, in generale. Avevo investito tutto il tempo e le energie nel negozio, costruendolo dal nulla. E aveva dato i suoi frutti.

Almeno, fino all'arrivo di Pacifica Vinyl...

Passai davanti al mio negozio e proseguii fino alla fine dell'isolato. Sopra il grande ingresso, ora era affisso il cartello Pacifica Vinyl. Inoltre, in una delle finestre c'era un enorme poster di 60 per 90 centimetri:

INAUGURAZIONE IN APRILE

Perfetto. Quindi l'operaio aveva detto la verità. Ora mi sembrava di avere un orologio che mi ticchettava sulla testa, contando i minuti che mancavano alla morte della mia attività.

Al lavoro, fui di pessimo umore tutta la giornata. Collegai le cuffie al giradischi per iniziare ad ascoltare la pila di album demo che avevo sulla scrivania, ma il mio cuore era altrove. A cosa serviva, se la concorrenza avrebbe aperto tra tre mesi?

Alla fine mi tolsi le cuffie e andai nel negozio in cerca di qualche lavoretto da fare, come riordinare i dischi secondo il genere, avvolgere i cavi delle cuffie dei lettori di demo sparsi in tutto il negozio. O far scorrere le dita sui bordi delle copertine degli album per sentire la carta frusciante sotto i polpastrelli.

"Stai bene, signora capo?" chiese Paul.

"Non proprio. Sono di cattivo umore."

Paul scosse la testa. "Pensavo che l'esercizio ti avrebbe liberato tutte le buone sostanze chimiche nel cervello."

Corrugai la fronte. "Che vuoi dire?"

"Sei andata in palestra molto spesso, questa settimana. Cinque o sei volte, da Capodanno. Non dovresti essere piena di dopamina o qualcosa del genere?"

"Mi ha aiutato."

Mi fece un sorriso rassicurante. "Sono contento che tu sia così motivata. Ne hai parlato per anni, ma hai sempre trovato delle scuse..."

"Non erano scuse" protestai. "Avevo il negozio da gestire. C'è sempre qualche lavoro amministrativo da fare."

Socchiuse gli occhi, scettico. "Quale?"

"Dovresti vedere la pila di album demo che ho sulla scrivania. Andando in palestra questa settimana, sono rimasta molto indietro."

"Allora ascolta le demo in palestra."

Mi immaginai in palestra con un giradischi sotto il braccio mentre facevo jogging sul tapis roulant. "Molto divertente."

"Ma no, dico sul serio. Hai guardato la tua cartella spam, di recente?"

"Che c'entra?"

Paul mi fece cenno di avvicinarmi al computer della cassa. "Qualche tempo fa, hai segnalato come spam tutte le società di demo."

"Perché mi spammavano due volte al giorno per chiedermi di vendere i loro dischi. Ero stufa di ricevere enormi allegati via e-mail." Avevo creato una risposta automatica che gli diceva di spedire gli album demo direttamente al negozio. In quel modo avrei potuto eliminare le compagnie che non facevano sul serio.

Paul aprì la cartella spam e fece un gesto. "Sì, ma mandano ancora le copie digitali di tutti gli album. Ci sono, tipo duecento allegati, qui. Puoi scaricarli sul telefono o su un cloud, e li ascolti mentre fai yoga, in palestra."

Sbattei le palpebre. "Paul, è davvero una buona idea."

"Perché sei così sorpresa?"

Passai il resto del pomeriggio a setacciare la cartella spam e a decomprimere gli allegati. Trovavo i dischi corrispondenti sulla scrivania, li categorizzavo in base al genere, poi caricavo la musica digitale in una cartella in Google Drive. Quella notte, quando uscii dal negozio, avevo più di cinquecento ore di musica che aspettava di essere recensita.

Anche con la grande apertura di Pacifica Vinyl che incombeva, mi sentivo di nuovo motivata.

11

Katherine

Le settimane successive furono incredibilmente produttive.

Mi svegliavo presto ogni mattina e passavo almeno un'ora a fare cardio, mentre ascoltavo i demo. Era il modo perfetto per distrarmi mentre mi allenavo. Era più facile correre cinque chilometri pensando all'orribile assolo di trombone di un album jazz, piuttosto che guardare la distanza aumentare metro dopo metro.

In quel modo, poi, l'esercizio mi dava la motivazione di cui avevo bisogno per il negozio. Quando ero seduta nel mio ufficio, pensavo all'esercizio. E quando mi allenavo, non mi sentivo in colpa perché non stavo lavorando. Facendo entrambe le cose allo stesso tempo, mi sentivo molto produttiva.

E mentre mi allenavo, il mio cervello era più acuto. Come se l'aumento del flusso sanguigno mi aumentasse le capacità cerebrali. Per ogni album che ascoltavo, prendevo appunti dettagliati sul telefono. Segnavo quelli che Paul doveva controllare più tardi, e annotavo quante copie di ogni album volevo ordinare, e perché. L'album jazz di Armando Calrizzi era bello, ma non fantastico, quindi dovevo ordinarne solo cinque copie. Ma l'ultimo album synthwave dei Lazerhawk sarebbe andato a ruba, quindi ne ordinai cinquanta copie.

Comunque, i primi giorni furono duri. Potevo correre per un chilometro o due, ma poi avevo bisogno di rallentare e camminare per un po'. Ma alla terza settimana di gennaio, ero già in grado di correre otto chilometri senza sosta!

Certo, andavo al ritmo di sei minuti al chilometro, ma non era neanche tanto male.

Un giorno, Brody saltò sul tapis roulant accanto a me. "Mi sembra che passi più tempo di me in palestra" disse con un sorriso.

Alzai il telefono. "Ho trovato un modo per lavorare ed allenarmi allo stesso tempo."

Lui sollevò il suo piccolo tablet. "Lo faccio anch'io. Due uccelli con una fava."

Misi in pausa l'album heavy metal che stavo ascoltando. Era terribile, quindi fui felice di avere una scusa per fermarlo. "Tu cosa fai, Brody?"

Brody accese la macchina e iniziò a fare jogging leggero. "Analisi dei dati. Guardo grafici e fogli di calcolo tutto il giorno e poi scrivo dei rapporti su quello che ho trovato."

"Sembra interessante."

Lui rise e si spinse indietro i capelli biondi. "No. Ma grazie, comunque."

Anziché chiedermi che lavoro facessi io, si mise gli AirPods e si concentrò sul tablet. E io mi rimisi a malincuore ad ascoltare la mia orribile musica heavy metal, e ripresi l'esercizio.

Mentre facevamo jogging, era difficile non guardarlo con la coda dell'occhio. Non era incredibilmente pompato come Finn, ma era molto in forma. Spalle ampie, braccia e petto muscolosi. Mi chiesi se fosse stato nell'esercito. Era proprio così che immaginavo un Navy SEAL, sotto l'uniforme.

Alla fine della mia ora, rallentai il passo e feci un raffreddamento di quindici minuti, poi pulii il tapis roulant con un panno disinfettante. "Ci vediamo più tardi" dissi con un cenno amichevole.

Brody sorrise ma non disse nulla.

Andando verso lo spogliatoio, lanciai un'occhiata al tabellone segnapunti:

FASCIA D'ETÀ 25-29 ANNI
BRODY F: 4.212
JONNY K: 3.801
KATHERINE D: 3.722
JAMES P: 3.299

Avevo corso per un'ora senza fermarmi, era un nuovo record personale, ma mi sentii in colpa ad andarmene così presto. Ero a poca distanza dal secondo posto, e Brody non era poi così lontano. Ma Finn mi aveva avvertito di non correre troppo e insisteva sul fatto che dovevo aumentare l'attività gradualmente. Il sovraccarico è un buon modo per procurarsi una frattura da stress o altre lesioni.

Nelle ultime tre settimane, avevo trovato un buon ritmo. Cardio la mattina prima del lavoro, ascoltando gli album demo, e poi tornavo all'ora di pranzo per il secondo allenamento. Ogni due giorni avevo sollevamento pesi con Finn, e negli altri giorni facevo più cardio, di solito spinning o ellittica, dato che la corsa mattutina mi lasciava le ginocchia un po' indolenzite. Però, l'idea di frequentare la lezione di spinning di Max mi intimidiva ancora un po'.

Finalmente, un giorno decisi di uscire presto dal lavoro e andare a fare shopping in cerca di nuovi indumenti da ginnastica. Oltre i pantaloncini, le magliette e i reggiseni sportivi, comprai due paia di pantaloncini da ciclismo imbottiti nel cavallo e nel sedere. Sembrava strano, era come andare in giro con un cuscino nei pantaloni. Però mi guardai allo specchio e non sembrava affatto insolito.

Tornando a casa, passai al supermercato. Vendevano confezioni di insalata con pezzettini di pollo e uova sode. Ne comprai cinque, per tutta la prossima settimana.

Davanti alla corsia del gelato affrettai il passo, per evitare la tentazione. Dovevo assolutamente diventare più disciplinata nella dieta, dannazione!

Quella sera era venerdì, era la serata del film nella sala di spinning. C'era Knives Out, il thriller uscito al cinema il mese prima. Mi presentai dieci minuti in anticipo con una bottiglia d'acqua, e presi una bici nell'ultima fila.

Max entrò nella stanza e annunciò che il film sarebbe iniziato tra due minuti. I suoi occhi si fissarono su di me e sorrise. Poi, invece di saltare sulla sua bici, nella parte anteriore della stanza, fece il giro e venne verso di me.

Era difficile non apprezzare il suo aspetto. Max aveva le gambe lunghe e camminava con la sicurezza di chi sa di avere il fisico. Indossava una maglia da ciclismo del Colorado con la cerniera un po' aperta, per rivelare qualche centimetro di petto liscio e muscoloso. I suoi capelli castano-oro erano scuri per l'umidità, ma non per il sudore. Era sempre bagnato, come se fosse appena uscito dalla doccia.

Saltò sulla bici libera accanto a me. "Spero che questa volta ti sia iscritta alla lezione."

Finsi di non capire. "Aspetta, dovevo iscrivermi?"

Il breve momento di sorpresa sul suo viso mi fece scoppiare a ridere. Poi mi lanciò un'occhiataccia. "Ah-ah."

"Ci sei cascato."

Si guardò intorno, poi abbassò la voce. "Scherzi, ma ci sono veramente alcuni iscritti che si presentano sempre a lezione senza essersi prenotati, anche se gliel'ho detto mille volte."

"Sei fortunato, io non sono così tonta. Stasera pedali qui dietro?"

"Beh, vorrei bere qui dietro, ma l'ultima volta che ho portato una fiaschetta alla serata del film, hanno minacciato di licenziarmi. Quindi credo che mi limiterò a pedalare."

Risi. Max aveva quel senso dell'umorismo asciutto e sarcastico che è immediatamente attraente. "Scommetto che ti piace sederti qui e guardare i sederi degli altri."

Lui inarcò un sopracciglio dorato e mi guardò. "Allora, è per questo che tu sei qui?"

"Ovviamente. E non voglio che nessuno veda come pedalo male."

"Peccato" disse con un tono di scherno. "Ora sono qui e ti studierò come un libro di chimica." Iniziò a pedalare, guardandomi di lato, con gli occhi verdi spalancati e buffi.

"Basta! È inquietante!"

Le luci della stanza si abbassarono e il proiettore iniziò a proiettare il film. Iniziò con una panoramica di una massiccia villa in pietra del New England. Tutti iniziarono a pedalare, e la stanza si riempì del ronzio degli ingranaggi. A differenza della prima lezione di spinning, questa volta mi sentivo completamente a mio agio sul sellino. I pantaloncini da ciclista facevano davvero una differenza enorme.

Max si chinò verso di me e sussurrò: "È stato il maggiordomo."

"Ehi! Mi rovini la sorpresa!"

"Sto solo tirando a indovinare" rispose. "Ma è sempre il maggiordomo."

Guardammo alcuni minuti dell'introduzione in silenzio. Max continuava a guardarmi, ma ogni volta che gli restituivo un'occhiata, riportava rapidamente gli occhi sullo schermo. Ma sorrideva, per farmi capire che mi stava solo prendendo in giro.

Gli diedi un colpo al braccio. "Non avevo capito che fossi così vanitoso."

"Vanitoso? Io?"

"I capelli bagnati. Hai fatto la doccia prima di salire sulla bici perché volevi fare il bello, qui."

Sbuffò. "Ho i capelli bagnati perché stavo nuotando."

"Nuoti, e poi fai spinning?"

Lui annuì al tempo delle pedalate. "Si chiama allenamento Brick. Gli esercizi si susseguono uno dopo l'altro quasi senza nessun riposo. È un allenamento standard per il triathlon, per abituare il corpo a passare da un esercizio all'altro."

Ricordai che aveva parlato con Brody dell'Alcatraz Triathlon, ma non avevo capito che anche lui fosse un triatleta. "Il triathlon deve essere da pazzi. La corsa è già abbastanza faticosa, ma poi la bici e il nuoto..."

"Per la precisione, prima c'è il nuoto, poi la bicicletta e alla fine la corsa. Ma sì, è un hobby da pazzi. Mi sto allenando per Kona."

"Kona? Come il caffè?"

"Kona, alle Hawaii, è dove si tiene il Campionato del Mondo Ironman. È come la Maratona di Boston per il triathlon."

"Quanto dura? Un paio d'ore?"

Max ridacchiò. "Una nuotata di tre chilometri e otto, poi un giretto in bicicletta di 180 chilometri, poi una maratona veloce di quarantadue chilometri, per finire."

"Cosa?" Sussultai. "Stai scherzando. Deve volerci tutto il giorno."

Annuì. "Le gare di Ironman iniziano alle sette del mattino e abbiamo tempo fino a mezzanotte per finire. Ma io miro a finire in nove ore."

Cercai di immaginare le distanze. Sarebbe come attraversare a nuoto tutto il centro di Denver, poi andare in bicicletta fino al Wyoming e tornare indietro e in fine, andare di corsa fino a Boulder.

"Ho fatto del nuoto quando ero più giovane" gli dissi, mentre il personaggio di Daniel Craig si muoveva sullo schermo. "Ero specializzata in stile libero e farfalla."

"La farfalla è molto difficile" disse Max, sorpreso. "È inefficiente in termini di velocità e consumo di energia, ma è un ottimo allenamento per la schiena. Perché hai smesso?"

Scrollai le spalle. "Ero un'adolescente e non mi piaceva fare quello che volevano i miei genitori. Quindi ho iniziato a fare corsa campestre, quando sono entrata al liceo."

"Dovresti riprendere."

Scoppiai a ridere. "Devo avere una tecnica pessima."

Si sporse verso di me, così vicino che sentii il suo profumo salato e virile. "Lascia che ti dica un segreto. Fare qualcosa molto male è il primo passo per arrivare a farla molto bene. Hai l'abbonamento Platinum, giusto? Puoi usare le ore di personal training con chiunque, non solo con Finn. Qualche ora in piscina con me e troverai una tecnica impeccabile."

Ci pensai per qualche pedalata. "È allettante."

"La mia mamma mi ha sempre consigliato di sedurre le donne con la corretta tecnica di nuoto."

Non potei fare a meno di sorridere. "Forse, tra qualche settimana, quando avrò trovato il ritmo. Non voglio fare troppe cose troppo in fretta."

"Forse non è una cattiva idea" disse con un sospiro.

Sullo schermo, apparve Chris Evans e fece qualcosa di sospetto. Max sbuffò fiducioso. "Te l'avevo detto che era stato il nipote."

"Che cosa? Hai detto che era il maggiordomo!"

Lui si accigliò, confuso. "Ho sicuramente detto nipote."

"Non è vero!"

"Non siamo d'accordo."

La donna nella fila successiva si voltò e ci zittì, e noi ci sorridemmo come due adolescenti che flirtano sui banchi di scuola.

12

Katherine

Un mese.

Andavo regolarmente in palestra da un mese intero!

Ero nell'ufficio della RMF, seduta di fronte a Finn. "Ci vorrà un momento, mentre cerco i tuoi dati sul sistema... fatto. Questo monitor non ruota, quindi potresti venire a sederti qui?"

Portai la sedia dall'altra parte della scrivania, accanto a lui. Mi avvicinai per guardare il monitor del computer e le nostre gambe si sfiorarono.

"A gennaio, sei venuta in palestra cinquantanove volte!" esclamò. "Quasi due volte al giorno! E hai una media di novantaquattro minuti al giorno. Sembra che abbia usato le bilance nello spogliatoio, e il tuo peso è sceso di due chili e settecento."

Feci un grugnito. "Ugh, pensavo di aver perso di più!"

Finn scosse la testa. "Non è possibile. Idealmente, una persona dovrebbe perdere circa 450 grammi a settimana. Se perdi di più, stai perdendo muscolo, oltre al grasso. Due chili e sette è fantastico, soprattutto perché sappiamo che non è solo acqua. Stai andando alla grande, Kat."

Mi diede il cinque e sentii di nuovo quel calore formicolante. Nell'ultima settimana aveva iniziato a chiamarmi Kat, e mi sembrava che fossimo ancora più amici di prima.

Finn passò a un nuovo grafico. "Questi sono i tuoi esercizi suddivisi per tipo. Allenamento cardio e resistenza, per lo più, ma c'è anche un'ora di sport."

"È il giorno che ho passato a prendere a pugni il sacco."

"Pensi che lo farai anche il prossimo mese?"

"Probabilmente no" ammisi. "È stato un buon modo per bruciare energia, ma mi piace di più il cardio."

"Nessun problema, ne prenderò nota nel tuo rapporto. Come ti senti?"

"Mi sento benissimo."

"I livelli di energia sono buoni? Non sei troppo stanca?"

Scossi la testa. "Dormo otto ore a notte. L'esercizio mi ha aiutato a prendere sonno più facilmente, la sera."

"Perfetto."

Esaminammo altri grafici e diagrammi. La mia velocità media sul tapis roulant stava migliorando, così come i pesi sollevati in tutti i grandi movimenti: squat, stacco, e panca.

"Voglio che continui a progredire su tutta la linea" mi disse Finn. "Continueremo la progressione lineare con i pesi, ma voglio che continui anche a fare jogging. Calma e regolare, niente di troppo veloce. La velocità arriverà con il tempo. Va bene, per me è tutto. Ci sono altre cose che vuoi provare, il mese prossimo?"

"Mi piace lo spinning" risposi. "Mi fa meno male alle ginocchia che la corsa. Voglio farne di più. Penso anche di voler ricominciare a nuotare."

Finn annuì. "Bene. Il nuoto è ottimo."

"Non pensi che interferirà con le altre routine?"

"Per la maggior parte dei miei clienti, lo sconsiglierei" ammise.

"Ma tu sei motivata molto più degli iscritti normali e penso che il nuoto dovrebbe farti bene, a patto che lo faccia solo nei giorni in cui non fai pesi. Lanciati!"

Annuii tra me e me. Era quello che speravo che dicesse.

"Vuoi che ti prenoti delle lezioni di nuoto con Max?" chiese. "Ricorda che le ore di personal training sono trasferibili."

Gli sorrisi. "Non vorrei farti ingelosire."

Si lasciò sfuggire una risata profonda. "Se fosse stato qualcun altro, forse mi sarei ingelosito, ma Max è come mio fratello. Ed è il miglior istruttore di nuoto e di ciclismo che abbiamo."

"Anche meglio di te?"

Questo lo fece ridere ancora di più. "Io non nuoto."

"Perché? Hai detto che il nuoto fa benissimo!"

"Mi fa sentire come un sasso. Il mio corpo sprofonda nell'acqua. Non galleggio."

Gli diedi un colpetto al bicipite. "Tutti questi muscoli sono troppo pesanti."

Mi fece un grande sorriso. "È così."

In un mese, tra di noi si era instaurata molta confidenza. Ci scambiavamo degli incoraggiamenti, ma ora c'erano anche delle prese in giro amichevoli. Il nostro rapporto era diventato meno formale di quello di un dipendente che assiste una cliente.

Quello era uno dei motivi per cui avevo continuato ad andare alla RMF due volte al giorno.

"Per ora, lascio stare le lezioni di nuoto" dissi. "Voglio iniziare a farlo da sola, per vedere se voglio davvero tornare a nuotare seriamente."

"Perfetto." Mi diede una pacca sul ginocchio. "Questo è tutto, Kat. Sei una rockstar, e sei dietro a Brody di poche centinaia di punti. Continua così!"

Quel pomeriggio, uscii presto dal lavoro e andai al negozio a comprare un nuovo costume da bagno. Non c'era molta scelta, era febbraio ed eravamo in Colorado, ma riuscii a trovare vari costumi interi della mia taglia. Mentre li provavo, mi ritrovai ad ammirare il mio corpo allo specchio, più che preoccuparmi di come mi stava il costume. Anche se avevo perso solo due chili e sette, mi sembrava di aver ritrovato un bell'aspetto. O forse era solo la mia immaginazione...

La mattina dopo, arrivai di buon'ora e presi una corsia della piscina tutta per me. La sala della piscina era piena di vapore, come una sauna. Il vapore si sollevava dalla superficie dell'acqua, che era perfettamente immobile. E c'ero solo io.

Mi sedetti sul bordo della piscina per acclimatarmi all'acqua, e poi saltai dentro. L'acqua era meravigliosa, soprattutto perché fuori nevicava. Era molto meglio della piscina piena di cloro dove andavo da bambina. Indossai la cuffia e poi gli occhialini, che mi fecero vedere la sala in una tinta bluastra.

"Va bene, Kat" mi dissi. "È proprio come quando eri bambina."

Piegai le ginocchia, appoggiai i piedi alla parete scivolosa della piscina e mi spinsi lontano.

Iniziai con lo stile libero, bracciate e calci leggeri. Dopo alcune bracciate, mi sembrò naturale come se non avessi mai smesso di nuotare, quando invece erano passati quindici anni. Raggiunsi la fine della piscina, mi spinsi sul muro e tornai indietro a nuoto.

La respirazione era la parte più difficile da ricordare. È anche la parte più importante per un nuotatore, poiché l'ossigeno è il carburante del corpo. A differenza di un maratoneta, i nuotatori possono respirare solo in certi punti del movimento, girando la testa di lato per riempirsi i polmoni in una frazione di secondo. Iniziai a respirare ogni quattro bracciate, come facevo da bambina. Bracciata sinistra, bracciata destra, bracciata sinistra, e alla quarta, giravo la testa per respirare. Andò tutto bene per le prime due vasche, ma presto il petto iniziò a bruciare e i polmoni bramavano aria.

Passai a respirare ogni due bracciate. Stavo solo riprendendoci la mano. Non dovevo cercare la perfezione, non ancora.

Completai quattro vasche, cento metri, poi mi fermai a riprendere fiato aggrappata al bordo della piscina. Continuai a muovere i piedi nell'acqua, e non potei fare a meno di sorridere. Era meraviglioso, trovarmi di nuovo in acqua!

Mi si stavano appannando gli occhialini, così me li tolsi e li pulii con le dita.

Feci altri cento metri in stile libero, e poi cento a rana per cambiare un po', e per sciogliermi di più le gambe. Poi tornai allo stile libero e provai le virate a capriola, che sono il modo più efficiente per invertire il senso ad ogni estremità della piscina.

Mentre lo facevo, sentii il botto della porta della piscina che si chiudeva. Girando la testa per respirare, mi accorsi che dall'altra parte della piscina c'era qualcuno che camminava, e si fermò agli armadietti per togliersi le scarpe. La volta successiva che tirai fuori la testa, la persona stava ruotando le braccia in cerchio, per sciogliersi i muscoli.

Alla fine dei cento metri, la persona era saltata nella corsia accanto alla mia. Mi tolsi gli occhialini appannati e la guardai, aggrappata al bordo della piscina, poi guardai meglio: "Brody?"

Mi fece un sorriso educato, e si tirò la cuffia da nuoto verde sui capelli biondi. "Forse hai capito che qui si fanno un sacco di punti, eh?"

"Da giovane ero una nuotatrice" risposi. "Non tutto quello che faccio è per il concorso."

Si strinse nelle spalle come se non fosse d'accordo. "Se eri una nuotatrice, conoscerai il trucco per non far appannare gli occhialini."

"È molto tempo che non nuoto" risposi.

"Guarda e impara." Tenne gli occhialini con entrambe le mani e li immerse nell'acqua. Poi li tirò fuori... e ci sputò dentro.

"Che schifo!"

"È il trucco più vecchio del mondo" disse, strofinando la plastica coi pollici. "E funziona."

"Non voglio sputare nella piscina della palestra."

Fece un'alzata di spalle, si mise gli occhialini e si tuffò nell'acqua. Lo vidi planare sotto la superficie. Il suo tuffo sembrò così semplice, come se fosse nato per stare in acqua.

Quando arrivò dall'altra parte, sputai rapidamente negli occhialini e li strofinai, come aveva fatto lui.

Ripresi a nuotare, e sentivo la vaga presenza di Brody nella corsia accanto a me. Lui nuotava principalmente con le braccia; scalciava delicatamente con le gambe, ma senza molta forza. Mi chiedevo se fosse una tecnica di triathlon. Max aveva detto che il nuoto era la prima gara del triathlon, quindi forse era una tecnica per conservare la forza nelle gambe, per la bici e la corsa.

Nuotammo l'una accanto all'altro per dieci minuti. Io mi fermavo ogni cento metri per riprendere fiato, ma lui continuava senza fermarsi. Sullo schermo appeso al muro, i nostri punteggi ticchettavano costantemente... ma il suo aumentava più velocemente del mio.

FASCIA D'ETÀ 25-29 ANNI
BRODY F: 4.622
JONNY K: 4.239
KATHERINE D: 3.878
JAMES P: 3.410

Mi spinsi sul muro con più motivazione.

Sapevo che Brody era nella corsia accanto a me, forse sei metri dietro di me, e mi stava raggiungendo. Ogni volta che mi voltavo per respirare, le sue bracciate erano un po' più vicine. Mi ricordava le gare di nuoto che facevo da bambina, con gli avversari delle corsie accanto. L'istinto di competizione mi urlava di non lasciarlo passare.

Quando mi raggiunse, aumentai il ritmo. Pompavo più forte

con le braccia, spingendo l'acqua giù e indietro.

Raggiungemmo l'estremità opposta della piscina, entrambi facemmo una capriola subacquea e ripartimmo nell'altro senso.

Muovevo le braccia come se stessi scappando da uno squalo, e riuscii a rimanere testa a testa con Brody, ma mi bruciavano i polmoni. Presto, la respirazione ogni due bracciate non fu più sufficiente. Avrei voluto fermarmi e sollevare la testa fuori dall'acqua, per fare un respiro completo. Mi sembrava di morire. Sentivo le braccia diventare sempre più pesanti, come se indossassi i bracciali di piombo, ma ero così vicina al traguardo...

Finii l'ultima bracciata e mi distesi per toccare il muro. Girai la testa sott'acqua e vidi che anche lui toccava il muro... ma io ero arrivata una frazione di secondo prima di lui!

Tirai la testa fuori dall'acqua con un grande respiro. Erano solo gli ultimi cinquanta metri, ma mi sembrava di aver attraversato la Manica a nuoto.

Anziché continuare a nuotare, si fermò anche Brody. Mi sorrise e disse: "Noto che i tuoi occhialini non sono appannati."

"Molto divertente" dissi tra un respiro e l'altro. "Sei solo arrabbiato perché ti ho battuto."

"Arrabbiato?" Si tolse gli occhialini e la cuffia, scoprendo i capelli umidi e biondi. "È stato fantastico. È bello avere qualcuno contro cui gareggiare. Mi hai spinto a fare un finale forte."

"Da bambina mi piaceva correre" dissi. "Nel fondo, sono competitiva."

"Si vede." Indicò lo schermo sul muro. "È stato bello avere qualcuno alle calcagna che mi ha spinto. Ero tentato di fare il pigro e prendermi il giorno libero, ma sapevo che probabilmente saresti venuta in palestra e questo mi ha spinto ad alzarmi dal letto e a trascinarmi fino qui. Quindi grazie."

All'inizio pensavo che stesse scherzando. Lui aveva bisogno di motivazione per andare in palestra? Praticamente ci viveva! Non poteva dire sul serio.

"Ehi" disse improvvisamente. I suoi occhi blu brillavano per i riflessi della piscina. "Volevo chiederti una cosa..."

Mi irrigidii. Voleva chiedermi di uscire insieme? Avevamo chiacchierato un paio di volte in un mese, e una o due volte mi era sembrato che stesse flirtando con me, ma non era mai andato oltre. Almeno fino a quel momento. Il suo sguardo...

"Che tipo di scarpe indossi, sul tapis roulant?" chiese improvvisamente. "Sembrano scarpe a suola piatta, ma sono più alte del normale."

"Oh. Sono delle Mizuno Waves. Le ho comprate la scorsa settimana."

"Ti piacciono?"

"Sono fantastiche" risposi. "Il tizio del negozio ha analizzato il mio modo di correre e ha trovato la scarpa migliore per me."

"Bello, bello" annuì Brody. "Va bene, goditi il resto dell'allenamento."

Si arrampicò fuori dalla piscina, facendomi intravedere il suo corpo. Sapevo che era incredibilmente in forma, ma vederlo senza vestiti era tutta un'altra cosa. Indossava un costume Speedo, non di quelli che sembrano un'amaca con una banana dentro, ma di quelli che arrivano fino a metà coscia. Aveva gli addominali scolpiti, senza un grammo di grasso. L'acqua gli scorreva giù lungo i rigonfiamenti dei muscoli del petto e delle braccia. Prese l'asciugamano dall'armadietto nell'angolo e si asciugò i capelli, senza guardarmi. Lo Speedo nero metteva in risalto il suo sedere paffuto e muscoloso e io non riuscivo a distogliere lo sguardo!

Poi si voltò per guardarmi, e distolsi rapidamente gli occhi. "Ci vediamo, Katherine."

"Ciao, Brody."

Guardai una statua di marmo entrare nello spogliatoio degli uomini.

13

Finn

Il bello di lavorare alla Rocky Mountain Fitness era che tutto si basava sui dati. I sistemi di monitoraggio da polso registravano continuamente tutte le attività e la frequenza cardiaca degli iscritti, fornendoci una grande quantità di informazioni da analizzare.

E mi piaceva analizzare i dati dei clienti, vedere come i numeri cambiavano col tempo, aumentando o diminuendo, a seconda dell'attività. Mi chiedevo se i ragionieri provassero la stessa emozione, guardando i fogli di calcolo di Excel.

Il tablet che avevo al polso mi informava quando i miei clienti iniziavano una certa attività, in quel modo, sapevo sempre chi era in palestra e cosa stava facendo. Appena apparve la notifica di Kat, passai alla sua scheda. Aveva appena scannerizzato il braccialetto in piscina. Quindi, alla fine, ci stava provando!

"Stai andando bene, Lisa" dissi alla mia cliente che si allenava sull'ellittica. "Questo è il ritmo che devi mantenere. Non andare più veloce."

Tenni d'occhio il battito cardiaco di Kat, appena iniziò a nuotare. Salì a centoventi battiti al minuto, e rimase in quei paraggi. Ottimo.

"Attenta alla velocità, Lisa" avvertii. "Stai avvicinandoti alla zona aerobica. Ricorda che oggi è solo un giorno di recupero."

"Scusa, Finn! A volte queste gambe vogliono solo correre!"

Continuai a sorvegliare Lisa, ma tenevo d'occhio anche i progressi di Kat. Aveva già nuotato seicento metri. Ventiquattro vasche. Non male per una che non nuota da quindici anni.

Improvvisamente il suo ritmo cardiaco aumentò. Salì a centotrenta. Poi centoquaranta. Fissai il tablet e passai ai suoi dati storici. Di solito, mentre faceva jogging il ritmo cardiaco era attorno ai centoquaranta. In piscina, la sua frequenza cardiaca avrebbe dovuto essere molto più bassa, perché è più facile per il cuore pompare il sangue quando il corpo è orizzontale. Il fatto che continuasse ad aumentare era allarmante...

Mi chiedevo se avessi dovuto andare a controllarla, per assicurarmi che stesse bene.

"Come sto andando?" chiese Lisa.

"Vai bene, continua così" dissi distrattamente.

Il battito cardiaco di Kat finalmente si stabilizzò a poco meno di centocinquanta, poi cominciò a scendere. Doveva aver fatto uno sprint, o qualcosa del genere.

Continuai ad assistere Lisa, ma anche a tenere d'occhio il tablet. Appena ricevetti la notifica che Kat aveva effettuato il check-out dall'area della piscina, mi scusai ed uscii dall'area cardio.

Andai nell'atrio a chiacchierare con Brian, il ragazzo della reception. Volevo solo fare conversazione nell'attesa di vedere Kat uscire dalla palestra. Pochi minuti dopo, uscì dallo spogliatoio, ma non era in abiti civili, indossava ancora il costume da bagno.

"Oh, ehi, Kat" dissi, "finalmente hai fatto un tuffo in piscina?"

Fece un passo nell'atrio e trasalì. "Sì, ma penso di aver esagerato." Fece un altro passo e zoppicò bruscamente.

Saltai in avanti e le misi un braccio attorno alla vita. "Stai bene?"

"È la gamba sinistra" disse. "Stavo bene, poi nello spogliatoio ho sentito un dolore acuto."

"Andiamo di sopra a dare un'occhiata."

Sempre sostenendola col braccio attorno alla vita, la aiutai ad arrivare all'ascensore. Da lì, arrivammo zoppicando al Rejuvenation Lounge ed entrammo in una sala massaggi privata.

La aiutai a salire sul lettino, poi corsi a prendere una bevanda sportiva al Nutrition Bar. "Bevi questo" le dissi, quando tornai.

Lei obbedì e bevve un lungo sorso. "Pensi che possa essere solo un crampo?"

"Lo sapremo tra qualche minuto. Dove ti fa male?"

Improvvisamente mi resi conto che il suo costume da bagno rivelava molte cose. Era un costume intero, fatto per nuotare veloce, ed era così aderente alle sue curve che era impossibile non guardarla. Soprattutto quando allargò le gambe e si toccò l'interno della coscia.

"È qui."

"È il muscolo adduttore. I movimenti del nuoto gravano molto su quel gruppo muscolare."

Inclinò la testa all'indietro e gemette. "No! Non posso farmi male in questo momento!"

"Tranquilla. Ancora non sappiamo cos'hai."

"Non voglio una battuta d'arresto" disse, spaventata. "In questo momento, la palestra è l'unica cosa che va bene nella mia vita. Se devo smettere..."

Cercai di rasserenarla. "Cerca solo di rilassarti. Dimmi quando tocco il punto dolente."

Affondai due dita nella sua pelle morbida, le spostai di poco e lei inspirò forte.

"Ecco. È qui."

Alleggerii la pressione e iniziai a massaggiarla in cerchio. "Ok, nessun problema. Continua a bere gli elettroliti, mentre io ti massaggio la zona."

Finì la bevanda e si sdraiò sulla schiena; i capelli ramati si distesero ai suoi lati. Sentivo che i quadricipiti si contraevano, quando toccavo la zona interessata, ma presto si rilassò e chiuse gli occhi.

"Hai esagerato un po', in piscina?" le chiesi, per rompere il silenzio.

"Ho nuotato troppo veloce" disse, guardando il soffitto.

"Ma va?" dissi con una risata. "Ma perché? Cosa ti ha spinto a farlo?"

Sospirò e disse: "Ho gareggiato con Brody."

"Cos'hai fatto?"

"Era nella corsia accanto a me" ammise. "Era più veloce di me e avevo voglia di competere con lui, così ho accelerato per cercare di batterlo."

Scossi la testa e sorrisi. "E allora?"

"Sì, lo so che è stato stupido."

"No, cioè... com'è andata? L'hai battuto o no?"

Un sorriso le sfiorò le labbra. "Di un centimetro."

"Bravissima!"

"È stato bello tornare a nuotare" proseguì. "È come se non avessi mai smesso. Voglio continuare a nuotare."

"Mi fa piacere sentirtelo dire. Andando in piscina guadagnerai punti su Brody."

Lei rise. "Non dovrei pensare a quello. È stato lo spirito di competizione a mettermi in questo pasticcio."

"Sì, ma voglio il diritto di vantarmi" le dissi. "Se uno dei miei clienti vince questo trimestre, potrò sbatterlo in faccia a tutti gli altri allenatori."

Aprì un occhio. "Sono contenta che le tue preoccupazioni riguardino solo la mia salute."

Ridemmo entrambi. Sembrava che fossimo amici, piuttosto che un allenatore e la sua cliente. In quel mese, avevamo sviluppato un rapporto complice e non vedevo l'ora di passare del tempo con lei, più che con tutti gli altri clienti.

Fino a quel momento, ero riuscito a convincermi che non ero attirato da lei solo perché era una bella donna ma ora, con le mani sulla sua pelle, pericolosamente in alto sulla coscia, era difficile pensare a qualcosa di diverso dalla sua bellezza fisica.

Mi schiarii la gola e dissi: "Va bene, come ti senti?"

Si sedette sul tavolo e piegò la gamba. "Non c'è più! Il dolore è sparito!"

Sospirai di sollievo, come lei. "Allora era solo un crampo. La prossima volta, dovresti portarti degli elettroliti e fare un sorso ogni due o tre vasche."

"Va bene." Mi gettò le braccia al collo e mi strinse. "Grazie, Finn."

Sentii il suo seno pieno che premeva forte su di me, e i suoi capelli mi solleticarono la spalla. Respirai profondamente il suo profumo salato e floreale. Per qualche secondo, dimenticai dove mi trovavo, l'unica cosa che avevo in mente era Kat.

Lei allentò l'abbraccio, senza togliere le braccia dal mio collo. Mi guardò negli occhi per qualche istante, e poi fece l'ultima cosa che mi sarei aspettato: mi baciò.

14

Katherine

Non avevo pensato di farlo. È solo successo e basta.

Abbracciai il mio personal trainer, euforica perché la mia gamba era guarita e subito dopo, lo baciai. Sentii le sue labbra morbide e calde sulle mie, e il suo palmo che mi scivolava sulla schiena, per attirarmi a lui.

E poi, in un batter d'occhio, capii cosa stavo facendo.

Mi allontanai ansimando. "Oh, no. Finn, mi dispiace..."

Lui scosse la testa con uno strano sguardo negli occhi. Uno sguardo bramoso, come un lupo che aveva deciso di mangiare la preda.

"Non devi mai scusarti con me."

E poi mi baciò lui! Le sue labbra si attaccarono magneticamente alle mie e mi strinse, tirandomi verso il suo ampio petto. Chiusi gli occhi e sospirai nel suo abbraccio, assaporando la sensazione. La sua lingua si fece strada nella mia bocca e io la accettai con entusiasmo, accogliendola con la mia.

Lo avvolsi con le gambe e strinsi i piedi sul suo sedere, per attirarlo a me. La parte anteriore dei suoi pantaloncini premette sul mio costume. Era caldo come una fornace e sentii, sotto il tessuto, il cazzo spesso che mi premeva nella figa.

Lo volevo disperatamente. Lo volevo.

Anche Finn sentì il mio desiderio animale. Mi diede un ultimo bacio rude e poi si tirò giù i pantaloncini. Il cazzo massiccio emerse e lo vidi, duro come un bilanciere d'acciaio. E anche grosso come un bilanciere. Lo ammirai per un momento, scintillante nella luce soffusa della sala massaggi.

Tirai frettolosamente da parte il costume da bagno, scoprendo la figa inzuppata, e non per la piscina. Mostrandomi a lui per la prima volta, non provai nessun imbarazzo. Finn era già più di un semplice amico.

Sembrava naturale.

"È un mese che penso a te" ringhiò. "Non sono riuscito a pensare a nient'altro."

"Anch'io."

Mi allargò le gambe, poi affondò dentro di me. La sua ampia cappella mi aprì le labbra e mentre mi riempiva sentii un profondo, meraviglioso dolore. Rimasi scioccata da quanto fosse lungo. Continuava ad entrare, entrare, entrare, fino a quando sentii che non c'era più spazio nel mio sesso tremante. Alla fine, arrivò alla base e gemette profondamente, come quando sollevava un bilanciere.

Mi fermai a guardarlo. Quell'uomo mostruosamente muscoloso, stupendo come una statua greca, mi stava riempiendo fino all'ultimo centimetro della figa, guardandomi con occhi color nocciola. La sola vista fu quasi sufficiente a farmi venire.

E poi iniziò a scoparmi.

Le prime spinte furono lente, ritmiche, come un sollevatore di pesi che perfeziona la forma. Ma presto aumentò il ritmo, scopandomi con movimenti lunghi e profondi. Mi sembrava di avere i lombi in fiamme per il piacere; l'elettricità che correva tra i nostri corpi era sensibile e palpabile.

Mi sporsi in avanti per baciarlo di nuovo, lasciando scivolare i suoi capelli scuri tra le dita. Ne afferrai una manciata per fare leva e lui mi sorrise bramosamente.

"Cazzo, Kat, è più bello di quanto immaginassi."

Le sue parole mi fecero impazzire. "Quante ripetizioni riesci a fare?"

Sorrise ancora di più: "Tre serie da otto, almeno. Lentamente, con la buona postura."

Mi avvicinai. "Fanculo la postura. Scopami."

Come se gli avessi dato il permesso, smise di trattenersi. Tirò indietro il cazzo e me lo sbatté nella figa come se stesse davvero spingendo un bilanciere. Ad ogni spinta, sentivo l'enorme potenza del suo corpo, la forza grezza che aveva, e la stava usando tutta su di me.

Gli avvolsi le gambe alla vita e spinsi i fianchi in avanti, ad incontrare il suo cazzo ad ogni colpo. Lui mi afferrò una manciata di capelli e avvicinò le mie labbra alle sue, poi mi tenne ferma davanti al suo viso, non per baciarmi ma per guardarmi negli occhi, mentre mi martellava come una macchina.

Scopammo sul bordo del lettino, trattenendo le grida per non farci sentire da chi era nella stanza accanto.

Mentre nei miei lombi si accumulava il piacere, Finn si morse il labbro. Gli spuntò una vena sul collo, per lo sforzo di scoparmi sempre più forte.

"Ci sono quasi" sospirai. "Proprio così... non fermarti..."

Emise un gemito. "Kat..."

"Finn..."

"Sto... per venire..." sibilò.

Mi sbatté il suo grosso cazzo un'ultima volta, e mi spinse oltre il limite. Alzai il collo all'indietro e lanciai un grido silenzioso di intenso piacere. Non so come, lui riuscì a non ruggire rumorosamente, ma aveva l'estasi dipinta sul viso. Mi afferrò i fianchi così forte che pensai che potesse rompermi, e forse quella fu la cosa più erotica.

Assaporai la vista del suo orgasmo tremante e palpitante, finché non ci lasciammo cadere l'uno sull'altra, esausti.

Restammo aggrappati in un abbraccio ansimante. Una goccia di sudore gli scese sulla nuca e si fermò sulle mie dita che lo accarezzavano. Sentii la sua mano scivolare su e giù sulla schiena, sul costume da bagno, tracciando linee di un labirinto che solo lui conosceva.

"Bene" ronfai. "Quando hai detto che la Rocky Mountain Fitness è molto attenta al tocco personale, non pensavo intendessi questo."

Lo dissi con una risatina, ma Finn non rise. Anzi, smise di accarezzarmi la schiena. Tutto il suo corpo massiccio e muscoloso diventò improvvisamente teso.

"Finn? Che c'è?"

Il suo cazzo scivolò fuori da me, lasciandomi vuota. "Devo andare."

"Aspetta un momento..."

Si tirò su i pantaloncini evitando il contatto visivo. Il suo cazzo dentro il tessuto elastico sembrava un grosso tubo, e così metà eretto, era quasi comico.

"Devo..." Si fermò e mi lanciò uno sguardo breve, ma poi distolse lo sguardo.

Fuggì dalla sala massaggi, lasciandomi appagata e confusa allo stesso tempo.

15

Katherine

Per qualche istante, fui troppo frastornata per muovermi. Poi uscii dallo stordimento, mi rimisi a posto il costume da bagno, serrai i muscoli interni, e uscii con calma dalla sala massaggi come se non fosse successo nulla.

Nel Rejuvenation Lounge c'erano tre persone, una immersa in una vasca di acqua ghiacciata e altre due con gli stivali criogenici, ma nessuno mi guardò.

Mi feci la doccia, ancora confusa, mi rimisi i vestiti da lavoro e tornai al negozio sotto la neve.

"Stai bene, signora capo?" chiese Paul quando entrai.

"Cosa? Perché? È tutto a posto. Perché pensi che non stia bene?"

"Eh! Hai la pelle rossa, come se avessi fatto tantissimo esercizio."

Oh, sì, mi sono allenata proprio bene, pensai.

Però gli dissi: "Oggi ho nuotato. Il mio corpo si sta adattando a un tipo di esercizio diverso."

"Bene. Ho sentito che nuotare è un ottimo esercizio. Si usano tutti i muscoli, o qualcosa del genere. Ehi, va bene se vado a pranzo presto? Voglio passare da Gamestop e prendere l'ultima versione di Battlefield prima che lo esauriscano."

Aggrottai le sopracciglia. "Non puoi scaricarlo da Internet?"

Paul rise. "Sì, chi non fa sul serio lo scarica, ma io preferisco avere le copie fisiche, per la collezione. Ho più di duemila videogiochi nelle loro scatole originali."

"Sì, va' a divertirti."

Mi puntò le dita in forma di pistola. "Ti ho mai detto che sei una capa eccezionale?"

Solo per qualche mese ancora, pensai, mentre se ne andava. Il negozio era vuoto, in quel momento. Non era sorprendente: dopo le festività natalizie l'attività rallentava sempre. Ma era l'esempio di come sarebbe stato il mio negozio dopo l'apertura di Pacifica Vinyl, ad aprile.

Mi sedetti dietro la cassa e ripensai a tutto quello che era successo. Fare sesso con Finn mi era sembrato del tutto naturale, come se il nostro atteggiamento amichevole e i flirt dell'ultimo mese, fossero arrivati alla loro naturale conclusione. E porca miseria, era stato bello! Non facevo sesso così da molto tempo. Forse da tutta la vita. Era successo all'improvviso e inaspettatamente, in un luogo quasi pubblico, ed era durato solo pochi minuti. Era stato uno sprint piuttosto che una maratona, ed entrambi avevamo raggiunto il traguardo.

Quello è il genere di cose che sognano le ragazze, ma non succedono mai. Però a me era appena successo.

Ma Finn aveva reagito nel modo peggiore possibile, dopo esermi venuto dentro. Era praticamente scappato! Aveva detto che pensava a me da un mese ma, chiaramente, ora pensava di aver commesso un grande errore.

Avevo baciato il personal trainer, avevamo scopato, e poi era scappato a gambe levate.

Emisi un gemito. *Sei un'idiota, Kat!* Cosa mi era venuto in mente? Avevo un bel rapporto con Finn. Era come un vero compagno di allenamento, che teneva ai miei progressi e mi guidava. Avevamo due personalità compatibili. E poi avevo rovinato tutto con uno stupido bacio.

Mi diedi un pugno nell'interno della coscia. "Grazie mille per i crampi, stupidi muscoli."

"Non è quello il modo di parlare alle tue gambe" disse una voce familiare, entrando nel negozio.

"Darryl!" Corsi da mio fratello e lo abbracciai. "Che ci fai qui?"

"Un collega fa ha una festa per il suo compleanno e volevo prendergli un regalo. Ho scoperto che ha un giradischi VPI Prime Signature."

Fischiai. "Che lusso. Che tipo di musica gli piace?"

Passammo qualche minuto a cercare nella sezione jazz finché Darryl non scelse. Poi gli feci lo scontrino e incartai il disco in una scatola regalo speciale.

"Allora, perché ti stavi prendendo a pugni le gambe?" chiese.

Pensai rapidamente. "Oggi ho avuto un crampo e ho dovuto interrompere l'allenamento."

Un cliente entrò nel negozio e si diresse verso il retro.

"Ma a parte questo, sta andando bene in palestra?" chiese lui.

Feci un verso felice. "Darryl, sta andando alla grande. Da un mese, ci vado due volte al giorno. Beh, non tutti i giorni, ma a gennaio ci sono andata cinquantanove volte."

"È meraviglioso! Deve piacerti il tuo personal trainer."

Per poco non mi soffocai. "Cosa te lo fa pensare?"

"Nelle pubblicità parlano dei loro fantastici programmi di allenamento e dicono che danno molta importanza al coaching personale. E tu sembri soddisfatta."

La scatola regalo mi scivolò dalle mani e cadde sul bancone. La spinsi verso Darryl, facendo finta che fosse stato intenzionale.

Mi guardò strizzando gli occhi. "Va bene, dimmelo."

"Cosa?"

"Che succede?"

"Chi dice che sta succedendo qualcosa? Va tutto bene."

Proprio come quando eravamo bambini, mi guardò fisso finché non crollai.

Abbassai la voce e dissi: "Penso di avere una cotta per il personal trainer."

Darryl reagì alla mia confessione con una risata.

"Che c'è di così divertente?"

"È proprio come quando eri adolescente. Hai sempre avuto una cotta per qualcuno che lavorava con te."

"Non è vero..."

Darryl contò i nomi sulle dita. "Il tuo tutor di matematica in seconda superiore, quello magrolino con l'apparecchio."

"Miles era solo un amico..." protestai debolmente.

"Il tuo allenatore di corsa campestre del liceo, anche se aveva otto anni più di te e andava al college." Un altro dito. "Il mio amico Patrick, che veniva a giocare a Dungeons and Dragons."

"Patrick non è stata colpa mia" scattai. "Aveva sempre quei pantaloncini jeans stretti quando veniva. Se lo sventoli davanti a una adolescente piena di ormoni, è normale che abbia qualche fantasia."

"Il punto è" insistette Darryl, "che è esattamente lo stesso che facevi prima, e finivi sempre con il cuore spezzato, se i ragazzi non ti ricambiavano."

"Ho la sensazione di piacergli anch'io" sussurrai. Non volevo che il cliente nel retro sentisse i dettagli dei miei fallimenti romantici.

"Cosa te lo fa pensare?"

Perché abbiamo scopato come animali nella stanza dei massaggi.

"Non lo so" dissi.

Darryl sospirò e mi mise una mano sul braccio. "È solo che non voglio vederti di nuovo col cuore spezzato, sorellina."

"Non sono più una bambina" dissi sulla difensiva.

"Sì" concordò, "è vero."

Avrei continuato a discutere, ma il cliente in fondo al negozio girò la testa e lo vidi meglio. "Aspetta un attimo" dissi a Darryl.

Andai verso il retro del negozio: "Brody?"

Era strano, vederlo vestito con qualcosa di diverso dagli indumenti da palestra. Aveva stile, con i jeans e una giacca di pile, e le mani nelle tasche. Aveva ancora le guance rosse per il freddo.

"Oh. Ciao, Katherine."

"Chiamami Kat. Cosa ci fai qui?"

Fece un gesto. "Cerco un album di vinile."

"Sei sicuro che non mi stai seguendo? Prima, in piscina, e ora sei qui nel mio negozio..." Gli feci un mezzo sorriso per fargli capire che stavo scherzando.

"Veramente, stavo cercando il nuovo album di Post Malone. Hai i suoi primi due, ma Runaway Tour non c'è."

"Ti piace il vinile?"

Gli apparve un sorriso sul suo bel viso. "Nell'appartamento che ho affittato c'era un giradischi, e mi sono convertito."

Avrebbe potuto essere tutta una scusa per venire a cercarmi nel negozio, ma sembrava sincero. Lanciai un'occhiata alla fila di album e dissi: "So che abbiamo Runaway Tour, ma non ce ne sono più negli scaffali. Ne prendo uno dal retro, vuoi ascoltarlo prima?"

"No, lo compro."

Andai nel magazzino e trovai l'album. Quando tornai, Brody stava aspettando vicino alla cassa. Darryl si era spostato sul retro del negozio, fingendo di sfogliare una pila di album jazz, mentre ci origliava.

Feci lo scontrino di Brody e glielo porsi. "Desideri qualcos'altro?"

"Puoi andare più piano coi punti alla RMF?" disse scherzando. "Temo che mi raggiungerai presto."

Sorrisi con aria furba. "Non posso farlo, amico. Ti sto dietro."

"Beh, allora che ne dici di un appuntamento?"

Mi scomparve il sorriso. "Cosa?"

"Ti piacerebbe uscire con me?"

Darryl dal retro del negozio, tirò un pugno in aria.

"Se non ti conoscessi meglio" dissi con cautela, "direi che stai cercando di allontanarmi dalla palestra per impedirmi di fare altri punti."

"Se siamo via entrambi" rispose Brody senza problemi, "nessuno potrà guadagnarne."

Sullo sfondo, Darryl iniziava a fare un movimento con le anche. Lo ignorai e dissi: "Forse hai intenzione di darmi buca."

Brody si passò una mano tra i perfetti capelli biondi. "Ehi, è una buona idea. Facciamo così. Vengo a prenderti davanti alla RMF. Così, se ti do buca, puoi correre velocemente in palestra a scaricare la rabbia sulle macchine. Lavori nei fine settimana?"

"Di solito sì, ma sono flessibile. A volte, essere il capo ha i suoi vantaggi."

"Che ne dici di sabato a mezzogiorno?"

L'ora mi sorprese. Mezzogiorno non è l'ora più romantica del giorno, per un appuntamento. "Sì, mezzogiorno va benissimo."

"Allora, siamo d'accordo." Brody diede un colpetto sul bancone col palmo della mano. "Vestiti calda e indossa dei buoni stivali. Saremo all'aperto. Ci vediamo."

Prese il disco ed uscì dal negozio.

Quando Darryl tornò da me, gli diedi uno schiaffo sul braccio. "È difficile flirtare con un ragazzo mentre tu fai il ridicolo sullo sfondo!"

"Sarei un cattivo fratello, se non cercassi di metterti in imbarazzo. Quindi hai un appuntamento questo sabato?"

"Pare di sì."

Darryl aggrottò le ciglia. "Chi porta una ragazza a un appuntamento a mezzogiorno? Forse vuole approfittare delle offerte del brunch della tavola calda."

"Sta' zitto. Sono sicura che avrà in mente qualcosa di simpatico."

Darryl mi colpì con un dito. "Almeno ti sei già dimenticata di quel personal trainer."

Se solo sapessi tutta la verità, pensai.

16

Katherine

Quel pomeriggio, andai sul sito della RMF per prenotare una lezione di nuoto individuale. C'erano vari istruttori disponibili su tutta la settimana, ma Max Baker aveva solo un'ora disponibile: sabato mattina dalle dieci alle undici. Era perfetto. Avrei potuto allenarmi prima dell'appuntamento con Brody.

In più, preferivo fare lezione con Max che con chiunque altro.

La mattina dopo, mi svegliai con la paura di andare in palestra. La sera prima avevo pensato di mandare un messaggio a Finn, ma avevo rinunciato. Come si sarebbe comportato, quando ci saremmo visti? L'idea di sentirci imbarazzati mi terrorizzava.

Quando arrivai in palestra, scansionai il monitor alla colonnina d'ingresso, e una e ragazza alla reception arrivò di corsa. "Ehilà, Katherine! Volevo dirti che il tuo personal trainer oggi è malato. Se hai bisogno di assistenza, Carmen è disponibile."

"Oh, va bene."

Avevo la sensazione che Finn non fosse davvero malato. Stava solo evitando di vedermi. Era proprio quello che temevo: avevamo fatto sesso, e ora tutto era cambiato tra noi.

Avevo rovinato una bella relazione.

Finn non venne neanche il giorno dopo, e quello dopo ancora. Piuttosto che chiedere assistenza a Carmen, aprii il foglio di calcolo sul telefono e feci la mia routine di sollevamento pesi senza di lui. Era una soddisfazione, poterlo fare da sola, senza nessun aiuto: caricare i pesi sul bilanciere, poi fare pesanti squat tutto da sola, senza assistenza. Ma non potei fare a meno di sentirmi un po' sola. Mi mancava qualcosa.

Venerdì tornai in palestra per la serata del film. La saletta era già quasi piena. Prima che potessi trovarmi una bici libera, Max mi salutò dal retro e indicò il sellino accanto a lui.

"Ma come sei dolce!" dissi, e mi sedetti.

"Voglio solo qualcuno per chiacchierare durante il film" rispose lui, impassibile.

"E c'è chi dice che la galanteria è morta." Infilai la bottiglia d'acqua nel supporto e iniziai a pedalare leggermente. "Hai visto Finn, questa settimana?"

Max scosse la testa. "Ho sentito che ha preso l'influenza. Ti stende."

Oh, sì che ti stende.

"Ma dimenticati di lui. Domani mattina hai un'ora in programma con il sottoscritto."

"Lo so, e non vedo l'ora."

Sorrise. "Lo sapevo. Volevi solo vedermi in costume da bagno."

"Non in quel senso" dissi con una risata.

"Che peccato. Sto bene in costume da bagno."

Mi fece ridere. Poi le luci si spensero e iniziò il film. Max stava flirtando con me, o era sempre così? Non potevo esserne certa.

"Quanto hai fatto, finora?" chiese Max. "Non ho ancora guardato il rapporto delle tue attività."

"Questa settimana ho nuotato due volte. Mi sento forte, ma sento di essere fuori allenamento."

"Beh, non diventerai Michael Phelps domani pomeriggio"

rispose, "ma quando avrò finito con te, spero che avrai identificato alcuni problemi specifici su cui concentrarti."

Quando avrò finito con te. Lo disse in un modo che sembrava sporco, ma forse era solo la mia immaginazione.

Poi mi sorrise, facendomi dubitare.

Dopo il film, tornai a casa e decisi che la relazione con Finn non poteva rimanere così indefinita. Quella sensazione, e il timore di andare in palestra ogni mattina perché mi sentivo in imbarazzo, non mi piacevano per niente. Mi mancava anche come allenatore e compagno di allenamento, la motivazione e lo stimolo che mi dava. Se volevo continuare ad andare bene in palestra, avevo bisogno di lui.

Gli mandai un messaggio.

Io: Ciao. Volevo chiarire le cose riguardo a quello che è successo. Mi è dispiaciuto molto per come ci siamo lasciati, e sono sicura che hai finto di stare male tutta la settimana per evitare di vedermi. Quindi, forse sarà più facile chiarire tutto via SMS. Ne vuoi parlare?

Dopo un momento apparve la conferma di lettura. Aspettai la risposta. E continuai ad aspettare.

Passò un'ora e non ricevetti nessun messaggio. Andai a letto più demoralizzata che mai.

La mattina successiva lavorai al negozio, poi andai in palestra per la lezione di nuoto. Bastò uno sguardo alla ragazza della reception per capire tutto: scosse tristemente la testa. Finn era ancora assente.

Forse avrei dovuto trovarmi un nuovo personal trainer.

Mi misi il costume da bagno e andai in piscina, dove trovai Max. Era già lì, a fare stretching a bordo piscina, ma non si era ancora spogliato.

"Ecco la mia ragazza." Quelle parole mi fecero fremere di calore, soprattutto dopo il rifiuto implicito di Finn. "Bel costume da bagno."

"Grazie." Mossi i fianchi. "L'ho scelto io stessa."

"Ti sei già riscaldata?"

"No. Sono venuta subito qui."

"Va bene" rispose lui. "Ci scalderemo in piscina."

Si tolse la maglietta e il mio cervello si trasformò in gelatina. Sembrava che si muovesse al rallentatore, tutti i muscoli increspati apparivano uno alla volta sotto i miei occhi. Immaginavo che stesse bene senza maglietta, specialmente dopo la battuta di ieri sera, ma vederlo di persona era come guardare un porno. Aveva la pelle marrone dorato, più abbronzata di quanto mi aspettassi. I suoi addominali sembravano deliziosi involtini. La pelle copriva i muscoli obliqui dei fianchi, dando vita ad ogni angolo e insenatura. Non aveva braccia massicce come quelle di Finn o di Brody, ma erano ben definite, con muscoli magri. Nel complesso, sembrava che il suo corpo fosse stato scolpito da Michelangelo.

Poi si tolse i pantaloncini. A differenza di Brody, indossava un vero Speedo, di quelli che coprono a malapena la spessa protuberanza del cazzo. Riuscii a distinguere il contorno dell'asta e il glande...

"Mettiamoci al lavoro" e si tuffò in piscina. "Per riscaldamento, fa' quattro vasche in stile libero, poi quattro a rana."

Mi infilai la cuffia e mi sistemai gli occhiali. Non volevo che si appannassero, ma ero anche riluttante a sputargli dentro di fronte a Max. Però volevo anche dare l'impressione di essere esperta, e dopo l'ultima nuotata avevo cercato su Google il trucco dello sputo. A quanto pare, è vero.

Sputai negli occhiali, poi li immersi in acqua.

Max rimase a bocca aperta. "Ma che diavolo?"

"Oh! Pensavo che lo facessero tutti!"

"Vieni nella mia piscina e ti metti a sputare?" mi chiese stizzito.

"Ma che razza di...?"

Poi la rabbia scomparve e fu sostituita dalle risate.

"Scusa! Mi dispiace. Non ho resistito. Avresti dovuto vedere la tua faccia."

Gli spruzzai l'acqua addosso, ma questo lo fece solo ridere di più.

Feci le mie vasche di riscaldamento a un ritmo leggero. Dopo lo stile libero mi bruciavano i polmoni, ma mi ripresi con la rana, che è più facile. Mi concentrai sulla forma e alla fine andai a sedermi accanto a Max, piuttosto soddisfatta di me stessa.

"Abbiamo molto lavoro da fare" disse.

Sogghignai. "Sì, come no. Molto spiritoso."

Fece una smorfia. "Sono serio. Ci sono molte correzioni da fare alla tua forma."

Anche se ero lì per ricevere dei consigli, mi fece male sapere che non ero perfetta e fantastica già di mio. "Ah, va bene."

Assunse l'atteggiamento da insegnante severo. "Le tue gambe affondano troppo nell'acqua, creando molta resistenza. Devi fare più battute."

"Va bene."

"Ti do un esercizio per aiutarti a registrarlo nella memoria muscolare. Aggrappati al bordo della piscina e lasciati galleggiare sulla pancia."

Feci come mi aveva detto, allungando le gambe in dietro ma, rimanendo ferma, i piedi affondarono nell'acqua.

"Hai visto? Mentre nuoti fai così. Devi aumentare le battute, per mantenere le gambe orizzontali. Non più forte, solo più rapidamente. Almeno quattro battute per ogni bracciata. Provaci, mentre io ti sostengo."

Iniziai a scalciare, aggrappata al bordo della piscina. Max era in piedi accanto a me, con il busto simile a un adone che sorgeva dall'acqua. Poi sentii le sue mani sui fianchi. Tutto il mio corpo formicolò al suo tocco.

"Lo senti?" Mi alzò per i fianchi, e il sedere uscì dall'acqua. "Questa è la sensazione che dovresti provare mentre nuoti. Come se stessi calciando l'acqua verso il basso. Questa è ovviamente un'esagerazione, ma è quello che dovresti immaginare mentre nuoti. Ora continua a calciare."

Sbattei le gambe mentre lui mi sosteneva.

"Bene. Benissimo. Proprio così. Ora, girati e fa' una vasca."

Mi lasciò nuotare. Mentre mi muovevo, riuscii a sentire cosa intendeva. Prima, lasciavo scendere le gambe troppo in basso nell'acqua. Per mantenerle orizzontali, dovevo usare di più i quadricipiti.

"Fantastico!" esclamò, quando tornai. "Pensavo di doverti correggere ancora un paio di volte, ma sembra che abbia capito subito."

"Mi sta tornando la memoria muscolare" ammisi.

Sorrise orgoglioso. "Ho la sensazione che diventerai una brava allieva. Ora, parliamo della respirazione..."

Passammo un'ora in piscina a ripassare un sacco di piccole cose. Mi fece cambiare la respirazione da ogni quattro bracciate a ogni tre. In quel modo avrei incamerato più ossigeno, e sarebbe stato meglio per i muscoli del collo, respirare sia sul lato sinistro che sul destro. Mi insegnò anche un esercizio di espirazione, per espellere tutta l'aria dai polmoni prima di riprendere fiato. Mentre spiegava, mi ricordai di averlo imparato quando ero piccola.

Alla fine della lezione, nuotavo già in modo più efficiente e meno faticoso.

"Di solito, programmo cinque o sei lezioni" disse Max, "ma con te, ne farò solo una."

"Imparo in fretta" dissi felice, mentre uscivamo dalla piscina.

"Sei sicura che non facevi solo finta di nuotare male?" chiese furbescamente. "Scommetto che volevi solo vedermi a torso nudo."

Sorrisi. "Devo ammetterlo: è valsa la pena fare la lezione."

Mi lanciò un asciugamano. "Questo è reciproco, se non ti dispiace che lo dica." Guardò da entrambe le parti, poi si avvicinò per sussurrare. "Però non dire ai miei capi che l'ho detto. Flirtare con i clienti è proibito."

Risi nervosamente. "Sì, no, naturalmente. E grazie a te. Per la lezione, intendo. Non per il complimento."

"Di niente." I suoi occhi color smeraldo brillarono. "Corsa, bicicletta, ora il nuoto... tra pochissimo farai un triathlon."

"Ah!"

"Dico sul serio. Con il tuo passato di corsa campestre, potresti diventare brava."

"Non sono abbastanza veloce per gareggiare, neanche lontanamente" dissi. "Per adesso, mi accontento di non essere troppo debole in nessuna di queste discipline."

Max si asciugò i capelli con l'asciugamano e si avvicinò. "Ti dico un segreto. Fare qualcosa molto male è il primo passo per arrivare a farla molto bene."

"Me l'hai detto la scorsa settimana, durante il film."

Allargò le lunghe braccia. "Beh, se l'ho detto due volte, dev'essere proprio vero." Mi diede una leggera pacca sul braccio. "Ci vediamo la prossima volta."

Mi feci la doccia e mi cambiai per l'appuntamento con Brody, molto fiera di me stessa. La vicinanza di Max era psicologicamente stimolante. Un'ora con lui e mi sembrava di poter conquistare il mondo.

E poi uscii dallo spogliatoio e mi trovai faccia a faccia con l'ultima persona che avrei voluto vedere.

17

Katherine

Uscii dallo spogliatoio ed entrai nell'atrio, e rimasi bloccata sul posto.

C'era Finn, vicino alla porta d'ingresso, appoggiato al muro, con le braccia incrociate. Sembrava che mi stesse aspettando.

"Ehi" disse con quella voce profonda e dolce, "possiamo parlare?"

"Sì. Okay."

Lo seguii negli uffici. Era uno spazio aperto, senza pareti divisorie, ma c'eravamo solo noi. Tuttavia, avvicinò la sedia alla mia per poter parlare a bassa voce.

"Ascolta, Kat..." iniziò.

Capii subito che si era pentito di quello che era successo. Era chiarissimo. Stava per mollarmi, proprio in quel momento. Ero terrorizzata all'idea di sentirlo pronunciare quelle parole.

"Ho fatto un errore!" dissi io prima che iniziasse a parlare. "Tu mi stavi facendo un normale massaggio sportivo professionale e io ho oltrepassato il limite, baciandoti."

"Abbiamo fatto di più che baciarci."

"Sì, ma quel bacio è stato l'inizio. Ed è stata tutta colpa mia. Lo ammetto. Quindi forse possiamo semplicemente fare come se non fosse mai successo?"

Finn si fissò i piedi. "Non penso di poterlo fare."

"Perché no?"

Finalmente alzò lo sguardo verso di me. "Perché è stata la cosa più erotica che abbia mai fatto."

Sbattei le palpebre. "Sul serio?"

Scosse la testa, facendo ondeggiare i suoi capelli scuri. "Stai scherzando? Abbiamo scopato nella sala massaggi, al lavoro. Sembra uscito da un film porno. L'unica cosa che mancava erano le frasi improbabili tipo "come sei stretta" e "devo allargarti."

Sorrisi, ma solo per un momento. "Se è stato così erotico, perché sei scappato subito dopo? E perché ti sei dato per malato per tutta la settimana?"

"Perché, nonostante sia stato bellissimo, avevo paura" ammise. "Quello che abbiamo fatto è sbagliato, Kat."

Gli toccai la gamba robusta. "Non è sbagliato, se lo volevamo entrambi."

"È contro la politica aziendale. Potrei perdere il lavoro anche solo per flirtare un po', figuriamoci..."

"Figuriamoci regalarmi la migliore scopata della mia vita?" finii la frase per lui.

"Esatto." Sbatté le palpebre. "La migliore della tua vita?"

Sorrisi. "È come hai detto tu. Era il genere di cose che si vedono nei film porno. Inoltre, sei incredibilmente sexy."

Il mio complimento ebbe l'effetto opposto su di lui. Si accigliò e disse: "Stiamo divagando. Io sono il tuo personal trainer, tu sei la mia cliente. Ma il mio lavoro alla RMF mi piace e non posso rischiare di perderlo."

Mi si formò un buco nello stomaco. "E adesso, che facciamo?"

"Torniamo a come eravamo prima" disse. "Ci concentriamo sui tuoi allenamenti e io ti aiuto a raggiungere i tuoi obiettivi."

Feci una smorfia. Era esattamente la stessa cosa che gli avevo proposto qualche secondo prima. Però, ora che sapevo che il sesso gli era piaciuto tanto quanto a me, mi sembrava che stessimo rinunciando a qualcosa di meraviglioso.

"Oppure, io potrei lasciare la RMF" dissi. "Così potremmo fare quello che vogliamo."

Mi guardò scettico. "Vuoi trovare un'altra palestra?"

Sospirai. "No, non vorrei."

"Allora, non abbiamo scelta. Consideriamo che è stato un episodio isolato, e torniamo alla relazione platonica tra istruttore e cliente."

"Contro-offerta: potremmo continuare a farlo, ma lo manteniamo perfettamente segreto."

Si alzò dalla sedia. "Chi dice che voglio continuare?"

Saltai su anch'io. "Ehi!"

Sorrise e improvvisamente mi prese tra le sue enormi braccia. Mi spinse contro il muro, dietro un armadietto che ci nascondeva, se fosse entrato qualcuno. Mi baciò forte, spingendosi bruscamente contro di me. I suoi enormi muscoli mi soffocavano.

Quando finalmente si allontanò, ero senza fiato. Sollevai il petto per respirare e Finn sorrise.

"Sei malvagio" dissi.

"Consideralo un bacio d'addio" disse dolcemente. "Da questo momento in poi, tra noi non c'è più nulla."

Gli afferrai la maglietta, mi alzai in punta di piedi e gli infilai la lingua in bocca in un rapido bacio alla francese. "Considera questo un bacio d'addio" risposi.

Mi lanciò un'occhiataccia. "Ora tu sei malvagia."

"Ti sto ripagando con la stessa moneta." Mi schiarii la gola e mi aggiustai la maglietta. "Perché hai aspettato fino ad ora, per parlare? Avresti potuto rispondere ai miei messaggi, anziché lasciarmi aspettare tutta la settimana."

"Volevo rispondere, ma avevo paura di farlo su un dispositivo aziendale." Tirò fuori il telefono e mi mostrò il logo della RMF sulla custodia.

"Lo farebbero davvero? Leggerebbero i tuoi messaggi?"

"Probabilmente no" ammise. "Ma se notano qualcosa, potrebbero andare a cercare tra i nostri messaggi. Meglio prevenire che curare."

Lanciai un'occhiata al mio monitor da polso. "Cazzo, devo scappare."

"Che c'è? Hai un appuntamento galante?" scherzò.

Trasalii. Il sorriso gli scomparve dal viso. "Ah."

"È una specie di appuntamento" dissi, poco convinta. "Brody mi ha chiesto di uscire."

"Brody? È un tipo a posto" rispose Finn. Sembrava che stesse sforzandosi di non mostrarsi geloso. "Divertitevi."

"Grazie."

Uscii dall'ufficio, imbarazzata e quando fui fuori, gemetti tra me e me. Avevamo aggiustato la situazione, chiarito le cose... e poi dovevo andare a dirgli che avevo un appuntamento. Ora, la relazione sarebbe tornata più imbarazzante di prima.

Ma fu una soddisfazione, vedere che Finn era un po' geloso.

Lasciai la borsa da palestra nel negozio, mi truccai rapidamente, nel bagno, poi chiesi a Paul se avesse bisogno di qualcosa e tornai in palestra. Mentre aspettavo, fuori, pensavo a quello che stavo facendo. Avevo fatto sesso con Finn all'inizio della settimana, e ora stavo per uscire con Brody. E come se non bastasse, flirtavo con Max.

Non mi ero mai trovata in una situazione del genere. Cosa dovevo fare?

Quando vidi Brody, me ne dimenticati completamente. Camminava verso di me sul marciapiede, elegantemente vestito con la giacca di pile che aveva ieri. Aveva al collo una sciarpa blu e gialla, col logo della UCLA in corsivo, su un'estremità.

"Stai bene" mi disse.

Ridacchiai. "Difficile a dirsi, avvolta in questo giaccone, ma avevi detto che saremmo stati all'aperto..."

Guardò i miei stivali invernali. "Dovrebbero andar bene. Ho parcheggiato da questa parte."

Mi condusse alla sua macchina, una Subaru scura con le gomme invernali. All'interno faceva caldo.

"Dove stiamo andando?" gli chiesi.

Fece un sorriso misterioso. "Lo vedrai."

Attraversammo la città verso ovest, poi prendemmo la I-70 verso le montagne. Dopo qualche chilometro, uscimmo su una stradina di servizio, avanzammo ancora per qualche minuto e poi parcheggiammo su un sentiero.

CENTENNIAL CONE PARK
INIZIO SENTIERO OVEST

"Andiamo a fare un'escursione!" dissi emozionata.

Parcheggiò la macchina e saltò fuori. "Ti va?"

"Certo!" esclamai. "Le escursioni mi piacevano un sacco."

Brody si mise sulle spalle uno zaino pesante. "Anche a me."

Sul sentiero c'era qualche centimetro di neve fresca, ma i nostri stivali ci permettevano di avanzare facilmente. Brody faceva strada, e io lo seguivo due passi più indietro.

"Sono contenta di aver indossato gli scarponi da trekking, invece delle scarpe da tennis" dissi. "Mi hai detto che saremmo stati all'aperto, ma non mi hai spiegato bene dove."

Mi lanciò un'occhiata. "Volevo che fosse una sorpresa."

"Sono contenta che l'abbia fatto!"

La foresta era fitta di abeti rossi e di pini. Mentre salivamo il sentiero, sui rami brillavano neve e ghiaccio che riflettevano il sole pomeridiano, ogni volta che faceva capolino tra le nuvole. Tutto era silenzioso e immobile, tranne il suono dei nostri stivali. Era un perfetto paese delle meraviglie invernale.

La natura non era l'unica cosa bella da guardare. Il culo di Brody, che scalava davanti a me, era fantastico con quei jeans. Mi mantenne assorta mentre ci facevamo strada attraverso la foresta.

"Perché hai smesso di fare escursioni?" chiese Brody dopo un po'.

"Chi dice che ho smesso?"

Brody si fermò per prendere una bottiglia d'acqua dallo zaino. Fece un lungo sorso e me la porse. "Hai detto che le escursioni ti piacevano un sacco."

Bevvi un po' d'acqua per avere il tempo di pensare. Non sapevo mai come parlare della mia storia, soprattutto con un nuovo ragazzo che mi piaceva. Gli ultimi due ragazzi con cui ero uscita, non si erano dimostrati molto comprensivi.

"Quando ero bambina, papà mi portava a fare delle escursioni" spiegai. "Passavo la maggior parte del tempo con mamma, e l'escursionismo era l'unica attività in cui io e lui andavamo d'accordo. Mio fratello era troppo nerd per venire con noi, quindi rimaneva a casa. Eravamo solo io e papà."

"E non fai più escursioni con lui?"

Gli sorrisi tristemente. "È morto in un incidente stradale la notte di Capodanno, cinque anni fa. Lui e mia madre, entrambi."

Eccolo, quello sguardo inorridito e pietoso che appariva sempre sui volti delle persone quando glielo raccontavo. Brody rimase scioccato. Non seppe cosa dire. In quel momento, stava freneticamente cercando cosa non dire. Come se stesse navigando in un campo minato invisibile di drammi familiari.

"È stato cinque anni fa" aggiunsi. "Ormai ho assimilato tutto. Ma da allora non ho più fatto escursioni."

Brody si passò una mano tra i perfetti capelli biondi. "Ascolta. Non lo sapevo... se vuoi tornare indietro, possiamo fare qualcos'altro..."

"No!" risposi subito. "Ho sempre voluto tornare a fare escursioni, ma non ho mai avuto il coraggio. Grazie per avermi dato la spinta."

"Sei sicura?"

Gli posai una mano sul braccio. "Sicura. Continuiamo."

Gli mostrai che facevo sul serio, aprendo la strada sul sentiero. Sapevo che con quei pantaloni avevo un bel culo, e ora toccava a lui camminare dietro e godersi lo spettacolo.

Salimmo per un'ora fino a raggiungere la vetta, poi proseguimmo lungo il crinale verso sud. Fu un buon esercizio ed allenai i polpacci più che sul tapis roulant.

"È strano fare esercizio e non guadagnare punti" dissi.

"Certo, ma mi piace. Siamo scollegati dalla gara."

"Hai paura perché sai che ti raggiungerò e vincerò il trimestre primaverile."

Brody si schernì. "Vorrei proprio vederlo! Ehi! Eccola" disse improvvisamente Brody. "È là davanti."

"Cosa?"

Uscimmo dal sentiero e avanzammo sulla neve più alta per altri venti metri. Gli alberi si diradarono e improvvisamente ci trovammo in una radura. E più avanti, il terreno finiva bruscamente in una parete rocciosa. Mi fermai a dieci metri di distanza.

Guardai il panorama della valle sottostante. "È bellissimo" dissi meravigliata.

Brody mi mise un braccio intorno alla vita, e indicò a sinistra.

A cento metri da noi c'era un'enorme cascata. Non l'avevo notata perché era completamente silenziosa. Un pilastro di ghiaccio che si estendeva dal lago sottostante fino al cornicione della montagna.

"Oh, mio Dio."

Brody sorrise. "L'ho letto quando mi sono trasferito qui. Ci vogliono le condizioni giuste, perché si congeli completamente."

"È incredibile!"

"Ne valeva la pena, vero?"

"Certo." Mi brontolò lo stomaco. "Hai degli snack, lì dentro?"

Si tolse lo zaino dalle spalle e sorrise. "Ho fatto di meglio."

Cominciò a tirare fuori dallo zaino dei contenitori di vetro Tupperware. Uno pieno di cubetti di formaggio, un altro con fette di tacchino. Un contenitore di fettine di fragole e uva, e uno con biscottini all'uvetta e farina d'avena.

"Hai portato un pranzo intero!"

"È solo un picnic, ma apprezzo il tuo entusiasmo."

"Ho dimenticato di pranzare" risposi, "e ho nuotato un'ora con Max, prima dell'appuntamento."

Brody reagì come se gli avessero dato un pugno. "Ahi, scommetto che Max ti ha fatto sudare."

"Sì, ma in senso buono. Ha corretto tutti gli errori che facevo, ma ora mi sembra di imparare a nuotare da capo."

Brody aprì una coperta e la posò su una roccia nuda, dove la neve si era sciolta. "L'idea è quella. Soffri ora, per essere migliore più tardi."

Cercai di trattenermi, ma appena aprì i contenitori del cibo, iniziai a divorare. Pezzettini di formaggio cheddar, poi fettine di carne, poi frutta. Alla fine, mangiai anche un biscotto, poi altri tre.

"Questo non fa bene alla mia dieta" dissi con la bocca piena.

"Prima hai detto che hai saltato il pranzo. E probabilmente abbiamo bruciato un migliaio di calorie per arrivare qui."

"Sul serio?"

Lui sospirò. "Probabilmente no, ma possiamo far finta."

Scoppiai a ridere. "Da quanto tempo sei a Denver?"

Brody appoggiò le mani dietro la schiena. "Dall'autunno. Il mio contratto scade a settembre. Potrebbe essere prorogato fino alla fine dell'anno, ma è improbabile."

"E poi?"

"Poi torno in California."

Lo disse così semplicemente, come se stesse commentando il tempo. Ma quello cambiò immediatamente il contesto del nostro appuntamento. Se sarebbe rimasto lì solo per altri sette o otto mesi, una relazione seria era fuori discussione.

Stranamente, questo alleggerì l'atmosfera, come se la posta in gioco del nostro appuntamento non fosse più così alta.

"Ti piace Denver, finora?"

Sbuffò. "L'inverno è certamente... invernale."

"Vuoi dire che sulla costa californiana non sei abituato a vedere un metro e mezzo di neve?" chiesi seccamente.

"Non proprio. Ma è anche bello, vivere le stagioni."

Gli tirai un pezzo di formaggio. "Oh, poverino! Sei stufo del clima perfetto a 24 gradi tutto l'anno."

"Dico sul serio! A volte diventa noioso."

Gli lanciai un altro pezzo di formaggio, e questa volta gli rimbalzò sul collo e gli cadde nella maglia. Cercò di tirarselo fuori e mi fece scoppiare a ridere.

"Ma mi piace stare qui" continuò malinconico. "Sono un tipo

solitario, quindi mi piace stare fuori dall'ufficio. Mi concentro meglio, quando non ho i colleghi che mi distraggono. E stando qui, ho potuto concentrarmi sull'allenamento per il triathlon."

"Ci scommetto" risposi. "Ed è bello poter lavorare in palestra. Due uccelli con una fava."

Inclinò la testa. "Tu che lavoro fai? Non pensavo che la proprietaria di un negozio come te potesse lavorare dalla palestra."

Gli spiegai il mio sistema per ascoltare sul telefono gli album demo, caricati su Google Drive.

"È davvero intelligente" disse Brody.

"L'idea è venuta al mio dipendente, quando gli ho detto che volevo stare più tempo in palestra. Veramente, penso che voglia farmi restare fuori dal negozio più a lungo, per poter fumare l'erba sul retro."

"Però, gli appassionati di erba sono i migliori appassionati di musica" sottolineò Brody.

"Questo è vero. Non mi sto lamentando."

"Ti stai allenando per qualcosa?" chiese Brody. "Quali sono i tuoi obiettivi in palestra?"

"La salute in generale. Riprendere l'abitudine di fare esercizio regolarmente, come facevo quando ero più giovane. E anche se perdessi un po' di peso, non sarebbe male."

Contorse la faccia. "Non hai bisogno di perdere peso. È bello vedere una ragazza con le curve. Se non ti dispiace che te lo dica" aggiunse frettolosamente.

"Apprezzo il tuo sforzo per farmi sentire a mio agio" dissi con un ghigno.

"Dico sul serio. Tutte le ragazze contro cui gareggio nel triathlon sembrano disegnate coi bastoncini. Sono in salute, ma non hanno nessuna curva. Invece tu..." Fece un gesto. "Sei bellissima. A volte mi distrai."

Ora, ero sicura che mi stesse prendendo in giro. In palestra c'erano un sacco di donne bellissime, che non erano per niente scheletriche. Ma era comunque un bel complimento.

"Anche tu stai benissimo" dissi, per cambiare argomento. "Sei stato nell'esercito?"

Lui scosse la testa. "Sono andato al college e mi sono laureato in statistica. Ma l'esercizio mi è sempre piaciuto, mi aiuta a rilassarmi mentalmente."

"Sì! Era quello che mi piaceva, quando facevo corsa campestre al liceo. Là fuori, da sola con i miei pensieri, concentrata sui passi, uno dopo l'altro. Il mio cervello si rilassava. È come la meditazione."

"Certo."

"Ora non è più così facile come allora" dissi, "ma ci sto arrivando. Lentamente ma inesorabilmente. E sto iniziando a perdere peso. Mi fa sentire bene."

Brody sorrise calorosamente e mi accarezzò la gamba. "Beh, sono contento che tu sia tornata in gioco."

"Pensavo che avessi detto che non ho bisogno di perdere peso." Inarcai un sopracciglio.

"Sono contento che ti sia rimessa a fare esercizio" ribatté, "perché altrimenti non ti avrei incontrata."

Incrociammo lo sguardo e le nostre teste si avvicinarono l'una all'altra. Il suo bacio fu morbido e dolce, e sentii sulla sua lingua il sapore delle fragole.

Avrei voluto fare qualcosa di più. Lì, con la vista della valle sotto di noi, sentii un immenso legame con Brody. Avevamo così tanto in comune, e volevo vedere se era bravo a baciare, volevo aggrapparmi al suo corpo e unire il mio calore alla sua...

Mi diede due pacche sulla gamba: "Muoviamoci! Abbiamo ancora cinque chilometri di sentiero, con qualche decina di metri in verticale sul crinale."

Rimettemmo il picnic nello zaino, e continuai l'escursione con il sorriso sulle labbra.

18

Katherine

In quasi tutti gli appuntamenti, più si avvicina la fine, più divento nervosa. Cosa succederà dopo? Mi darà un bacio sulla guancia, o un bacio della buonanotte? Mi inviterà a casa sua, o viceversa?

Ma visto che Brody e io ci eravamo già baciati, potemmo rilassarci e goderci il resto della giornata senza stress. Seguimmo il sentiero su per il crinale, poi tagliammo attraverso la foresta. Da lì, era tutto in discesa fino alla macchina, ma ci volle ancora più di un'ora. E la discesa fu faticosa come l'arrampicata, soprattutto con la neve.

Chiacchierammo di qualsiasi cosa ci venisse in mente. Le squadre sportive di Denver e quelle californiane. Snowboard e sci (Lui non aveva mai provato a fare nessuno dei due). Mi fece un sacco di domande sui miei gusti musicali e sul metodo che avevo per decidere quali album vendere nel mio negozio.

"Presto non avrà più importanza" dissi con un sospiro.

"Perché?"

"Hai visto quella nuova costruzione alla fine dell'isolato? Sarà un Pacifica Vinyl."

Brody mi guardò e fece una smorfia. "L'ho notato."

"Non posso competere con loro" dissi. "Possono vendere meno caro di me per rubarmi i clienti e possono superarmi con il loro enorme budget per il marketing."

Aspettai che iniziasse a darmi dei suggerimenti: spendi di più sugli annunci di Facebook, riduci i prezzi, crea un bar. Lo dicevano tutti, quando parlavo di Pacifica.

Invece, disse solo: "Mi dispiace. Dannazione!"

Mi fece piacere che si limitasse a riconoscere l'enormità del problema, piuttosto che cercare di risolverlo in due minuti.

Alla fine dell'escursione, tornammo al negozio. Parcheggiò in doppia fila e uscì per fare il giro e aprirmi la portiera.

"Sono stato benissimo, oggi" disse. "Mi piacerebbe farlo di nuovo, qualche volta. Se vuoi."

Sorrisi. "Mi farebbe piacere."

Mi accarezzò la guancia e si sporse per baciarmi di nuovo. Questa volta lo baciai più forte, con più entusiasmo. Le nostre labbra umide giocarono e fecero rumori tenui.

Dopo mi fece un grande sorriso. "Buonanotte, Katherine."

"Puoi chiamarmi Kat" dissi. "Buonanotte, Brody."

Rimasi sul marciapiede e lo guardai risalire in macchina e ripartire.

Quando entrai nel negozio, Paul esclamò: "Caspita, signora capo! Non mi avevi detto che ti saresti presa il pomeriggio libero per andare a un appuntamento."

"Non è stato niente di che" dissi, togliendomi il cappotto. "L'ho conosciuto in palestra."

"Niente di che? Quello era un bel bacio. E lui è anche carino."

Guardai Paul con la fronte aggrottata.

"Che c'è? Un ragazzo etero non può avere un'opinione sull'aspetto di un altro ragazzo? Era un sogno. Se fossi una donna single, me lo farei sicuramente."

"Sta' zitto" gli dissi con una risata.

Entrai nella stanza sul retro e passai il resto della giornata a lavorare. Le vendite di quel giorno furono piuttosto buone. Erano state buone per tutta la settimana, in realtà. L'attività stava riprendendo, dopo la pausa post-vacanze.

Dopo il lavoro, passai al supermercato. Dopo un mese di palestra, mi sentivo abbastanza motivata per iniziare a migliorare anche altri aspetti della mia vita. La dieta andava bene, mangiavo frullati a basso contenuto di zuccheri quasi ogni giorno a pranzo, ma volevo comunque pianificare meglio i pasti. Se avessi investito qualche ora a cucinare nei fine settimana, mi sarei preparata i pasti per l'intera settimana e non sarei più stata tentata di mangiare al fast food.

Comprate tutte le provviste, le portai in cucina e mi misi al lavoro. Quella settimana, volevo provare due ricette. La prima era riso fritto vegetariano. Tagliuzzai le carote, le zucchine e i broccoli e li feci soffriggere in una padella con olio d'oliva e aglio. Poi aggiunsi due uova fritte, per le proteine. Preparai separatamente il riso integrale e lo misi nella padella con le verdure. Infine, versai la salsa di soia e mescolai tutto fino a quando non prese un piacevole colore marrone dorato.

La seconda ricetta fu la pasta al pollo. Era molto più facile: tagliai i petti di pollo crudi a cubetti e li misi a cuocere in una padella. Mentre si doravano, feci bollire le penne in una pentola e le scolai. Poi misi i pezzi di pollo nella pentola e li mescolai con una salsa alla vodka.

In totale, preparai dodici pasti, e li misi in altrettanti contenitori Tupperware. Più la cena per quella sera.

Mentre stipavo i contenitori nel frigo, ripensai al dolce picnic che Brody aveva organizzato. I ragazzi di solito sono pigri, negli appuntamenti: una cena e un film. O un drink informale, la sera. Quell'escursione era stata senza dubbio l'appuntamento più creativo che mi fosse capitato.

Per cena mangiai riso fritto, poi mi misi a leggere un libro sul divano. Eppure i miei occhi leggevano le stesse frasi più e più volte, senza capirle. Non riuscivo a concentrarmi, la mia mente continuava a pensare a Brody... e a Finn.

Dopo cinque anni nei quali ero uscita massimo in tre appuntamenti, improvvisamente avevo una storia con due ragazzi in una sola settimana. Dall'astinenza all'abbondanza. Era quasi divertente, ma anche un po' crudele.

Posai il libro e cominciai a riflettere.

Mi tornava sempre in mente il fatto che Brody sarebbe andato via. In autunno, sarebbe partito. Cosa sarebbe successo, se avessimo iniziato una relazione seria? Provare ad avere una relazione a distanza sarebbe stato stupido, quindi o lui poteva restare a Denver, o io potevo trasferirmi in California. Ovviamente quest'ultima era fuori discussione a causa del mio negozio...

Ma una voce mi sussurrò: *e se a quel punto il tuo negozio sarà già chiuso?*

Ma c'era anche Finn. Con lui, il problema era più immediato: non potevamo stare insieme, almeno finché eravamo entrambi alla Rocky Mountain Fitness. Ma sapere che il nostro amore era proibito, lo rendeva ancora più stimolante, addirittura invogliante. Iniziai ad immaginare di avere una relazione segreta con lui, di flirtare e toccarci mentre ci allenavamo, di baciarci di nascosto nel suo ufficio. Magari anche scopare di nuovo nella stanza dei massaggi. Quel pensiero mi eccitò e mi fece venire il formicolio.

Gemetti tra me e me. Non era abbastanza tardi per andare a dormire, ed ero troppo agitata per poter leggere. Avevo voglia di fare qualcosa.

Mi cambiai e decisi che non sarei rimasta in casa.

19

Max

Non conoscevo nessuno che fosse più competitivo di me.

Certo, tutti gli atleti lo sono, specialmente i triatleti. Ci vuole una personalità particolare per eccellere non in una, ma in tre discipline: nuoto, ciclismo e corsa. Per non parlare dell'allenamento di resistenza per aumentare la densità ossea e muscolare, e dello yoga quotidiano per mantenere la flessibilità. Solo le persone più motivate possono farlo.

Ma io ero ancora più competitivo, probabilmente perché ero l'ultimo di cinque figli e avevo dovuto sforzarmi sempre, per stare al passo con gli altri. Quando Mark ha iniziato a nuotare, ho voluto farlo anch'io. Quando Meghan è entrata nella squadra di atletica, volevo correre insieme a lei, anche se riuscivo a tenere il passo solo per circa un chilometro. Quel rapporto con i miei fratelli mi ha reso l'uomo che sono oggi. Per quanto sia veloce, cerco sempre di competere con qualcuno più forte di me.

Al liceo, la mia competitività si manifestava nello sport. Andavo fortissimo nel football, nel basket e nel baseball. Qualsiasi gioco a squadre, con dei punti e un avversario. Ho vinto una borsa di studio per giocare a baseball, ma non ero abbastanza bravo per diventare professionista. Avrei potuto rimanere nelle leghe minori per qualche anno, ma non volevo solo sopravvivere e basta. Volevo vincere.

Così ho fatto la cosa migliore per chi ha una personalità competitiva di tipo A: sono diventato trader di borsa per un fondo di investimento. È un mondo di maniaci pieni di testosterone che lavorano venti ore al giorno davanti agli schermi. Anche se lavoravamo tutti per la stessa azienda, gareggiavamo tra noi. Tutti volevano guadagnare di più, o almeno essere tra i primi tre. Meno di quello, sarebbe stato considerato un fallimento.

Mi è piaciuto moltissimo... per un po'. Sono bravo con i numeri, e riuscire a fare qualcosa così bene, vedere i numeri salire sempre, crea dipendenza. Ma come molti altri trader prima di me, ebbi un burn out. Non avevo tempo per fare nient'altro. E alla fine, l'emozione di vedere i numeri aumentare, iniziò a svanire.

Ora, potevo vedere i miei numeri salire in altro settore.

Pompavo le gambe sulla bici da spinning, cercando di stabilizzare il respiro. Il sudore mi scivolava sul viso e mi gocciolava in bocca, ma non potevo perdere la concentrazione per asciugarlo. L'enorme schermo di fronte a me mostrava una strada di montagna incredibilmente ripida che zigzagava sul pendio. Mancavano solo tre chilometri alla cima.

Adoravo pedalare lì da solo, a tarda notte. C'era silenzio. Potevo scegliere il percorso che volevo e concentrarmi sulle mie gambe e sulla respirazione, senza distrazioni. Dopo una lunga giornata di lezioni, avevo bisogno di fare il mio vero allenamento da solo.

Preferivo comunque pedalare su strade reali, sulla mia bici Trek Speed Concept, piuttosto che su una bici da spinning. Questo è il bello del Colorado: si può fare allenamento in quota, le montagne sono sempre a pochi chilometri.

Però, finché la neve non si fosse sciolta, avrei dovuto accontentarmi di quello.

La resistenza della mia bici era programmata per assecondare il video, quindi diventava più difficile man mano che salivamo. Stavo gareggiando contro il mio avversario digitale. Nel video appariva in sovrimpressione la mia silhouette in bianco, dieci metri più avanti. Un fantasma che indicava il mio miglior tempo personale su questo percorso, un record che avevo fissato solo due giorni prima.

Quello stimolo mi era necessario. C'era sempre qualcuno da inseguire. Senza quello, sarebbe stato facile soccombere alla fatica, in cima alla montagna. Non potevo permettere che accadesse, ora che ero così vicino.

Mi bruciavano le gambe, mentre spingevo. Avevo consumato calorie per due ore senza sosta. Due drink sportivi e tre pacchetti di gel energetico. Quest'ultimo ha la consistenza del dentifricio, ed è il modo più veloce per assumere calorie a combustione rapida. A meno di attaccarsi a una flebo.

Se avessi pianificato correttamente il carburante, sarei riuscito a raggiungere la cima della montagna senza bonking. Quando un atleta perde forza per mancanza di elettroliti o di glicogeno nei muscoli, si dice bonking. I maratoneti che cadono in ginocchio a pochi passi dal traguardo, incapaci di alzarsi perché le gambe gli sono diventate di gelatina, sperimentano il bonking.

Mi era successo l'ultima volta che avevo fatto quel percorso. Ma quella sera, l'avrei evitato a tutti i costi.

Girai l'ultimo tornante e mi immisi sulla salita dritta verso la cima. Più avanti, il mio io fantasma stava rallentando. "Andiamo" dissi a denti stretti. "Ci siamo quasi..."

Con le ultime forze che mi rimanevano nelle gambe, superai il mio io precedente e raggiunsi la cima della montagna davanti a lui. Un bordo verde lampeggiò attorno all'immagine e nell'angolo superiore apparve il nuovo record.

"Un nuovo record personale!" disse una voce computerizzata.

"Ah hah!" urlai, sferrando un pugno all'aria. "Adesso sì che ci siamo."

Mi sembrava di avere le gambe di gomma, ma andava bene. I quindici chilometri rimanenti erano in discesa, e potei pedalare leggermente per recuperare. La parte difficile era finita.

"Che urlo!"

Mi voltai di scatto a sinistra. Appoggiata alla porta c'era Katherine, le braccia incrociate e un sorriso compiaciuto sul viso.

Mi asciugai il sudore dalla faccia con l'asciugamano. "Da quanto tempo mi stavi guardando?"

"Abbastanza."

Entrò nella stanza e salì sulla bici accanto a me. Indossava pantaloncini stretti da ciclismo che mostravano le curve dei suoi fianchi. La sua vista suscitò qualcosa dentro di me. Eccitazione, mescolata a qualcosa di più primordiale.

"La nuotata di stamattina non ti è bastata?" le chiesi.

"È stato dodici ore fa. Le mie gambe hanno bisogno di fare qualcosa."

"È tardi."

"Ero irrequieta" rispose lei, e iniziò a pedalare. "E a che serve iscriversi a una palestra aperta ventiquattr'ore su ventiquattro, se non ne approfitti?"

"Vero."

"Che ci fai tu, qui, a quest'ora?" chiese.

Feci un gesto verso lo schermo. "La notte è il momento migliore per allenarmi. Mi piace il silenzio."

Katherine rallentò. "Se ti sto interrompendo..."

"No! Niente affatto."

Riprese a pedalare. "Se inizio a infastidirti, sei libero di dirmelo senza mezzi termini."

Feci un lungo sorso dalla bottiglia d'acqua. "Beh, ora che lo dici, ieri sera stavi chiacchierando un po' troppo, durante il film."

Reagì esattamente come speravo. Sbigottita, mi disse: "Eri tu a chiacchierare con me!"

"Stavo solo sussurrando tra me e me. Non era necessario che

rispondessi."

Finalmente capì che la stavo prendendo in giro. "Oh, sta' zitto."

"Esattamente" dissi con un sorrisetto.

Emise un rumore infastidito e io risi ancora più forte.

"Forse non dovrei sorprendermi di trovarti qui così tardi. L'addestramento per Ironman deve essere molto impegnativo."

"È come avere un lavoro part-time" concordai. "Mi alleno circa venti ore a settimana. Nei momenti di punta, quasi trenta. Trenta ore dedicate, senza contare tutte le lezioni che do."

Katherine scosse la testa. "Non so come riesca a fare entrambe le cose."

Senza smettere di pedalare, tolsi le mani dal manubrio per stirarmi la schiena. "Beh, lavoro alla RMF solo in inverno. Quando il tempo diventa abbastanza bello per allenarsi all'aperto, prendo le ferie fino a ottobre."

Katherine si voltò verso di me. "Sul serio?"

"Sì. Guadagno un po' con qualche sponsorizzazione sportiva. A parte quello, in estate il mio lavoro a tempo pieno è l'allenamento."

Sembrava incuriosita. Aggrottò la fronte e continuò a pedalare in silenzio.

"Molti altri triatleti fanno la stessa cosa" spiegai. "Lavorano come matti in bassa stagione per risparmiare un po' di soldi, poi vivono di rendita durante la stagione degli allenamenti. Denver è una specie di Mecca del triathlon. È l'ideale per la possibilità di allenarsi in quota e la vicinanza delle montagne."

"Quindi lavorerai qui solo per un altro mese o due, poi ti licenzierai?"

"Mi dispiace spezzarti il cuore, ma è così. Se vuoi, posso consigliarti altri istruttori di nuoto e spinning. Non sono bravi come me, ma..."

"Vuoi andare a bere qualcosa?"

La sua domanda mi colse così alla sprovvista che smisi di pedalare. Solo quando la mia macchina emise un segnale acustico arrabbiato, ripresi a muovere le gambe.

"Quando avrai finito di pedalare" aggiunse con un sorriso. "Non proprio in questo momento."

Flirtavo con tante clienti. È il mio carattere, ma è anche il modo migliore per costruire un rapporto. Io flirto, la cliente flirta con me, e poi facciamo un allenamento da paura. È innocuo.

Ma appena avevo visto Katherine, il mese precedente, mi era sembrata diversa, più reale. La sua maniera di flirtare suggeriva che voleva sudare, ma anche in altri sensi. Era meravigliosa. Mi attirava molto, più di qualsiasi altra cliente. Mentirei, se dicessi di non aver fantasticato su di lei una o due volte.

Ma... era rischioso avere una storia con un'iscritta della palestra. Era contro le regole dei dipendenti. Per me, non sarebbe stato un grosso ostacolo, ma temevo di rovinare la dinamica che si era instaurata tra me e Katherine. E anche per l'aspetto finanziario, non volevo creare dei problemi con un'iscritta Platinum. Le lezioni personali mi venivano pagate di più, ma le ore con i clienti Platinum erano pagate il doppio. Se avessi bevuto qualcosa con Katherine, e poi una cosa tira l'altra... non volevo che quelle sostanziose ore Platinum sparissero.

"Grazie per l'offerta, ma devo rinunciare" dissi.

Lei sussultò. Non si aspettava un rifiuto. "Oh, figurati."

Avevo ancora qualche chilometro da percorrere, ma il tragitto era di riposo e non avevo voglia di restare lì. Rallentai fino a fermarmi e scesi dalla bici.

"Ti ho prenotato un'altra lezione di nuoto, sabato prossimo" dissi. "Se l'ora non ti va bene, fammelo sapere e posso spostarla."

"Per me va bene."

"Ottimo." Le sorrisi. "A presto, allora."

Uscii dalla sala di spinning, chiedendomi se mi sarei pentito di quello che avevo fatto.

20

Katherine

Appena Max uscì dalla saletta, mi alzai sul sellino e gemetti ad alta voce.

"Idiota" mormorai. "Sono proprio un'idiota."

Cosa mi era venuto in mente, chiedergli di venire a bere qualcosa? Avevo già un inizio di relazione con due ragazzi. Però, sia Finn che Brody avevano degli ostacoli che gli avrebbero impedito di avere una relazione seria con me. Max, in teoria avrebbe avuto lo stesso problema di Finn, il lavoro alla RMF, ma lui avrebbe smesso tra un mese o due. A quel punto, nulla avrebbe potuto impedirci di stare insieme.

Flirtava con me, ed era così sexy, tutto sudato e ansimante dopo la pedalata. Quella proposta mi era scappata dalla bocca, e subito dopo avevo capito quanto fosse stupida.

Max non aveva voluto venire a bere un drink con me. Era solo un istruttore un po' civettuolo che probabilmente flirtava con tutte le ragazze. Ancora una volta, avevo frainteso completamente le intenzioni di una persona. Darryl aveva ragione: avevo proprio l'abitudine di prendermi una cotta per i ragazzi coi quali lavoravo.

Stupida, stupida, stupida.

Pedalai per quindici minuti, poi guardai il punteggio sul tabellone:

FASCIA D'ETÀ 25-29
BRODY F: 5.901
KATHERINE D: 5.417
JONNY K: 4.693
JAMES P: 4.188

Mi piaceva accumulare punti mentre Brody non era in palestra. Poco a poco, lo stavo raggiungendo. Ma per quanto fosse appagante, non riuscivo a mettercela tutta. Dopo quella figuraccia con Max, avrei solo voluto tornare a casa, raggomitolarmi sotto le coperte e far finta che non fosse successo niente.

Non volevo uscire sudata, quindi andai a farmi la doccia negli spogliatoi. Il flusso d'acqua bollente sul corpo mi fece bene, lavò via tutte le stupidaggini che avevo fatto. Cosa mi stava prendendo, recentemente? Sembrava che la mia personalità fosse cambiata, da quando avevo iniziato ad andare in palestra. Agivo in modo più impulsivo, correvo dei rischi.

Stavo prendendo troppo alla lettera Anno Nuovo, Vita Nuova.

Riflettendo sotto la doccia calda, mi resi conto che era probabilmente legato al mio negozio. Per cinque anni, avevo dedicato tutte le energie mentali e fisiche al successo di Vinyl High Records. Non avevo avuto tempo per nient'altro, né per l'esercizio, né per le relazioni, né per mangiare sano.

Da quando avevo saputo che Pacifica Vinyl stava per aprire quasi di fronte a me, la mia vita era stata sconvolta. Il negozio non aveva più importanza, perché prima o poi avrebbe chiuso. Avevo bisogno di nuovi passatempi per distrarmi dal negozio e concentrarmi su cose nuove. L'esercizio era importante, come anche la vita sentimentale. Non avevo avuto paura di invitare Max a prendere un drink perché avevo un bisogno disperato di distrarmi dal mio imminente fallimento. Era come se mi stessi annegando e cercassi di aggrapparmi a qualsiasi cosa potesse salvarmi.

Chiusi l'acqua e risi da sola. Tra il chiarimento con Finn, l'appuntamento con Brody, e alla fine la proposta a Max, era stata una giornata intensa.

Mi cambiai, salutai la ragazza alla reception, e uscii al freddo.

Poi rimasi bloccata, incredula.

C'era Max, appoggiato a un lampione sul marciapiede. Aveva una giacca di pelle nera e le mani nelle tasche. In testa aveva un berretto rosso e bianco, dal quale spuntava qualche ciuffo biondo vicino le orecchie. Mi sorrise come se mi avesse aspettato tutta la notte.

"Ho cambiato idea su quel drink" disse con voce serena. "Ma a una condizione."

"Quale?"

I suoi occhi verdi brillarono. "Andiamo a casa tua."

21

Katherine

Quando arrivammo a casa mia, stavamo già pomiciando.

Senza staccare le labbra da quelle di Max, riuscii ad infilare la chiave nella serratura e ad aprire la porta. Ci precipitammo dentro, chiusi a chiave la porta e accesi la luce.

"C'è odore di aglio" disse Max.

Lo strinsi forte tra le braccia. "Stavo preparando i pasti per tutta la settimana."

Un sorriso feroce sfiorò il suo bel viso. "Il mio tipo di ragazza."

"Pasta col pollo!"

Lui gemette. "Oh, tesoro. Non fermarti. Ci sono quasi."

Le nostre labbra si unirono e continuammo a baciarci, le lingue vorticavano e danzavano insieme. Non arrivammo alla camera da letto. Max mi spinse sul divano, poi mi coprì con il suo corpo. Allargai le gambe in modo che potesse sprofondare in me, una calda pressione sull'inguine che mi riempì tutto il corpo di calore.

Pomiciammo sul divano, strisciandoci come due adolescenti che hanno paura di fare la prossima mossa.

Max mi baciò il collo. Sospirai, e le sue labbra si spostarono lungo la clavicola, poi giù fino al seno. Mi sedetti in modo che potesse togliermi la maglia, e lui fece scivolare le dita sulla schiena slacciandomi abilmente il reggiseno. Sentii l'aria fresca sui seni nudi, ma poi Max vi immerse il viso e prese a baciarmi e leccarmi i capezzoli. Trattenni il fiato, mentre i fulmini di piacere che gli uscivano dalla lingua si diffondevano nel mio petto. Succhiò e leccò il capezzolo destro, poi il sinistro, tutto senza allontanare l'inguine dal mio, strisciando su e giù in modo molto promettente.

I suoi baci si avventurarono più in basso. Le dita scesero sui fianchi e mi sbottonarono i jeans, che scivolarono giù insieme alle mutande. Nuda e vulnerabile, allargai le gambe per il mio istruttore di spinning.

Max si fermò un momento a contemplarmi la figa, beandosi alla vista. Mi ero rasata una settimana prima, ma era abbastanza per lui? Si aspettava qualcos'altro? In quel momento vulnerabile, mi passarono per la testa un milione di domande, come succede sempre con un nuovo amante...

Max affondò il viso nella figa, baciandomi teneramente le labbra. "Hai un sapore fantastico" gemette, a contatto con me, facendomi vibrare il bacino e fino al clitoride.

Emisi un gemito, e quando iniziò a farmi sesso orale tutti i dubbi sparirono. Leccò la fighetta accuratamente e abilmente, iniziando dalle labbra esterne fino ad arrivare al clitoride. Poi un dito scivolò nella fessura umida, poi due, e li mosse avanti e indietro mentre stimolava sapientemente il clitoride con la lingua.

Nel giro di pochi minuti, gli stavo già venendo sulla faccia, senza ritegno. Le mie grida di piacere riempirono l'appartamento. Alla fine, sentii le sue labbra contrarsi in un sorriso a contatto col mio sesso.

"Quello è un suono che mi piace" mormorò. "Meglio dei rumori dell'allenamento."

Io ansimavo. "È una specie di allenamento."

"Allora lo aggiungerò al tuo programma" scherzò.

Prima che potessi pensare a una risposta scherzosa, si alzò e mi mise in ginocchio. Rimasi senza fiato per la sorpresa e poi per il piacere. Era passato tanto tempo dall'ultima volta che mi avevano preso con forza, che avevo dimenticato quanto mi piacesse. Adoro essere manovrata e posizionata da un uomo abbastanza forte da fare quello che vuole con me.

E come se mi avesse letto nel pensiero, non perse tempo. Lo sentii togliersi i jeans, e poi la punta del suo cazzo premette sulle mie labbra grondanti. Una volta che la cappella fu dentro di me, abbandonò ogni cautela. Mi afferrò i fianchi e infilò il cazzo con un desiderio animale che mi eccitò più del sesso orale.

Slanciai la testa indietro e inarcai la schiena, per fargli capire quanto mi piaceva. Mi fece scivolare il palmo della mano sulla schiena, poi mi infilò le dita tra i capelli. Ne afferrò una manciata e strinse delicatamente, abbastanza da farmi sentire la pressione sul cuoio capelluto. Stava provando, per vedere se mi piaceva.

Come risposta, gemetti sonoramente.

Incoraggiato dal mio verso, mi strinse di più i capelli e tirò abbastanza forte da sollevarmi la testa all'indietro, per controllarmi mentre mi penetrava. Rabbrividii di estasi ed emisi un altro sospiro sommesso.

"Questo è meglio del raffreddamento che volevo fare" disse con bramosia.

"Sono felice di aver finito presto di pedalare" risposi. "Quanto mi avresti aspettato?"

"Tutto il tempo necessario."

Mi sbatté di nuovo il cazzo dentro, facendomi formicolare di piacere tutto il corpo. Sentivo che l'animale dentro di lui si liberava e prendeva ciò che voleva.

Mi voltai a guardarlo. Era come un'opera d'arte di muscoli, le braccia flesse per tenermi ferma. Mi tirò i capelli ancora più forte, facendomi piegare la testa indietro, ed emisi un grido di piacere.

"Ti piace forte?" chiese.

Riuscii ad articolare un rumore di approvazione. Lui reagì con un'altra spinta profonda che mi fece rabbrividire con un'esplosione di piacere.

"Ohh..."

Si tirò indietro lentamente, lasciando solo la punta dentro di me. Si fermò e si spinse di nuovo dentro, riempiendo la figa fino in fondo. Le spinte di Max erano lunghe, profonde e dure, come un sollevatore di pesi che si concentra sulla forma.

Era contemporaneamente una tortura e un'estasi.

Mi stava usando come se fossi il suo giocattolo, e io gemevo sempre più forte. Percepivo che gli stava piacendo, e questo intensificava il mio piacere. Volevo disperatamente che si sfogasse, che mi scopasse senza pietà, piuttosto che con dei colpi lenti e misurati. E volevo che mi facesse venire, e poi che venisse anche lui, riempiendomi dei suoi liquidi...

"Scopami" lo implorai.

Strinse ancora la presa sui capelli. "È questo che vuoi?"

"Sì, per favore, oh sì" gemetti. "Scopami, Max. Cazzo, fammi venire..."

Mi torturò ancora per qualche secondo, poi alla fine si lasciò andare. Mi lasciò i capelli e mi afferrò i fianchi con entrambe le mani e mi scopò con un abbandono sconsiderato. Ad ogni colpo, spingevo il bacino verso di lui, gemevamo e sospiravamo insieme, intervallati dal suono degli schiaffi della pelle sulla pelle.

Max allungò una mano attorno ai fianchi e mi toccò il clitoride. Quel tocco fu sufficiente ad incendiarmi di piacere. Alzai di più il bacino, i miei muscoli si irrigidirono e mi sentii come senza peso nella sua presa, mentre mi riempiva la figa col cazzo, e con le dita mi sfiorava il clitoride.

Ebbi un orgasmo improvviso e intenso, e soddisfacente come

l'ultima ripetizione di una serie di pesi.

Strinsi il più possibile i muscoli interni attorno al suo cazzo, e Max non poté resistere. Mi scopò ancora per qualche secondo, poi si tirò fuori completamente. Si avvicinò al lato del divano, mi afferrò una manciata di capelli e mi spinse la bocca sul suo palo scintillante. Gemetti per la sorpresa, poi per l'estasi, quando mi infilò il suo bellissimo pezzo di carne in bocca, così profondo che quasi mi fece vomitare.

Ruggì come un animale, tenendomi la testa immobile. Lo sentii tremare dentro la bocca e poi lo sentii venire. Mi iniettò in gola il suo seme caldo, schizzo dopo schizzo, con grida di piacere così intense che sembravano quasi dolorose. Gemetti insieme a lui e strinsi le labbra alla base del cazzo, desiderosa di ricevere fino all'ultima goccia. Desideravo fargli piacere.

Cademmo a terra insieme, esausti. Come due compagni di allenamento, respiravamo pesantemente, appoggiati l'uno all'altra.

Alla fine, mi venne da ridere. "Sei stato un po' duro."

Girò la testa per guardarmi. Il sudore gli scuriva i capelli dorati vicino alle tempie e i suoi occhi verdi brillavano nell'oscurità. "Ho esagerato?"

"No! Per niente." Gli accarezzai il petto muscoloso con i polpastrelli. "Mi è piaciuto che hai preso il comando."

"Bene. La prossima volta non ci andrò tanto piano."

Quel pensiero mi fece ridere di felicità.

"La prossima volta..." lo guardai. "Non hai paura di finire nei guai col lavoro, vero? Per aver scopato con un'iscritta?"

"Ci dicono sempre di dare un servizio speciale agli iscritti Platinum" rispose, seriamente. "Penso che questo ci rientri."

"Sono d'accordo con te." Gli diedi una pacca sul cazzo nudo, che si stava sgonfiando rapidamente, appoggiato alla sua gamba. "Ma seriamente, non sei preoccupato?"

Rise, facendo vibrare il suo corpo e il mio. "Ho già previsto di andarmene quando inizia la stagione degli allenamenti, quindi non è un gran problema. In più, le regole non mi interessano. Anche se rimanessi alla RMF, non permetterei che mi impedissero di fare quello che voglio. Mi rifiuto di vivere nella paura."

"È... una buona maniera di vedere il mondo" dissi.

Si strinse tra le spalle. "Non so immaginare un altro modo di vivere."

Mi alzai e mi rimisi i vestiti.

"Oh, non farlo" si lamentò.

"Ti avevo promesso un drink" gli risposi. "Ho del vino e una bottiglia di vodka..."

Max si incrociò le mani dietro la nuca e mi fece l'occhiolino. "Tesoro, era solo un pretesto per venire qui e scoparti alla grande. Non bevo dopo l'esercizio, mi rallenta il recupero."

"Beh, questo non impedirà a me di bere. Mi faccio un bicchiere di vino. Tu cosa vuoi? Acqua?"

"Veramente, avrei proprio voglia di un po' di quella pasta che hai fatto. Di solito, dopo l'esercizio mi strafogo, ma sono stato distratto da una bella donna."

Sentii le guance arrossire. "Vedo cosa posso fare."

Dopo qualche minuto, tornai con un bicchiere di vino rosso per me e un piatto di pasta per lui. Mi rattristò vedere che si era rivestito.

"È buona!" disse. "Come è la ricetta?"

"È solo pollo grigliato, pasta, e una lattina di salsa alla vodka" gli spiegai.

"Da non crederci" disse, con la bocca piena.

"L'esercizio eccezionale ti ha fatto venire fame."

"Dev'essere quello." Mi diede un bacio sulla guancia. "Grazie, Kat. So che è un po' arrogante, invitarmi a casa tua e chiederti anche da mangiare..."

Sbuffai. "Dopo il meraviglioso servizio che mi hai appena fatto, direi che è solo giusto. Comunque, stai mangiando uno dei pasti che mi ero preparata per la settimana. Venerdì non avrò niente da mangiare e sarò tentata di andare al fast food."

Fece un gesto con la forchetta. "Allora ti inviterò a cena."

"Hmm. Sembra un appuntamento."

"Non sembra, lo è."

"E se ci vedono?" chiesi. "Se ti scoprono..."

Mi mise una mano sulla coscia e strinse. "Te l'ho detto, non voglio vivere nella paura."

"Allora, d'accordo per l'appuntamento."

"D'accordo."

Feci tintinnare il mio bicchiere sul suo piatto e ci scambiammo un sorriso.

22

Katherine

Febbraio passò in un baleno.

Ogni giorno passavo più tempo in palestra. Sapevo che il lavoro del Vinyl High si stava accumulando: dovevo fare la contabilità, il libro paga e controllare l'inventario. Non potevo passare tutto il tempo ad ascoltare gli album demo.

Ma non riuscivo più a interessarmene, dovevo seguire la mia nuova passione.

Per una settimana, i rapporti con Finn furono imbarazzanti, ma lentamente ritrovammo il nostro rapporto di amicizia. Lui fece una battuta, io ne feci un'altra, e presto tutto era tornato alla normalità.

E poi andammo un po' troppo in là.

Iniziò Finn con una battuta sul fatto che dovevo allungarmi. Io inarcai un sopracciglio, e lui si rese conto del doppio senso. Poi un giorno, mentre facevo gli squat, feci una battuta sul bilanciere. Dissi che per me quella sbarra era troppo grossa.

La prossima volta che feci gli squat, andai ancora oltre, spingendo il sedere indietro fino a toccargli l'inguine. Lo sfiorai appena, ma il messaggio fu chiaro.

Quando finii il set, mi disse sottovoce: "Ho capito quello che stai facendo."

"Non penso che dovremmo rinunciare a quello che vogliamo, a causa delle regole" risposi.

Mi guardò scherzosamente. "Perché per te non ci sono conseguenze!"

Scrollai le spalle. "Peggio per te."

Presto iniziò a reagire al nostro balletto sexy e stuzzicante. Un giorno mi stava aiutando ad allungarmi le gambe. Mi sdraiai sulla schiena e mi sollevò una gamba in posizione verticale verso il soffitto. Poi la spinse sempre più in là, allungandomi i muscoli come non avrei potuto fare da sola.

E poi, il suo ginocchio mi scivolò tra le gambe, premendo sulla figa. Con lo stesso movimento, portò l'inguine a toccare la mia gamba tesa. Sentii la pressione del suo cazzo grosso e caldo sulla parte inferiore della coscia.

"Ho capito quello che stai facendo" gli dissi.

Sollevò un sopracciglio. "Ah? Quindi tu puoi farlo, ma non vuoi che lo faccia io?"

"Non l'ho mai detto."

Mise alla prova la mia affermazione, strofinandomi il ginocchio sulla figa.

Mi guardai attorno nella sala. C'era gente, ma la mia gamba impediva di vedere cosa stava facendo col ginocchio. Ed è normale che un personal trainer esegua questo allungamento sui clienti.

"Oh, sei malvagio" sussurrai.

Il bel viso angolato di Finn rimase calmo. "Non sai di cosa stai parlando."

Da quel giorno, ogni volta che passavo accanto a Finn gli sfioravo l'inguine con la mano. Dopo un paio di volte, trovai il coraggio di dargli anche una stretta.

Poi, la prossima volta che feci i pettorali sulla panca, Finn mi assistette da dietro. Si piazzò sopra di me e si accovacciò leggermente, portando il massiccio rigonfiamento nei suoi pantaloncini a pochi centimetri dalla mia testa. Con quella vista, era difficile concentrarsi sull'esercizio.

Rincarai indossando abiti da allenamento sempre più succinti. Niente di scandaloso, ovviamente. Non erano più provocanti di quelli che indossavano le altre ragazze della palestra, ma per me erano molto osé. Smisi di indossare la maglietta sopra il reggiseno sportivo. Passai dai pantaloncini da corsa larghi ai pantaloncini aderenti che mi fasciavano perfettamente il sedere.

E il cambiamento fu facile perché, oltre ai miglioramenti nella forza e nella velocità, iniziavo ad avere un bell'aspetto. Le maniglie dell'amore che mi avevano perseguitato per anni, erano scomparse e mi si stava formando un divario tra le cosce. Più che paffutella, ora mi consideravo forte. E da come mi fissava Finn, ero il suo tipo di ragazza.

In quei giorni mi sentivo più sicura di me. È incredibile quanto l'autostima di una donna possa dipendere dalla sua immagine.

Uscii di nuovo con Brody, lo portai in treno fino a Winter Park e lì noleggiammo gli sci. Non aveva mai sciato, quindi dovetti prestargli vari articoli della mia attrezzatura: un paio di guanti e un passamontagna marrone, decorato con tazze di cioccolata calda e piccoli puntini di marshmallow. E dovetti insegnargli a sciare sulla pista dei principianti, insieme a tutti i bambini piccoli. Era esilarante, vederlo scivolare lentamente giù per la montagna senza alcun controllo, con gli sci a triangolo. Cadde sul sedere almeno una decina di volte, ma la prese con spirito sportivo. Ci rideva sopra e cercava di migliorare.

Facemmo delle pause nel rifugio, per bere la cioccolata calda, accoccolati vicino al fuoco. Durante il ritorno in treno a Denver, lo baciai e iniziammo a pomiciare, finché la donna sul sedile di fronte a noi non ci intimò di smettere schiarendosi la gola in modo fastidioso.

Quando arrivammo a Denver, salimmo sulla mia macchina e

gli chiesi timorosamente: "Devo portarti a casa? Oppure... non lo so. Ti andrebbe di venire a casa mia?"

Dopo aver pomiciato sul treno, pensavo che quella domanda fosse solo una formalità. Quale ragazzo non vorrebbe andare a casa con una bella donna che aveva trascorso la giornata a insegnargli a sciare?

"Puoi portarmi a casa" disse.

Fui così sorpresa che non seppi cosa dire. "Ah."

"Se per te non è un problema, vorrei andarci piano" rispose. "Ho la cattiva abitudine di precipitarmi nelle relazioni. È un po' il mio proposito di Capodanno, di migliorare in quell'aspetto."

"Okay, va bene" dissi. "Certamente."

"Spero che non sia un problema."

"Nessun problema" risposi automaticamente. "È intelligente prendere le cose con calma."

Ma nella mia testa, pensavo che alla fine dell'estate sarebbe tornato in California, e che prendere le cose con calma era una perdita di tempo.

Fortunatamente, avevo anche altri modi di prendermi certe soddisfazioni.

Venerdì incontrai Max alla serata del film. C'era l'ultimo di Terminator. Non era molto bello, ma Max ed io passammo il tempo facendoci gesti provocatori in fondo alla sala.

Come promesso, dopo mi portò fuori a cena. E poi andammo a casa sua e scopammo come matti.

Adoravo i modi duri di Max. Mi sollevava, mi gettava sulla pancia, poi mi teneva giù e faceva con me ciò che voleva. Mi soffocò con il suo corpo, avvolgendomi le braccia attorno al petto e al collo, come un muscoloso boa constrictor. Dentro la sua presa, mi sentivo completamente impotente. Ero alla sua mercé. E mi piaceva un sacco.

A Max piaceva pedalare a tarda notte, perché preferiva la

tranquillità. Mi disse che era l'unico momento in cui poteva stare da solo. Di solito lo rispettavo, ma a volte era divertente prenderlo in giro.

Una sera che ero particolarmente arrapata, aspettai le dieci di sera e salii in sala spinning. Max era solo, come speravo. Entrai e chiusi a chiave la porta dietro di me.

"Sono al sessantesimo chilometro, in un circuito di novanta" disse.

"Va bene" dissi innocentemente. "Non ti disturbo."

Mi guardò strizzando gli occhi. "Non so perché, ma non ci credo."

Feci qualche stiramento davanti a lui, chinandomi in modo da fargli vedere perfettamente il culo. Il suo desiderio si fece palpabile.

"Quello dovrebbe tentarmi?" chiese. "Ho la forza di volontà di un monaco tibetano."

"Sembra una sfida" ribattei.

Mi avvicinai alla bici e mi infilai tra il manubrio e il sedile. Poi mi sedetti sulle sue ginocchia. Il movimento delle pedalate mi faceva rimbalzare il culo su e giù sul suo inguine, come una lap dance erotica.

Max emise un lieve gemito. Bastarono pochi secondi perché iniziassi a sentire la sua erezione premuta nei pantaloni da ciclismo, lungo la sua gamba. Mi spostai in modo da sfiorarlo col sedere

"Dovresti metterti a pedalare anche tu" disse Max con voce tesa. "Devi raggiungere Brody."

Mi voltai e gli accarezzai la guancia sudata. "Ci sono cose più importanti di una stupida gara a punti."

Mi strusciai su lui per tre miglia, poi finalmente non ce la feci più. Mi alzai, mi abbassai i pantaloncini e abbassai anche i suoi. Appena fu liberato dalla sua prigione di elastan, il suo cazzo rigido balzò in verticale come una molla. Poi tornai a sedermi, impalandomi.

Scopammo in quel modo. Lui mi penetrava ad ogni rotazione dei pedali, e nel giro di mezzo chilometro stavamo già godendo. Mi riempì la figa del suo seme, e io lo inzuppai coi miei liquidi.

Poi sospirò, appoggiato alla mia nuca. "Suppongo che, secondo te, quello valeva la pena di interrompere la mia corsa?"

"Mmm-hmm."

Mi avvolse un braccio intorno, mi strinse e mi prese un seno. "Hai vinto questo round. Ma la prossima volta che ti prendo, sarò davvero un porco."

L'eccitazione mi titillò il seno. "E cosa vorresti farmi?"

"No no" disse, agitandomi un dito davanti al naso. "Fino a quel momento, devi usare l'immaginazione."

"Allora, spero che riesca a superare la mia immaginazione." Saltai giù e gli diedi un bacio. "Ti lascio alla tua corsa."

Lo lasciai lì, coi pantaloncini alle caviglie e lo sguardo perso per il piacere.

Febbraio passava e tutto andava a gonfie vele coi miei tre atleti. Ancora non riuscivo a credere di essere così fortunata.

Se solo avessi saputo il segreto che nascondeva uno di loro...

23

Finn

L'ufficio dei dipendenti della Rocky Mountain Fitness era pieno di trainer, per la riunione mensile del personale.

"Abbiamo visto il calo delle presenze che vediamo sempre a febbraio" spiegò il manager. "Ma il numero di partecipanti regolari è stabile, soprattutto tra i membri Gold e Platinum, che sono la parte più importante. Il merito è sicuramente dell'eccezionale servizio dei trainer!"

Tutti i trainer presenti applaudirono a sé stessi. Sapevamo tutti che il grande successo della nostra palestra era dovuto al servizio al cliente.

Poi il manager ci aggiornò sulla situazione delle macchine della palestra: due tapis roulant e tre ellittiche erano fuori uso e in attesa di riparazioni. In seguito ci parlò di altre cose alle quali avremmo dovuto prestare attenzione. A quanto pare, girava su Twitter un nuovo allenamento alla moda, fatto di esercizi col bilanciere eseguiti in equilibrio su una palla gonfiabile. Dovevamo tenere d'occhio i principianti, nel caso tentassero di fare quell'allenamento idiota rischiando di farsi male.

"E infine, la sfida a punti" disse. "In testa c'è ancora Brody

Forrester, e non è una sorpresa. Ma proprio dietro di lui c'è una nuova iscritta Platinum: Katherine Delaney. E sono allenati dallo stesso personal trainer. Facciamo un grande applauso a Finn Hadjiev!"

Sorrisi e annuii mentre tutti mi applaudivano. Max fece una palla di carta e me la lanciò, sorridendomi.

"Ti assegnano sempre i migliori" scherzò un altro allenatore. "Non è giusto."

"O forse sono solo più bravo a motivare i clienti a raggiungere il loro potenziale" dissi senza problemi.

Max gridò: "Finn mi motiva a smettere di guardarmi allo specchio, perché non sarò mai così muscoloso!"

Tutti scoppiarono a ridere. Gli feci un dito medio, scherzosamente. "Se pensi che io sia muscoloso, dovresti vedere i miei fratelli. Io sono il più piccolo della famiglia."

"Lo dici sempre, ma trovo molto difficile credere che ci sia qualcuno più grande di te."

Per il resto della riunione, pensai solo a Katherine. Era migliorata tantissimo in solo due mesi, più di qualsiasi altro cliente. L'altro allenatore aveva ragione: ero stato fortunato che fosse stata assegnata a me.

Ed ero felice che eravamo riusciti a lasciarci alle spalle l'incidente della sala massaggi. La situazione era tornata alla normalità, ma ci stuzzicavamo e flirtavamo più che mai. Era il nostro gioco, vedere fino a che punto potevamo tentare l'altra persona.

E stava vincendo lei.

Desideravo stare sempre con lei. Quando ero in palestra, non riuscivo a pensare ad altro che a lei. Anche quando non la assistevo, andavo verso la sala cardio per poterla controllare. Quando tornavo a casa alla fine della giornata, pensavo a lei. Quando dormivo, sognavo tutte le cose sporche e sudicie che volevo farle.

Stava diventando difficile. Non sapevo per quanto tempo avrei potuto andare avanti.

Finita la riunione dello staff, cercai Max. "Ehi, amico. Hai un minuto?"

"Certo, che succede?"

Lo portai in un angolo lontano dagli altri allenatori. "Questa è una domanda un po' strana. Tu sei già stato con delle iscritte, vero?"

Si irrigidì. "Cosa vuoi dire?"

"Beh, l'anno scorso sei uscito con quella ragazza, la contabile che prendeva lezioni di nuoto."

"Giusto" disse Max con cautela. Sentivo che l'argomento lo metteva a disagio.

"Com'è andata?" gli chiesi.

Si guardò intorno, poi abbassò la voce. "Siamo usciti per due mesi, poi ci siamo lasciati. È stata una decisione condivisa. Non eravamo compatibili, a parte l'attrazione fisica."

"No, voglio dire... com'è andata mentre uscivate insieme?" chiarii. "Hai fatto di tutto per tenerlo segreto? O ti comportavi normalmente, senza preoccupartene?"

Scrollò le spalle. "Non ci comportavamo come se fosse una relazione scandalosa, se è questo che intendi. Ma non la sbandieravamo in palestra." Mi guardò attentamente. "Perché me lo chiedi?"

Passò un'altra trainer. Aspettai che se ne fosse andata, poi continuai: "Mi piace molto una ragazza che viene qui."

Spalancò gli occhi. "È Kat?"

Io e Max eravamo compagni di lavoro da due anni. Avevo un ottimo rapporto con lui e in generale sapevo di potergli dire qualsiasi cosa senza paura. Ma sentendolo pronunciare il nome di Kat ad alta voce...

"Non è Kat" dissi rapidamente. "È un'altra. Una vecchia iscritta."

"È vecchia?" Le sue labbra si arricciarono in un sorriso.

"Voglio dire che è iscritta da molto tempo, non che è vecchia.

Flirtiamo da un po', e lei ha fatto delle allusioni piuttosto esplicite che vuole uscire insieme a me. Comincio a pensarci sul serio, ma non voglio perdere questo lavoro, quindi mi chiedevo quanto siano rigidi sulle regole..."

"Oh, le prendono sul serio" rispose Max. "Ricordi Lauren, l'istruttrice di spinning mattutina? È stata licenziata perché aveva iniziato a vedere uno dei suoi clienti."

"Porca miseria."

"Certo, lei è stata un po' stupida. L'hanno beccata a dargli il bacio della buonanotte nel bel mezzo della sala cardio. Ci credi?"

"Eh, sì, è assurdo" dissi con una risata nervosa. "Bisogna essere stupidi per cazzeggiare sotto gli occhi di tutti in quel modo."

Mi mise una mano sulla spalla.

"Non posso dirti come vivere la tua vita, ma credo fermamente nel seguire il tuo cuore. Se pensi che possa nascerne qualcosa di speciale, non lasciarti frenare dal lavoro. Io dico di provarci. Tienilo segreto e vedi come va. Ma sii furbo."

"Furbo, certo" dissi. "Grazie, Max. Mi sei stato di aiuto."

Mi diede uno schiaffo rassicurante sul braccio. "Di niente, amico. Chiunque sia, sono sicuro che sarà felice di uscire con te. Non stavo scherzando quando ho detto che hai un fisico da paura, cazzo."

Risi e tornai alla mia scrivania per completare delle scartoffie, ma per il resto della giornata sentii che avevo una missione.

Katherine.

24

Katherine

Iniziai marzo superando tutti i miei obiettivi di allenamento.

Due mesi fa, mi ero proposta di correre 10 chilometri in meno di un'ora, ma non pensavo di riuscire ad arrivarci prima dell'estate, soprattutto perché a gennaio, quando avevo iniziato, facevo sei minuti e mezzo al chilometro.

Ma il primo giorno di marzo, raggiunsi il mio obiettivo. Non me l'ero proposto, avevo iniziato a correre normalmente, al ritmo di sei minuti e 15 al chilometro. A metà della corsa, mi sentii in grado di aumentare un po' la velocità. Poi ancora un pochino. All'ottavo chilometro, mi resi conto che avrei potuto raggiungere l'obiettivo di un'ora. Quindi continuai ad aumentare la velocità, correndo molto più velocemente del solito. Mi bruciavano i polmoni e mi facevano male le gambe, ma continuavo ad aumentare la velocità.

E il contachilometri del roulant segnò i 10 chilometri con dieci secondi di anticipo.

Rallentai fino alla marcia, per riprendere il respiro. Nessuno intorno a me notò il risultato, ma non m'importava. Non l'avevo fatto per loro, ma per me.

Finalmente, stavo ricominciando a sentirmi veloce. Non veloce come quando facevo corsa campestre, ma ci stavo arrivando.

Vedere dei risultati tangibili ogni settimana è molto stimolante. Quando avevo iniziato, due mesi prima, mi sentivo come un rinoceronte sul tapis roulant. Ora mi sentivo come una gazzella, che corre con grazia. Il fatto di aver perso altri due chili mi aiutava molto. In totale, facevano quasi cinque. Circa mezzo chilo a settimana.

Ho bisogno di un nuovo obiettivo per la corsa, pensai. Devo aumentare la velocità o la distanza? Quindici chilometri sembravano un grande balzo in avanti. Avrei dovuto parlare con Finn e vedere cosa ne pensava.

Dopo la corsa, mi feci la doccia e mi misi il costume da bagno. Non avevo in mente la piscina, però, ma la vasca dell'idromassaggio. Avevo preso l'abitudine di immergermi nell'acqua calda per rilassare i muscoli. Quando entrai nella sala della piscina, vidi che non solo io avevo avuto quell'idea.

C'era Brody, appoggiato allo schienale e con le braccia distese sul bordo della vasca. Quando sentì la porta, aprì un occhio e sorrise. "Le grandi menti pensano uguale, eh?"

"A quanto pare." Entrai nella vasca di fronte a lui. L'acqua sembrava addirittura troppo calda, ma il mio corpo si abituò rapidamente. Mi calai lentamente nelle sue profondità e sospirai. "Eccomi."

"L'idromassaggio per rilassarsi, e poi gli stivali criogenici per stimolare il recupero" sospirò Brody. Il vapore aleggiava sopra la superficie e gli si condensava sulle guance e sulle tempie, inumidendo i capelli biondi. "Sai, sei un po' uno stronza."

"Cosa? Perché?"

Mi indicò. "È difficile rilassarsi qui, mentre vedo svanire lentamente il mio vantaggio."

Lanciai un'occhiata allo schermo dei punteggi, sul muro:

FASCIA D'ETÀ 25-29 ANNI
BRODY F: 12.020
KATHERINE D: 11.798
JONNY K: 8.233
MARCIA J: 7.449

"Rilassati. Hai ancora un grosso margine" dissi.

"Guadagniamo entrambi circa duecento punti al giorno" insistette Brody. "Mi manca un pelo per passare al secondo posto."

Sorrisi. "Ho passato un mese a strofinare fazzoletti sporchi sulla bambolina vudù di Brody Forrester. Se non funziona quello, non funziona niente."

"Ecco perché mi hai portato a sciare" rispose. "Cercavi di farmi venire il raffreddore."

"Mi hai scoperta."

"Per rimanere in vantaggio fino alla fine, devo mettere la quinta."

"Puoi provarci, ma io sto facendo passi avanti. Ho corso 10 km in meno di un'ora, proprio ora."

Era un risultato insignificante per uno come Brody, che manteneva una media di quattro e mezzo al chilometro per ore di fila. Ma gli si illuminarono gli occhi e mi sorrise.

"Kat, è incredibile!"

"Non è niente di speciale."

"Niente di speciale? Quando hai iniziato, riuscivi a malapena a correre due chilometri senza fermarti!"

"Come fai a saperlo? Mi stavi spiando?"

Chiuse gli occhi. "Forse a volte ho guardato la nuova ragazza carina sul tapis roulant accanto a me."

"Sai come fai per attirarti la simpatia di quella ragazza carina?" gli chiesi, impertinente.

"Penso di averla già attirata."

Lo ignorai. "Lasciandole vincere il concorso trimestrale."

"Hah! Non hai bisogno del mio aiuto. Inoltre, vuoi veramente vincere in quel modo?"

"Mi piace vincere e non mi interessa come."

Grugnì. "Mi dispiace. Dovrai farlo alla vecchia maniera."

Stesi il piede finché non trovai la sua gamba. Poi lo feci scorrere sulla parte interna della gamba, verso la coscia. "Cosa posso fare, per farti cambiare idea?"

Con gli occhi ancora chiusi, scosse la testa. "Non funzionerà. Come campione in carica, devo difendere il mio onore."

"Sei sicuuuurooo?"

Continuai finché non raggiunsi l'inguine. Rimase impassibile come una statua, così lo strofinai con le dita dei piedi, su e giù. Ben presto lo sentii indurirsi, nel costume da bagno.

Emise un sospiro, e capii di averlo in pugno.

Mi spinsi via dal muro e mi avvicinai a lui, posai le mani sul muro dietro di lui, una a destra e una a sinistra. Aveva il viso arrossato dal calore e i suoi occhi azzurri brillavano di audacia.

"Non lo faresti."

"Perché?" Allungai la mano e trovai il suo rigonfiamento. "Perché questo è un luogo pubblico?"

"Kat..."

Infilai le dita nel costume. Fino a quel momento, io e Brody ci eravamo limitati a pomiciare. Quindi fu un bel salto in avanti quando gli strinsi le dita attorno al cazzo caldo e duro e iniziai ad accarezzarlo sott'acqua.

Lo baciai dolcemente. Avevamo le gocce di condensa sulle

labbra. "E adesso?"

"Non mi arrenderò mai."

Continuai ad accarezzarlo regolarmente, e gli infilai la lingua tra le labbra. Gemette piano, i suoi occhi cercavano i miei. Si stava chiedendo fino a che punto sarei arrivata. Ma dopo aver giocherellato con Finn e Max in altre zone della palestra, qualche palpeggiamento nella vasca idromassaggio non mi spaventava.

La sua mano trovò la mia figa, sott'acqua, e fu il mio turno di sospirare di piacere. "È un gioco che possiamo giocare in due."

"Molti giochi si giocano in due" ribattei, accarezzandolo più velocemente. "Non è divertente, se giochi da solo."

Mi baciò forte, ficcandomi la lingua in gola. Il fatto di farlo lì nella sala della piscina, dove chiunque avrebbe potuto sorprenderci, aumentò l'intensità e il desiderio. Almeno, quando avevo fatto sesso con Max nella sala spinning, avevo chiuso la porta a chiave.

Brody mi baciò con più fervore e le sue dita mi facevano disegni meravigliosi sulla figa. Mi tirai da parte il costume da bagno. Brody pensò che volessi farmi sditalinare, ma invece mi abbassai sul suo cavallo. Gli tirai fuori il cazzo dal costume e strofinai la punta sulla mia entrata bagnata, sotto l'acqua. Vidi il desiderio nei suoi occhi...

"Aspetta" disse improvvisamente Brody. "Ferma."

"Mi fermo se ti arrendi" scherzai.

Con un movimento che mi ricordò quanto fosse più forte di me, mi afferrò per le spalle e mi tirò di lato. "Mi dispiace. Lo vorrei, davvero, ma... non voglio che la nostra prima volta sia così. Qui, in pubblico."

Smisi di giocare. "Cazzo, mi dispiace. Non volevo spingermi troppo in là."

"No! Non sei tu, sono io." Sorrise rassicurante. "Voglio farlo, veramente tanto, ma so che mi pentirei se succedesse qui, nell'idromassaggio della palestra. Capisci?"

Sapevo cosa intendeva, ma la sensazione di essere respinta fu comunque spiacevole. "Sì. Hai ragione."

Dovetti assumere un'espressione abbattuta, perché mi prese la guancia e mi baciò dolcemente. "Appuntamento escursionistico, questo fine settimana?"

"Certo. Sono contenta."

"Sei sicura?" chiese. "Non volevo ferire i tuoi sentimenti..."

Lo baciai. "Non mi sento ferita. Te lo prometto."

Uscii dalla vasca idromassaggio di fronte a lui, muovendomi molto lentamente in modo da offrirgli una splendida vista del mio culo. Lo guardai e stava sorridendo.

"Sei cattiva."

"Voglio solo che pensi a quello che ti sei perso" risposi.

Eppure, tornando nello spogliatoio per cambiarmi, non potei fare a meno di sentirmi respinta.

25

Katherine

Tornando al lavoro, dopo l'episodio dell'idromassaggio, notai che c'era molto movimento all'angolo di Pacifica Vinyl. Auto parcheggiate in strada e gente che chiacchierava fuori dal negozio. Mi chiesi di cosa si trattasse.

Lavorai tutto il pomeriggio per recuperare i compiti che avevo trascurato nei giorni precedenti. Qualche ora di contabilità, poi il libro paga per il prossimo venerdì. Verso le cinque, Paul infilò la testa in ufficio.

"Ehi, signora capo, avrei bisogno del tuo aiuto, quando sei disponibile."

"Mi dai dieci minuti?" gli risposi.

"Ehm, siamo abbastanza pieni."

Alzai lo sguardo dal portatile. "Pieni? Davvero?"

Andai nel negozio e fui sorpresa di vedere circa una quindicina di clienti in giro tra gli espositori. Uno aveva un disco in mano e si guardava intorno in cerca di assistenza.

"Salve, come posso aiutarla, signore?" gli chiesi.

"Vorrei ascoltarlo, prima di acquistarlo, ma sembra che il

giradischi non funzioni bene."

"Certo, sistemiamoci qui..."

Tutto il resto della serata fummo piacevolmente pieni di clienti. Io e Paul ci alternammo alla cassa e nell'assistenza dei clienti a trovare ciò che cercavano. Di solito, Paul andava via alle sei, ma rimase fino a tardi per aiutarmi con tutta quella gente.

"La commissione mi farebbe comodo, signora capo" mi disse, "se per te va bene."

Per accogliere la folla, rimanemmo aperti ben oltre la nostra ora normale. Alla chiusura, avevamo venduto il triplo rispetto a un giorno medio.

"Cos'è successo?" chiesi meravigliata, mentre chiudevamo la cassa.

"Una ragazza ha detto che il nostro negozio è apparso su un sito web che parla dei piccoli negozi da visitare a Denver."

"Che bello!"

Sulla strada di casa, passai davanti a Pacifica Vinyl. L'esterno della costruzione era stato completato, e anche l'interno era quasi finito. E c'era un nuovo poster nella vetrina:

INAUGURAZIONE: 10 APRILE

Sapevo già che avrebbero aperto ad aprile, ma quella data precisa me lo fece sembrare più reale. Immediatamente, sparì tutta l'allegria per le vendite della giornata. Tra cinque settimane, Pacifica avrebbe aperto e il mio negozio sarebbe stato spacciato.

Guardai l'orologio. Erano quasi le dieci.

Anche se non avevo ancora cenato, mi voltai e tornai alla Rocky Mountain Fitness. Speravo di trovare Brody. Non volevo aspettare fino al fine settimana per fare il prossimo passo con lui. Volevo farlo quella sera.

Ma non c'era, e il suo punteggio non stava aumentando. Se n'era andato. In effetti, tutta la palestra era deserta. Solo qualche persona sulle macchine cardio, e un tizio che solleva pesi.

Cercai Max. Mi avvicinai alla sala di spinning e sentii una bici che ronzava, all'interno. Infilai la testa nella porta e dissi: "Ti dispiace se..."

Mi fermai. Una donna che non riconobbi stava pedalando da sola, tutta sudata.

"Non mi dispiace" disse gentilmente. "C'è un sacco di spazio per entrambe!"

Borbottai qualche scusa e tornai di sotto, poi presi il telefono.

Io: Sei in palestra?

Rispose qualche secondo dopo.

Finn: Stavo andando a letto. Perché, che cosa succede?
Io: Niente. Ero curiosa, ci vediamo domani.

Visto che non potevo sfogarmi in quel modo, decisi di sfogarmi con l'esercizio. La stanza della boxe era vuota. Mi fasciai le mani come mi aveva insegnato Finn, avvolgendo la fascia sul pollice poi sotto, poi tra ogni dito. Poi andai al sacco da boxe nell'angolo posteriore della stanza.

Iniziai lentamente. Pugno, aspetta, pugno, aspetta. Cercavo di riprendere il ritmo del sacco. Poi presi velocità. In pochi minuti ritrovai il movimento istintivo, e iniziai a darci dentro.

Era bello prendere a pugni qualcosa, proprio come la prima volta che l'avevo fatto, a gennaio. Mi dava l'illusione di avere il controllo. Perché quella era la parte più frustrante dell'apertura di Pacifica: era apparso dal nulla, e io non avevo alcun controllo su di esso. Non avrei potuto fare niente, contro quel colosso.

Ma ora avevo un sacco da boxe su cui concentrarmi, e non m'importava.

Dopo dieci minuti avevo già fatto una bella sudata. Diedi un'occhiata al tabellone:

FASCIA D'ETÀ 25-29 ANNI
BRODY F: 12.109
KATHERINE D: 11.815

Mi sorpresi, perché pensavo di aver guadagnato più punti. La boxe non era intensa come pensavo. O almeno, il sacco da boxe. Mi facevano male le nocche delle dita, ma era un dolore piacevole, come il dolore dopo aver fatto l'amore bello duro.

Accidenti! Perché quella sera non c'era nessun ragazzo in giro?

Come se la mia immaginazione si fosse realizzata, si aprì la porta della sala da boxe ed entrò Finn.

Non potei credere ai miei occhi. "Finn, che ci fai qui?"

Non disse niente. Si diresse verso di me, come un muro di muscoli che avanza. Smisi di dare pugni al sacco e mi voltai verso di lui.

Poi mi spinse contro il muro e mi baciò come se ci avesse pensato tutto il giorno.

Gemetti per la sorpresa della sua forza improvvisa e inaspettata. Poi mi sciolsi nel suo corpo e unii la lingua alla sua. Prima che potessi riprendere fiato, la sua mano si fece strada nei miei pantaloni, scivolando sotto l'elastico per toccarmi la figa. In pochi secondi ero bagnata fradicia e gemevo di desiderio.

Si mise in ginocchio e mi tirò a terra con lui, come un lottatore che esegue una mossa per mettere a terra l'avversario. Caddi sulla schiena sui tappetini morbidi, dietro il ring. Se qualcuno fosse entrato, avrebbe dovuto girarci attorno per vederci.

"Basta scherzare" ringhiò. "Basta giochi. Ho bisogno di te."

Quando mi resi conto delle sue intenzioni, sentii il formicolio dell'attesa.

Finn non disse nient'altro: lasciò parlare le sue mani callose. Mi tolse i pantaloncini, portandomi via anche le mutandine. Lui praticamente si strappò i pantaloncini, poi mi divaricò le gambe come se gli appartenessi. Diresse il cazzo verso la mia fighetta bagnata, e si sprofondò dentro.

Io mugugnai così forte che mi sorpresi. E se qualcuno mi avesse sentito?

Finn si portò un dito alle labbra, con un brillo nei suoi occhi marroni. Annuii vigorosamente. Non dovevamo fare rumore. Non lì.

Ma quel segreto rendeva la cosa più divertente.

Iniziò a investirmi come un'onda, dentro e fuori dalla figa, strofinando il glande sulla parete anteriore e sul punto G. Normalmente sarebbe stato troppo intenso, all'inizio, ma quella sera era esattamente ciò che volevo. Mi morsi il labbro per evitare di gemere, mentre mi scopava sdraiati sul pavimento. Spinte rapide e improvvise come se riuscisse a controllarsi a malapena. Allungò la mano forte sotto di me per toccarmi il culo e per alzarmi verso di lui al tempo delle sue spinte possenti. Era così forte che riusciva a spingere me verso di lui. Era come se si stesse masturbando con il mio corpo.

Era così intenso che non riuscii ad evitare di gemere. Finn mi chiuse la bocca col palmo della mano, ma questo mi eccitò ancora di più e gridai, sempre più forte, nel suo palmo.

E il mio piacere lo eccitò. Si morse il labbro e cercò di controllarsi, ma capii che non poteva smettere di scoparmi. Avrebbe preferito morire.

Mi picchiava la figa con il suo cazzo d'acciaio, e io urlai più forte per l'estasi, e poi finalmente, alla spinta finale, emise un mezzo gemito, mezzo ringhio che echeggiò nella grande stanza. Entrò il più profondo possibile nel mio sesso, riempiendomi di seme e lasciandomi quasi incapace di muovermi.

"Mi... mi dispiace che è stato così improvviso" disse in seguito, mentre si rimetteva i pantaloncini.

Io mi infilai le mutande e i pantaloncini, ma rimasi sul pavimento con lui. "Non ti scusare. Avevo bisogno proprio di quello. Come facevi a saperlo?"

Mi spostò una ciocca di capelli dal viso con un gesto tenero. "Dopo che mi hai scritto, sono entrato nel portale della RMF. Il tuo monitor da polso indicava che eri qui nella palestra della boxe, e ho capito che doveva esserci qualcosa che non andava."

Sospirai e mi girai verso di lui. "Sì. Avevo bisogno di sfogarmi un po'."

Finn si allungò e mi diede uno schiaffo sul culo. "Missione compiuta." Poi guardò dietro di me e scoppiò a ridere.

"Cosa c'è?"

FASCIA D'ETÀ 25-29 ANNI
BRODY F: 12.109
KATHERINE D: 11.821

"Il tuo monitor da polso pensava che fossi ancora sul sacco da boxe" spiegò Finn. "La scopata ti è valsa sei punti."

Risi e gli afferrai il grosso sedere di pietra con una mano. "Immagina quanti punti farei, se ci impegnassimo davvero. Se scopassimo davvero per un'ora o due."

"Potremmo provare, la prossima volta." Mi baciò sulla fronte. "Vuoi dirmi perché ti dovevi sfogare?"

"Pacifica Vinyl ha fissato la data di apertura."

Si rabbuiò. "Ho visto. Il dieci aprile."

"Mi ha messo a terra. Ora è reale, non è più un concetto astratto. Vorrei poterci fare qualcosa."

"So come possiamo salvare il tuo negozio" disse.

"Ah, sì? Come?" chiesi entusiasta.

"Bruciamo Pacifica."

"Ah!"

"Cosa?" chiese seriamente. "Il fuoco è la soluzione per molti problemi difficili della vita. È così che mi sono salvato dal test attitudinale. E dal fare il giurato."

"Farò finta che tu stia scherzando. Stai scherzando, vero?"

"Non te lo dirò mai." Il suo sorriso svanì. "Ma seriamente. Non credi di poter sopravvivere alla presenza di Pacifica?"

"È una grande azienda" dissi semplicemente. "Non posso competere con loro. Possono resistere più di me."

"Ma non puoi rinunciare così" insistette. "Non è nel tuo carattere."

"Come fai a sapere che carattere ho?"

Mi diede un colpetto sulla pancia. "Perché ti alleno da due mesi. Sei più determinata di qualsiasi donna che abbia conosciuto. L'ho visto nel momento in cui sei entrata alla RMF e ti ho mostrato la struttura."

"Se salvare il mio negozio fosse facile come correre su un tapis roulant, ci metterei più impegno" dissi seccamente.

Finn si mise a sedere e aggrottò la fronte. "Perché non organizzi un grande evento nel tuo negozio, lo stesso giorno della loro inaugurazione? Cibo, bevande, un po' di musica dagli altoparlanti. Potresti chiamarlo svendita contro il fallimento!"

Avevo pensato di fare una svendita, senza riporvi molta speranza. Ma sentendo Finn che ne parlava...

Indicò sopra di noi. "Non fare come il sacco da boxe che prende tutti i pugni, Kat. Reagisci. Quanto ti ci è voluto per lanciare il tuo negozio? Cinque anni? Devi continuare a lottare. E se non lo fai, non sei la donna di cui credevo di essermi innamorato."

Feci un salto. "Innamorato?"

"Io..." Sembrò che si soffocasse con la saliva. "È un modo di dire."

Proprio in quel momento, si aprì la porta.

Noi due saltammo in piedi in un batter d'occhio. Entrò un addetto alla pulizia con un secchio e uno scopettone e, quando ci vide, rimase bloccato. Io e Finn avevamo i pugni alzati davanti al viso, l'immagine comica di due che fingevano di scambiarsi dei pugni.

"Tieni sempre in alto le mani" disse Finn impassibile. "Sì, così. Bene."

L'uomo si schiarì la voce. "A quest'ora la sala dovrebbe essere vuota, ma se volete che torni dopo..."

"No, stavano per finire." Finn si girò verso di me. "Ottimo allenamento, stasera."

"Grazie. Ho incassato un bel po' di botte."

Uscimmo dalla sala ridacchiando, sotto lo sguardo perplesso dell'uomo.

26

Katherine

"Mi piacciono le escursioni" dissi, mentre ci facevamo strada lungo il sentiero boscoso. "Non c'è nessuno, nessun rumore e niente telefono."

Brody mi sorrise. "È per questo che piacciono anche a me."

Era una mattinata frizzante, ma non fredda come qualche settimana prima. Il clima si stava riscaldando lentamente e la primavera era proprio dietro l'angolo.

Adoravo le mie escursioni con Brody. Era così facile rimanere intrappolata nella routine quotidiana, tra l'appartamento, il negozio e la palestra. Ma andare in giro mi aiutava a purificare la mente. Mi liberava dallo stress.

Ci fermammo in una radura con una vista pittoresca sulla valle, stendemmo la nostra coperta e disponemmo il picnic. Questa volta, fui io ad occuparmi del cibo. Panini con insalata di pollo, mele e arance, e mix di semi e frutta secca per dessert. Divorammo tutto e Brody mi fece i complimenti per i panini.

"Finalmente mi sento di nuovo motivata per il negozio" gli spiegai, mentre mangiavamo. "Da gennaio, sono stata arresa al destino, ma ora ho delle idee."

"Che idee?"

"Per prima cosa, faremo una svendita. Compra due album e ne avrai uno gratis. Noleggerò degli enormi altoparlanti da mettere fuori dal negozio, che suoneranno una playlist che sto curando. Tutta musica acquistabile nel negozio, naturalmente. Ho già il permesso comunale di occupare il marciapiede di fronte al negozio per quel giorno, e ho ottenuto una licenza temporanea per vendere birra e vino.

"Non solo" mi vantai, "ho anche contattato Wrensite, la grande azienda di giradischi. Verranno con un enorme espositore a vendere i loro giradischi e io prenderò una parte delle vendite. E infine, ho intenzione di creare un piano di abbonamento mensile."

Brody inclinò la testa. "Un abbonamento?"

"Sarà un normale abbonamento. I membri pagano un'iscrizione mensile, diciamo dieci dollari, e avranno in regalo un album del genere musicale di loro scelta. E la possibilità di prenotare tutti i nuovi album che abbiamo in magazzino e altri vantaggi come sconti o merchandising firmato. In questo modo, fidelizzerò i clienti a lungo termine. Se ci riesco, non saranno interessati ad andare da Pacifica."

"Eh" grugnì Brody.

"Paul mi ha anche suggerito di affittare uno di quegli uomini gonfiabili. Tra quello, la musica e il cibo, sarà un grosso evento. Chiunque vada alla grande inaugurazione di Pacifica, si fermerà sicuramente anche nel nostro negozio."

Brody masticò un po' di mix di semi e annuì pensieroso.

"Non pensi che sia una buona idea?" gli chiesi.

"Cosa? No, non l'ho detto."

"Non hai detto quasi niente."

Scrollò le spalle. "È solo che non so molto della tua attività. Sembra un buon progetto. Spero che funzioni."

"Anch'io. Non posso lasciar affondare il mio negozio." Guardai la valle. "Voglio combattere. Se devo soccombere, voglio farlo lottando."

"Sicuramente."

Lo guardai di lato. Era stranamente silenzioso. Mi chiedevo se fosse a causa dell'avance che gli avevo fatto nell'idromassaggio, all'inizio della settimana.

Riponemmo il pic nic e riprendemmo a camminare sul sentiero. Provai di parlare con lui della palestra e dell'allenamento per il triathlon, ma mi rispondeva con poche parole. C'era sicuramente qualcosa che lo stava infastidendo.

Avrei potuto pensare che stava cercando di allontanarmi.

A metà strada del sentiero di ritorno verso la macchina, non potei più sostenere il silenzio. "Ehi" dissi, afferrandolo per un braccio per fermarlo, "che ti prende?"

Aggrottò la fronte. "Cosa vuoi dire?"

"C'è qualcosa che non va. Oggi sembri distante. Sei arrabbiato con me?"

Strinse gli occhi blu. "Perché dovrei essere arrabbiato con te?"

"Per la mossa che ho fatto nell'idromassaggio. E mi hai respinto."

"Te l'ho detto. Non volevo che la nostra prima volta fosse lì."

"Ci sarà mai una prima volta?" gli chiesi. "Non so come definire la nostra relazione, Brody. Siamo usciti insieme sette volte, più tutto il tempo che passiamo insieme in palestra. Che succede? Ti piaccio?"

Il suo bel viso si ammorbidì. "Mi piaci molto, Kat."

"Non mi sembra."

Gli balenò qualcosa negli occhi di cristallo, poi mi afferrò e mi baciò. All'inizio sembrava forzato, come se stesse cercando di dimostrarmi qualcosa, ma presto diventò più reale, più autentico.

Mi accarezzò il petto, prendendomi il seno attraverso la giacca. Poi aprì la cerniera per avere una migliore presa. Gemetti sommessamente sotto il suo tocco. La sua lingua si incontrò con la mia.

"Vuoi che te lo dimostri?" chiese piano. "Che ne dici di questa prova?"

Mi sollevò da terra e mi posò su un masso lì vicino. Poi, con mia immensa sorpresa, mi abbassò i pantaloni. Sentii la pietra gelida sulla pelle nuda.

"Brody!" ansimai, guardandomi intorno. Se fosse arrivato qualcuno, non avremmo potuto nasconderci. "Cosa stai facendo?"

Mi allargò le gambe e seppellì la testa nella figa, e così dimenticai completamente che eravamo in pubblico.

La sua lingua ondeggiava su e giù sulle mie labbra, come se stesse dipingendo. Poi irrigidì la lingua e me la spinse tra le labbra, il cuneo scivolò dentro e iniziò a muoversi all'interno. Mi stava scopando con la lingua, facendomi sospirare di piacere. Vedevo la sua testa muoversi avanti e indietro, mentre mi teneva le gambe divaricate con le sue mani calde.

Infilai le dita tra i suoi capelli biondi e lo guidai. "Oh sì..."

Poi la lingua fu sostituita da due dita, che sondarono più in profondità. Le girava come un cavatappi e le muoveva dentro e fuori, scatenando esplosioni di estasi in terminazioni nervose che non sapevo di avere. Poi portò la bocca sul clitoride, per succhiarlo e leccarlo perfettamente e iniziai a gemere, noncurante di chi potesse sentirmi.

Mi mangiò la figa lì nella foresta finché, tenendolo saldamente per i capelli col viso sul clitoride, non lanciai un rumore animale che echeggiò tra le montagne.

Quando ebbi finito, sollevai il suo volto in modo da poterlo baciare. Sentii il sapore dei miei liquidi sulle sue labbra. "Togliti i pantaloni" chiesi, allungando la mano verso la sua cintura. "Ora tocca a te."

Mi accarezzò la guancia e mi baciò di nuovo. "Volevo solo dimostrarti quanto mi piaci, Kat. Non devi restituirmi il favore."

"Ma voglio farlo" insistetti.

Mi sorrise. "Non qui. Un'altra volta." Mi baciò un'ultima volta. "Andiamo avanti, prima che venga qualcuno. Qualcun altro, intendo."

Risi della sua battuta, ma non sapevo ancora cosa provavo.

27

Brody

Volevo proprio arrendermi.

Avrei voluto che si inginocchiasse, per aprirmi i pantaloni e mettersi il cazzo nella sua bella bocca. Avrei voluto vedere le sue labbra carnose avvolte attorno al mio albero per succhiare il liquido dal mio corpo, finché non avrei sussultato e ruggito come aveva appena fatto lei. E avrei voluto fare molto di più, con Katherine. Volevo sentire le labbra della sua figa stringersi sul cazzo, e poi scoparla fino a quando non saremmo rimasti senza fiato.

Non era giusto. Me ne sarei pentito, più avanti.

Anche quegli appuntamenti erano un errore. Il mio cervello lo sapeva, ne ero certo.

Eppure non riuscivo a fermarmi. Katherine era speciale e volevo averla sempre vicino. In palestra, fuori dalla palestra. Di notte, sognando di essere con lei nello stesso letto...

Sospirai, e continuammo la nostra escursione. Anche nelle migliori circostanze, avrei dovuto partire da Denver in autunno. Che cosa sarebbe successo, allora? Lei aveva dei legami a Denver, il negozio e suo fratello. Dubitavo che sarebbe venuta con me. E mi rifiutavo di impegnarmi in una relazione a distanza. L'avevo già fatto una volta, al college. Mai più.

E allora?

La triste verità era che la nostra relazione sarebbe finita. Era condannata a non durare, lo sapevo fin dall'inizio, da quando ero andato nel suo negozio e le avevo chiesto di uscire. A quel punto, la cosa migliore per entrambi sarebbe stata porre fine alla storia in modo amichevole.

Ma quando?

Aprii la bocca per pronunciare quelle parole, ma invece presi la direzione opposta: "Vuoi venire a vedermi gareggiare nel triathlon?"

Katherine per poco non inciampò in una radice d'albero. "Cosa?"

Mi fermai e la guardai. "Il triathlon Escape from Alcatraz. È il 5 aprile, a San Francisco. Vuoi venire a fare il tifo per me?"

Vidi la confusione sul suo viso. Da un lato, continuavo a respingere le sue avance sessuali, ma poi la invitavo in un viaggio fuori porta? In una relazione, quello è un passo molto più importante che andare a letto insieme.

Poi, la felicità prese il posto della confusione. "Mi piacerebbe molto."

"È il fine settimana prima dell'evento che stai organizzando" dissi. "Sei sicura che non sarà un problema?"

"A quel punto, avrò già organizzato quasi tutto" rispose. "E sarà bello andarsene per un fine settimana, prima che inizi quella frenesia." Mi diede un colpetto nel petto. "Ed è dopo la fine del trimestre, quindi potrò continuare a batterti nel concorso a punti."

"Davvero?"

Continuammo a camminare, ma invece di camminare in fila indiana, ci tenemmo per mano.

Sorrisi, e mi chiesi quanto sarebbe durato ancora.

28

Katherine

Agli uomini piace dire che le donne sono incomprensibili, ma Brody era più confuso della donna più confusa. Prima mi aveva detto che voleva prendere le cose con calma... e poi mi aveva invitata ad andare a San Francisco con lui?

A proposito di segnali contrastanti...

Nonostante ciò, il suo invito mi rassicurò sulla nostra relazione. Stava pensando al futuro. Stavamo facendo dei progetti insieme. Era meglio che languire nell'attesa.

E anche se il problema di vederlo partire in autunno era ancora presente... beh, avrei potuto smettere di pensarci per un po'.

Marzo fu un susseguirsi di attività per la preparazione della svendita del Vinyl High. Passai un fine settimana a esaminare minuziosamente l'inventario, e poi ordinai tre volte più dischi del normale. Volevo evitare di trovarmi senza merce, se la nostra svendita fosse andata bene.

Ma c'era il problema di dove immagazzinare tutto. Nell'ufficio avevo un ripostiglio dove tenevamo le scatole, ma quando arrivò il camion delle consegne con dieci bancali di dischi, Paul e io rimanemmo sbalorditi.

In quel momento, Finn passò di lì. "Serve aiuto?"

"Non lo rifiuteremo" dissi. Paul si voltò e Finn mi diede un rapido bacio sulle labbra.

"Cosa fai? E se ci vede qualcuno?" sussurrai.

Finn sorrise. "Non ho paura di starti vicino, e non voglio vivere la vita con la paura di essere scoperto."

Senza aggiungere altro, si chinò e sollevò tre scatole con facilità. Lo seguii col sorriso, mentre le portava nel negozio. Non c'è niente di più sexy di un uomo forte che fa lavori pesanti.

"È il tuo ragazzo?" chiese Paul.

"Che? No. È il mio personal trainer."

"Ah." Paul sbatté le palpebre. "Voi due state bene insieme."

"Credi?"

"Certo, signora capo."

Per fare spazio alle scatole, spostammo la mia scrivania in un angolo e impilammo le scatole in tutta la stanza. Dopo aver aperto tutte le scatole, l'unico spazio libero in ufficio era uno stretto passaggio per arrivare alla scrivania e abbastanza spazio per aprire e chiudere la porta.

Poi, Paul uscì per il pranzo. Misi il cartello "chiuso" sulla porta e Finn mi scopò sulle scatole di album nella stanza sul retro. Purtroppo rompemmo cinque copie dell'ultimo album di Bruno Mars, ma ne valse la pena.

Ingaggiai un grafico per creare una nuova grafica pubblicitaria per il negozio. Usai quella grafica per stampare una dozzina di poster e per tutta la pubblicità. Avevo destinato duemila dollari agli annunci su Facebook, ma ero pronta a raddoppiare la cifra, se avessimo ottenuto un buon numero di clic.

Comunque, il negozio non era l'unica cosa che mi teneva occupata. Ogni settimana mi allenavo di più, praticamente vivevo in palestra. Per pranzo bevevo frullati, e per cena compravo insalate preconfezionate al Nutrition Bar. Così facendo, risparmiai il tempo che avrei destinato a fare la spesa e a cucinare. All'inizio di marzo, mi allenavo quattro ore al giorno. Verso la fine del mese, erano quasi cinque. Anche se mi limitavo a camminare su un tapis roulant, facevo sempre qualcosa di attivo.

Una sera, mentre pedalavamo nella sala di spinning, Max mi disse: "Sai, mi è venuto in mente che non ho visto bene casa tua."

"L'hai vista quasi tutta la prima volta che sei venuto" dissi. "È un appartamento con una sola camera da letto."

"È proprio il letto che mi interessa" disse con noncuranza. "Vorrei sapere quanto è robusto."

Sorrisi. "Penso che sia abbastanza robusto. Ma non è mai stato messo alla prova."

"Forse ci dovremo pensare stasera."

"Forse" concordai.

Dopo l'esercizio e la doccia, tornammo a casa mia insieme, a braccetto. Proprio come quando Finn mi aveva baciato fuori dal mio negozio, sentivo il formicolio del proibito, a mostrarci in atteggiamenti intimi in pubblico. Se l'avessero scoperto, Max sarebbe finito nei guai, ma non gli importava. Preferiva stare con me.

Appena entrati nel mio appartamento, disse: "Ho una sorpresa per te."

"Mi piacciono le sorprese. Cos'è?"

"È meglio se te lo mostro."

Arrivammo in camera da letto baciandoci, e ci lasciammo cadere di lato sul letto rimbalzando dolcemente sul materasso.

"Vedi? È robusto" dissi.

"Non ho ancora iniziato a collaudarlo." Max si tolse lo zaino e tirò fuori diversi fazzoletti. Trattenni il respiro, chiedendomi cosa ne avrebbe fatto.

I suoi occhi color smeraldo brillavano nell'oscurità. "Se vado troppo in là, dimmelo."

Mi morsi il labbro e annuii.

Mi afferrò bruscamente e mi lanciò in avanti sul letto, sulla pancia. Mi tirò la mano sinistra verso la sponda e mi legò col fazzoletto, e poi fece lo stesso con la mano destra.

Sentivo il corpo elettrizzato. Non avevo mai fatto niente di simile, e non vedevo l'ora di vedere cosa sarebbe successo dopo.

Mi tolse lentamente i pantaloni, poi le mutande. Le sue mani si muovevano con sicurezza. Mi divaricò le gambe e mi legò le caviglie alla pediera del letto. A gambe divaricate sul letto, sentivo l'aria fresca sul bagnato della figa. Ero completamente sotto il suo controllo.

Cominciò a massaggiarmi la figa da dietro. La schiaffeggiò delicatamente con il palmo della mano, spargendomi delle ondate di piacere in tutto il corpo. Poi si inginocchiò dietro di me e fece scivolare il cazzo dentro, prendendomi con forza come se fossi sua. Mi scopava lentamente, come se non avesse fretta, e io mormoravo versi di piacere. Nel frattempo, sentivo le sue mani che correvano su e giù per la schiena, esplorando tutti i muscoli mio corpo come se mi stesse scoprendo per la prima volta.

Poi rallentò, e lo sentii frugare nel suo zaino.

"Cosa stai facendo?"

Ridacchiò profondamente. "Lo scoprirai."

Provai a girare la testa, ma non riuscii a vedere cosa stesse facendo. Mi sembrò che rimettesse il tappo su una bottiglia di plastica. Un vibratore? Il pensiero che usasse un vibratore su di me, mi fece tremare dall'eccitazione.

Poi si chinò su di me e appoggiò una bottiglia sul comodino. Una bottiglia di lubrificante.

A cosa gli servire il lubrificante se...

Sentii qualcosa che mi premeva sul culo, poi scivolò facilmente dentro. Emisi un verso di sorpresa.

"Mi dici se è troppo?" canticchiò dietro di me.

Legata sul letto a gambe spalancate, annuii. "Uh, uh."

Non avevo mai fatto sesso anale, né niente di simile. Non mi entusiasmava. Perché un ragazzo dovrebbe scopare il culo di una ragazza, quando ha una bella vagina?

Ma quando Max mi infilò nel culo un oggetto ben lubrificato, forse un plug anale, cominciai a capire di cosa si trattasse. L'oggetto premeva dentro di me, spingendo sulle pareti della figa dall'altro lato. Insieme al cazzo grosso di Max, era un duetto di sensazioni perfettamente assortite che mi fece perdere le forze.

"Oh, mio Dio" gemetti. "Mi piace..."

Max mi spinse l'oggetto più in profondità nel culo. La pressione sulle mie pareti interne aumentò. "Lo stai prendendo come una campionessa."

"Di più" sussurrai. "Posso prenderne di più, dammene di più..."

Spinse l'oggetto fino a riempirmi completamente il culo. Deve essere stato un butt plug, perché l'estremità era svasata, e sentivo il bordo piatto fuori dall'ano. Poi lo lasciò e si abbassò su di me, col petto sulla mia schiena, soffocandomi come una coperta.

Mi baciò la nuca e iniziò a scoparmi più forte. Come se fossi stata un giocattolo da usare a suo piacimento. La pressione all'interno del mio corpo era intensa, proprio al limite del sopportabile. Poi Max accelerò, mi scopò sempre più forte come se si fosse trattenuto fino ad allora, facendomi gemere rumorosamente. Con quell'oggetto nel profondo del culo, venimmo entrambi in una frenesia di spasmi e urla.

Mi posò baci su tutto il corpo e mi abbracciò, poi iniziò a slegare i fazzoletti. "Devi toglierlo con cautela" spiegò. "Fallo gradualmente."

"Oh davvero?" dissi seccamente. "Pensavo di poterlo strappare via."

Mentre mi dirigevo al bagno con quel coso nel culo, mi sentivo come un'anatra che cammina ondeggiando la coda. Lo esplorai con le dita, poi lo tirai delicatamente fuori. Mi rilassai ed uscì facilmente. Lo sollevai per ispezionarlo: era grande quanto un sottaceto, fatto di gomma nera dura, a forma di cono. Sottile in punta e più largo vicino alla base, come un albero di Natale.

Non credo che Babbo Natale approverebbe questo tipo di albero, pensai ridacchiando.

Mi pulii e tornai in camera da letto. Max era uno spettacolo bellissimo, completamente a suo agio nella sua nudità, steso sul letto come se stesse posando per un pittore.

"Stai bene?" chiese.

"Non l'avevo mai fatto prima!" dissi eccitata.

"Me ne sono accorto. Cosa ne pensi?"

Mi accoccolai vicino al suo corpo caldo. "È stato intenso, ma sorprendentemente bello. Mi ha sorpreso che sia entrato così facilmente. Non dovrebbe far male?"

Sorrise: "Il lubrificante serve a quello. E bisogna farlo lentamente. Quello è il più piccolo che ho."

"Ne hai degli altri?"

"Oh, sì. Il più grande è come un barattolo di conserva."

"Un barattolo!"

"Tu non sei ancora pronta per quello" disse semplicemente.

"Certo che non sono pronta!"

"Ma forse, la prossima volta proveremo qualcosa di reale, come il mio cazzo."

Quel pensiero mi eccitò. "Ci vorrà un sacco di lubrificante" dissi.

"Me ne resta una bottiglia intera."

"Ma sono disposta a provare" dissi. "Se sei delicato e lo fai lentamente."

Mi baciò i capelli. "So essere delicato, se è necessario."

Ridacchiai. "Ma mi piace anche quando sei più violento."

Max emise un rumore profondo dalla gola. "L'ho visto. Ehi, posso chiederti una cosa?"

Aspettò che annuissi.

"Vuoi venire in California con me, per il triathlon?"

Mi sedetti sul letto. "Quello di San Francisco? Escape from Alcatraz?"

"So che mancano solo tre settimane" aggiunse, "ed è un grosso passo per due persone che sono solo andate a letto insieme. Ma se venissi a fare il tifo per me, mi farebbe piacere. Sarebbe... molto importante per me."

Il cuore mi si riempì di felicità, sentendo che si stava aprendo a me, mostrandosi vulnerabile.

Certo che avrei voluto andare con lui, ma l'avevo già promesso a qualcun altro...

"Sarà un periodo frenetico per il negozio" gli dissi. "La gara si tiene nel weekend prima della mia svendita e dell'apertura di Pacifica."

Contrasse le labbra in un breve sorriso che mi ruppe il cuore. "Pensavo che una distrazione ti avrebbe fatto bene, ma ti capisco. Non avrei dovuto chiedertelo."

Mi avvicinai e lo baciai teneramente sulle labbra. "Sono felice che mi abbia invitata. Posso pensarci un po' su?"

"Certo. Tienimi informato" rispose. "Ehi, scusa se mi ripeto sul cibo... ma ti dispiace se ordino una pizza? Oggi ho pedalato cinquanta miglia. Ho l'impressione che il mio stomaco stia mangiando sé stesso."

"Oggi mi faccio una concessione" gli risposi. "La pizza va benissimo."

"Ti ho già riempito due buchi" disse con un sorriso, "è giusto che ti riempia anche il terzo."

Si alzò per ordinare la pizza e gli diedi uno schiaffo sul sedere.

29

Katherine

L'ultima settimana di marzo iniziò col botto. Brody si beccò un virus allo stomaco e dovette perdere due giorni di palestra. Io approfittai della sua battuta d'arresto e finalmente guadagnai terreno, arrivando a poca distanza dal suo punteggio.

FASCIA D'ETÀ 25-29 ANNI
BRODY F: 19.828
KATHERINE D: 19.804

Non prestai neanche attenzione alle altre persone della nostra fascia d'età, erano troppo indietro per raggiungerci. Sulla dirittura d'arrivo del concorso trimestrale, la gara era tra noi due.

Quando Brody tornò in palestra, cercava vendetta. Anche se passavo cinque o sei ore al giorno alla RMF, riuscì a rimanere in vantaggio. Ogni mattina, quando arrivavo in palestra, lui era qualche punto davanti a me. Cercare di raggiungerlo sembrava una fatica di

Sisifo. Appena mi avvicinavo un po', lui riprendeva vantaggio e dovevo ricominciare da capo.

Fuori, il tempo stava migliorando. Mi sarebbe piaciuto andare a correre all'esterno, con l'aria fresca, ma con la gara in corso, non osavo sprecare energie per esercizi che non mi valevano dei punti. Avrei potuto iniziare a correre all'esterno dopo aver vinto il concorso.

Per fortuna il trimestre volgeva al termine, perché non pensavo di poter sostenere quel ritmo ancora a lungo, soprattutto perché dovevo passare il resto del tempo al negozio a preparare il contrattacco per la grande inaugurazione di Pacifica.

L'ultimo giorno di marzo saltai giù dal letto come se fosse la mattina di Natale. Misi nella borsa da palestra tre paia di vestiti da allenamento; ormai ne avevo un armadio pieno. Feci colazione con farina d'avena e uova strapazzate, poi lavai la mia bottiglia d'acqua. Quel giorno l'avrei usata molto. Paul si sarebbe occupato del negozio tutto il giorno, così io avrei potuto concentrarmi sul concorso. Sarei rimasta in palestra tutto il giorno, se fosse stato necessario.

Quando arrivai, Finn mi stava già aspettando. "Finn? Da quando attacchi alle quattro del mattino?"

Sogghignò. "Abbiamo un annuncio speciale. Forza, Brody sta già aspettando."

"Brody è qui?" gemetti. "Speravo di iniziare prima di lui, oggi."

"Lui ha pensato la stessa cosa."

Finn mi condusse nella sala cardio principale, dove si era formato un piccolo gruppo di persone che stavano chiacchierando. Brody mi vide e lanciò un'occhiata scherzosa. In cambio, gli feci la lingua. Oggi, sarebbe stata una battaglia all'ultimo sangue.

Un uomo alto, al centro del gruppo, mi vide e mi salutò.

"Bene, sei arrivata, Katherine. Così non dovrò fare questo annuncio due volte." Alzò la voce. "Buon giorno a tutti! Siete tutti leader della vostra fascia d'età, nel concorso trimestrale. Alcuni hanno dei vantaggi insormontabili per l'ultimo giorno, ma ci sono anche delle battaglie serrate. Sono sicuro che sarà una giornata emozionante."

"In primo luogo, volevo annunciare il primo premio: il vincitore di ogni fascia d'età riceverà un anno di iscrizione Platinum! Per chi è già membro Platinum, l'anno premio si aggiungerà alla fine del vostro abbonamento. E se non siete membri Platinum, il vostro abbonamento verrà aggiornato immediatamente. Speriamo che questo vi dia una motivazione in più per dare il meglio di voi!"

Finn mi diede una gomitata alle costole. "Adesso arriva la parte importante."

"L'altra cosa che volevo annunciare" disse il direttore, "è che solo per oggi, i punti sono raddoppiati. Quindi andate e spaccate tutto, ragazzi!"

Tutti si dispersero, diretti alle loro macchine preferite.

"Doppi punti?" chiesi.

Finn annuì. "Certo, questo aiuterà Brody tanto quanto te, ma oggi ti sarà più facile avvicinarti a lui. Come ti senti?"

Saltellavo leggermente da un piede all'altro. "Mi sento pronta a salire su un ring e picchiare qualcuno."

"Questo è lo spirito giusto!" Finn allungò la mano e mi diede il cinque così forte che la mano mi fece male.

Brody si avvicinò a me e allungò la mano. "Che vinca il migliore."

La strinsi. "In altre parole, devo iniziare a pensare al discorso della vittoria."

"Se quello ti distrae dall'esercizio, allora fallo. Ci vediamo stasera."

Si allontanò di corsa.

Finn mi mise una mano rassicurante sulla spalla. "Sarò qui tutto il giorno, se hai bisogno di qualcosa. Massaggi, nutrizione, stivali criogenici. Devi solo dirmelo."

Socchiusi gli occhi. "L'ultima cosa di cui ho bisogno, è uno dei tuoi massaggi."

"Intendevo un massaggio normale! Oggi si lavora, possiamo festeggiare domani." Mi tirò un pugno leggero. "Tu hai fatto più progressi negli ultimi tre mesi di chiunque io conosca. Battilo, Kat. Credo in te."

Andai nello spogliatoio, impaziente e fiduciosa.

La prima cosa che volevo fare, era il nuoto. Grazie all'aiuto di Max, ero migliorata al punto che scivolavo nell'acqua come un delfino. Non ero ancora veloce, neanche lontanamente, ma ero molto più efficiente, e l'efficienza mi permetteva di nuotare più a lungo.

Con mio grande sgomento, trovai Brody già in piscina a nuotare. Il suo punteggio era in costante aumento.

"Figlio di puttana" dissi.

Come se mi avesse sentito, quando raggiunse il lato della piscina più vicino a me si fermò.

"Ah ah!" mi prese in giro, per poi allontanarsi di nuovo.

Ci volle tutta la mia forza di volontà per non saltare in acqua e iniziare a nuotare immediatamente. Prima feci degli stiramenti, ruotai le braccia in cerchio e poi feci oscillare le gambe avanti e indietro in lunghi archi.

Quando iniziai a nuotare, mi proposi di non guardare i punti sullo schermo. Mi avrebbero scoraggiata. Ma ogni volta che mi fermavo per bere un sorso d'acqua, gli occhi si alzavano automaticamente.

È una maratona, non uno sprint, mi dicevo.

Nuotai 1600 metri in stile libero, poi passai alla rana. Con i facili movimenti di gambe, sentivo di poter nuotare tutto il giorno, ma i punti non salivano velocemente come con lo stile libero o la farfalla.

Iniziai a immaginare dei modi per distrarre Brody. Alcuni non erano realistici, soprattutto perché una donna anziana era entrata nella sala della piscina e si era immersa nella vasca dell'idromassaggio. Ma c'era uno scherzo che avrebbe potuto essere realizzabile, soprattutto grazie alla presenza della signora. Così, quando Brody si fermò vicino al muro per bere, mi tuffai sott'acqua e nuotai verso di lui. La metà inferiore del suo corpo era visibile nell'acqua calda, incluso il suo piccolo costumino Speedo. Era di spalle, e il suo bel culetto era perfettamente in vista. Ma nonostante fosse così sexy, avevo in mente altri piani.

Prima che potesse reagire, gli tirai giù il costume. Iniziò a scalciare, e questo mi permise di sfilarglielo dai piedi e nuotare via.

"Ehi!" gridò, quando emersi a respirare, "cosa stai facendo?"

Feci una palla col costume e lo lanciai verso la porta. Cadde sulle piastrelle, tutto pieno d'acqua. "Mi sto portando in vantaggio."

Ridacchiai tra me e me e ripresi a nuotare. Con la coda dell'occhio, vidi Brody che si avvicinava al bordo della piscina e cercava di allungare la mano per afferrare il suo costume senza uscire dalla sicurezza della piscina.

Sentii la sua voce attutita dall'acqua: "Mi scusi? Signora? Potrebbe prendermelo?"

La signora rise. "Spiacente, tesoro. Se vuoi il tuo costume da bagno, dovrai offrire lo spettacolo alla nonna."

Per cinque minuti, Brody cercò di convincerla ad aiutarlo. Poi aspettò che lei andasse via, ma lei disse che sarebbe rimasta più a lungo di lui, per vedere il suo "tenero culetto." Alla fine, Brody si stancò di aspettare e saltò fuori dalla piscina. La signora strillò di felicità mentre lui correva verso la porta, afferrava il costume e tornava a saltare in piscina.

A quel punto stavo morendo dalle risate, quindi dovetti smettere di nuotare per non annegare.

"Valeva la pena aspettare" disse la signora, uscendo finalmente dalla piscina. "Grazie, cara."

Le mostrai il pollice alzato, mentre cercavo di contenere le risate.

Dopo novanta minuti in piscina, iniziai a sentirmi stanca.

Arrivai fino a due ore, poi uscii dall'acqua. Ero arrivata a solo pochi punti da Brody, e non avrei voluto fermarmi, ma sentivo di dover rallentare.

Brody si fermò per dirmi: "Goditi il secondo posto!" e riprese a nuotare.

Appena mi cambiai il costume da bagno, Finn mi stava aspettando nell'atrio. "Andiamo a lavorare su quei muscoli" disse.

Resistetti all'impulso di saltare subito su un tapis roulant e lo seguii di sopra. Mi distese sul lettino per massaggi... in modo completamente platonico. Assolutamente nessuno sfioramento sessuale, anche se eravamo in uno spazio privato.

Non sapevo se dovevo essere grata o delusa, che si concentrasse solo sull'aiutarmi a vincere.

"Che piano hai?" chiese, mentre mi massaggiava la spalla col palmo della mano.

"Una macchina" risposi. "Tapis roulant, ellittica o cyclette. Cosa ne pensi?"

Finn assunse un'espressione pensierosa. "Dal punto di vista dei punti, il tapis roulant è quello che rende di più, ma è anche il più faticoso e tu hai nuotato per due ore. Io voto per un po' di spinning leggero. Fa' circolare il sangue, accumula qualche punto e conserva un po' di energia per dopo."

Dopo il massaggio, Finn mi diede uno schiaffo sul culo. "All'attacco, Kat."

Mentre eravamo ancora soli, lo baciai. "Grazie per il sostegno."

Andando dal Rejuvenation Lounge alla sala spinning, passai davanti a Brody che mangiava al Nutrition Bar. "Sembri stanco" gli dissi.

Lui sorrise debolmente. "Mai stato meglio. Ho appena iniziato."

Presi una bevanda sportiva dal frigo e la scansionai alla cassa. "Perché non vai a fare un pisolino?"

"Anche se facessi un pisolino resterei sempre cinquanta punti davanti a te" ribatté.

Gli feci un sorriso selvaggio. "Leccami il culo."

"Dopo la gara, forse lo farò" rispose scherzosamente.

Quell'immagine mi rimase in testa per il resto della giornata.

Secondo il programma appeso alla porta della sala di spinning, doveva esserci un corso di recupero leggero, ma la stanza era vuota, c'era solo Max seduto sulla bici in prima fila.

Mi accigliai. "Niente corso?"

"Annullato" rispose Max. "Farò una lezione privata."

"Mannaggia. Ok. Andrò a una macchina al piano di sotto..."

Max scosse la testa e schioccò le labbra. "Parlavo di te, Kat. Finn mi ha detto di riservare la sala per te. Vieni. Smettila di startene lì imbambolata e sali su questa bici. Ho già regolato il sedile alla tua altezza."

Ero troppo scioccata per dire qualcosa, quindi feci come mi era stato detto.

"Hai mangiato qualcosa, dopo la nuotata?" chiese, iniziando a pedalare.

"No, ma ho preso questo Gatorade."

"Bene. Allora la lezione di oggi sarà sul carburante. È uno degli aspetti più importanti degli sport di resistenza, come la maratona o il triathlon."

"Non sto facendo nessuna delle due" dissi.

"No, ma ti allenerai tutto il giorno. Giusto? È la stessa cosa. Devi alimentarti adeguatamente per evitare il bonking." Tirò fuori un pacchetto. "Questa è una confezione di gel. Ha duecento calorie facilmente assimilabili, più un po' di caffeina. Ti farà andare avanti per un po'."

Strappai l'involucro e l'annusai. "Che sapore ha?"

"Non pensarci" avvertì. "Succhialo e basta."

Feci un sorrisetto. "Non è la prima volta che me lo dici."

"E non sarà l'ultima" rispose con un sorriso. "Ma seriamente, mangialo."

Misi le labbra all'estremità aperta del pacchetto e iniziai a strizzarlo. Aveva una consistenza densa e granulosa, come il dentifricio e il sapore era vagamente fruttato, come se stessi mangiando la saliva di qualcuno che aveva mangiato fragole cinque minuti fa. Era disgustoso! Stavo per vomitarlo, ma riuscii a ingoiarlo tutto.

"È la cosa più difficile da ingoiare" dissi.

"Incluso il mio cazzo?" chiese Max.

"Hah! Molto più difficile. Ma, a differenza del tuo cazzo, sono contenta che questo gel sia finito."

Max fece una smorfia. "Sì... a proposito. Dovrai mangiarne uno ogni quarantacinque minuti."

"Cosa?"

"Vuoi vincere il concorso?" chiese Max senza mezzi termini. "Allora fai quello che ti dico."

Mi piaceva quando era autoritario, proprio come in camera da letto. E proprio come in camera da letto, volevo accontentarlo.

"Se lo dici tu, coach."

Pedalammo a passo tranquillo per un'ora e mezza, facemmo una pausa per andare al bagno, poi pedalammo ancora un po'. Durante la lezione, succhiai tre di quei gel. E l'abitudine non mi rese il compito più facile.

Mentre pedalavamo, Max chiacchierava, aiutandomi a non pensare alle gambe. Anche se pedalavamo a un ritmo lento, cominciavo a sentire i quadricipiti stanchi.

Brody si concesse una pausa molto lunga al Nutrition Bar. Quando ebbi finito di pedalare, non solo l'avevo superato, ma avevo accumulato un vantaggio notevole:

FASCIA D'ETÀ 25-29 ANNI
KATHERINE D: 20.190
BRODY F: 20.012

Andammo dritti al Rejuvenation Lounge, dove Max mi mise gli stivali criogenici. Mi sembrava di indossare una casa gonfiabile per bambini, invece dei pantaloni. Gli stivali mi mandavano degli impulsi gelidi nelle gambe, e presto mi rilassarono.

"Dopo questo, andiamo a pranzo" disse Max.

Annuii. "Ci stavo pensando. Dovrei bere ora il frullato, mentre mi riprendo? Per risparmiare tempo?"

"Oggi un frullato non basterà" rispose. "Hai bisogno di molte calorie nel corpo, e non le trovi qui in palestra."

"Allora, dove andiamo?"

"Ti portiamo in quel ristorante di hamburger in fondo alla strada. Fa' finta che oggi è il giorno dello strappo alla regola. Voglio che mangi un cheeseburger, patatine fritte e un frullato. Fidati di me, brucerai tutto oggi stesso."

"Non capita tutti i giorni, che il tuo allenatore ti dica di abbuffarti" dissi con una risata. "Aspetta. Hai detto che mi portate a mangiare?"

"Giusto" disse Max, mentre mi toglieva gli stivali dalle gambe. "Tu, io e Finn. Così possiamo parlare di tutto quello che sta succedendo."

30

Max

Katherine aveva sicuramente bisogno di cibo solido. Togliendole gli stivali dalle gambe, la vidi pallida come un fantasma.

"Noi tre, a pranzo insieme" ripeté. "Sì, va bene."

Finn ci aspettava nell'atrio. "Brody è sull'ellittica in questo momento" riferì. "Il tuo vantaggio dovrebbe durare fino a quando torniamo. Dobbiamo cercare di mangiare in fretta."

"Divorare" rispose lei. "Ho capito."

Mentre camminavamo per la strada, c'era una strana tensione nell'aria. Katherine era tesa, come se ci fosse un problema. Poi passammo davanti a Pacifica Vinyl e capii che quella doveva essere l'origine della sua ansia. Oggi stava cercando di concentrarsi sull'allenamento, e noi l'avevamo portata nell'unico posto che poteva distrarla.

"Fanculo quel negozio" disse Finn. "La mia offerta di incendiarlo è ancora valida."

"Incendiarlo?" chiesi.

Katherine rise nervosamente. "Sta scherzando, vero, Finn? Per favore, di' a chiunque possa averti sentito che stai scherzando."

"Era tanto per dire. Fa schifo che una grande società possa arrivare e far fallire un negozio locale."

"Almeno si sta difendendo" dissi. "Speriamo che la svendita distolga l'attenzione dalla loro inaugurazione."

"È stata una mia idea!" annunciò Finn felice.

"Davvero?" chiesi.

"Sì, amico. Ho detto a Kat che non poteva prenderla come un sacco da boxe. Doveva reagire."

"È vero che è stato lui a darmi l'idea" disse Katherine. Poi cambiò rapidamente argomento. "Ecco il ristorante degli hamburger. Sei sicuro che vuoi che prenda il menù col frappè?"

Ordinammo e ci sedemmo a un tavolo per aspettare il pranzo. Katherine ci guardò, poi fissò il tavolo. C'era sicuramente una sensazione imbarazzante nell'aria. Era solo stanca, o mi sfuggiva qualcosa?

"Allora..." disse lei, "di cosa volevate parlarmi?"

Finn le puntò un dito. "Il tuo piano per questa giornata."

Fu quasi impercettibile, ma i muscoli delle sue spalle si rilassarono.

"Max e io abbiamo analizzato i numeri nell'algoritmo del database" spiegò Finn. "Quello che determina quanti punti genera ogni esercizio."

"Per le donne, il sollevamento pesi genera una quantità enorme di punti" intervenni. "In parte, perché la RMF vuole incoraggiare le donne a fare sollevamento pesi, poiché di solito lo fanno in poche."

"E anche perché il sollevamento pesi è la cosa migliore" disse Finn. "Quindi, questo pomeriggio voglio che ne facciamo un po'."

Katherine ci guardò sbattendo le palpebre. "Ma abbiamo sollevato ieri. Avevi detto che ci vuole un giorno di riposo dopo un sollevamento, per recuperare."

"Quel consiglio vale per le schiappe. Cambieremo un po' le

cose." Finn prese il suo tablet. "Ho elaborato una routine composta da un numero elevato di ripetizioni con un peso inferiore. Tipo, il sessanta percento del tuo massimo. Le facciamo finché riuscirai a malapena a muovere le braccia."

Lei guardò lo schermo aggrottando la fronte. "Panca piana, rematore pendlay, power clean, curl, alzate laterali... è un sacco! Sono sia esercizi di spinta che di trazione."

Finn si appoggiò allo schienale e incrociò le braccia. "Faremo il massimo possibile, non risparmieremo niente. Sì, forse domani non riuscirai ad alzarti dal letto, ma ne varrà la pena."

"Ora sai perché ti stiamo riempiendo di hamburger e patatine" dissi con un sorriso.

"Mi riempite. Uhm. Già." Katherine annuì con la testa. "Ok. Se pensi che questo sia un buon piano, mi fido di te."

"Finn è il miglior allenatore che abbiamo" dissi. "Esclusi gli istruttori di ciclismo e di nuoto, ovviamente. Lì non c'è gara."

"Certo" rispose Finn senza perdere un colpo. "Carey è un'istruttrice di spinning fantastica. Non potrei competere con lei."

Katherine rise più forte di quanto mi aspettassi, il che fece sorridere Finn.

Arrivò il nostro cibo e non perdemmo tempo ad azzannarlo. Katherine continuava guardare Finn e me con uno sguardo curioso. Mi chiedevo di cosa si trattasse.

Tornammo in palestra e ci mettemmo al lavoro. Kat fece venti minuti sull'ellittica per riscaldarsi e per digerire un po', poi andò a lavorare in sala pesi con Finn.

Io sarei stato impegnato tutto il pomeriggio a dare lezioni di spinning. Seguivo e correggevo gli altri ciclisti, ma senza prestargli molta attenzione. La mia attenzione era rivolta al tabellone sopra la porta. Mentre eravamo a pranzo, Brody l'aveva raggiunta e non mostrava segni di rallentamento. Però, grazie al sollevamento pesi, Katherine stava riprendendo un po' di vantaggio.

Passò il pomeriggio, poi la sera. Feci due lezioni di recupero, poi una avanzata con un percorso specifico di collina, con molta resistenza. Poi altre due lezioni per principianti.

Quando ebbi finito tutte le lezioni, Katherine aveva un vantaggio considerevole.

FASCIA D'ETÀ 25-29 ANNI
KATHERINE D: 20.310
BRODY F: 20.261

Corsi di sotto per cercarla, e non fu difficile trovarla. C'era una piccola folla attorno ai tapis roulant dove Brody e Katherine correvano fianco a fianco. Lei correva aggraziata sul tappetino a un ritmo leggero, mentre Brody, accanto a lei, cercava chiaramente di colmare il divario di punti.

L'osservai con orgoglio. Due mesi fa sembrava fuori posto sul tapis roulant, e a disagio con il suo corpo. Ora correva leggera come se fosse nata per correre. Il suo passato di corsa campestre l'aiutava, e aveva fatto molta strada da quando era arrivata alla RMF.

Finn si avvicinò a me. "È fantastica, non è vero?"

Sospirai. "Sì. Davvero." E poi, un attimo dopo, mi scappò: "Penso di essermi preso una cotta per lei."

Finn si girò di scatto. "Cosa? La conosci appena."

Sorrisi al mio amico. Era bello poter finalmente rivelare la nostra relazione segreta a qualcuno. "In realtà, io e Kat ci frequentiamo da febbraio."

Finn sgranò gli occhi. "Anch'io sto frequentando Kat!"

"Cosa? Hai detto che non era lei!"

"Ho mentito! Certo che è lei!"

Ci fissammo l'un l'altro, eravamo in un vicolo cieco.

"Non possiamo stare tutti e due con lei" dissi con cautela.

"Fratello, sembra di sì."

Ripassai nella memoria tutte le conversazioni che avevo avuto con lei. "Io e Kat non abbiamo mai stabilito dei limiti. Eravamo d'accordo che fosse una relazione informale."

A quanto pare, Finn era nella stessa situazione. "Neanche noi ne abbiamo mai parlato. Le ho detto che non poteva essere una storia seria a causa del mio lavoro, ma che non avrei rinunciato a vederla, ogni tanto."

"Non avete mai detto fidanzato o fidanzata?" chiesi.

"No. Mai." Finn fece un sorriso. "Forse le ho addirittura detto che non volevo una relazione esclusiva. Non me lo ricordo. Ma lei non ha fatto niente di sbagliato."

Guardai Katherine sul tapis roulant. Era bellissima, mentre correva sul tappetino, coi capelli che le ondeggiavano dietro la schiena e la pelle luccicante di sudore. Sembrava stanca, ma aveva un'espressione determinata sul viso. Era motivata. Una donna che si spinge così forte verso le sue mete, è sexy.

"Io non smetterò di vederla" dissi, portato dalla sua determinazione.

Finn grugnì. "Neanch'io, cazzo."

"Allora, cosa facciamo?"

Guardammo la donna sul tapis roulant, che aveva rubato il cuore a entrambi.

31

Katherine

Accanto alla folla che si era formata, c'erano Max e Finn che mi guardavano fieramente, con le braccia incrociate sul petto. Gli sorrisi, e continuai a correre sul tapis roulant. Mi scaldava il cuore, averli entrambi dalla mia parte a motivarmi verso la vittoria.

Era un bene, perché ne avevo bisogno. Il mio vantaggio su Brody stava diminuendo di minuto in minuto. Era sul tapis roulant accanto a me e volava, facendo facilmente 4 minuti e mezzo al chilometro. Nel frattempo, io riuscivo a malapena a tenere il ritmo di sei minuti e 50. Le gambe reggevano, ma erano le articolazioni che mi stavano uccidendo. Avevo le ginocchia e i talloni doloranti e anche i lati dei fianchi iniziavano a farsi sentire. Non era dolore, ma una sensazione spiacevole che significava che qualcosa non andava.

Non sapevo quanto ancora avrei potuto resistere.

"Potrei continuare tutta la notte" annunciò Brody. Alcune persone tra la folla risero. Non aveva nemmeno il respiro affannoso, mentre io non sarei riuscita a dire una frase completa. Mi bruciavano i polmoni, e le luci brillanti nella sala mi stavano facendo venire il mal di testa.

Max si fece strada tra la folla, per arrivare al mio fianco. "Stai andando benissimo, Kat. Ha bisogno di qualcosa? Gatorade?"

"Ho... una bevanda sportiva... nella bottiglia" dissi tra un respiro e l'altro. "Grazie."

"Se cambi idea, sono qui."

Poi apparve Finn accanto a lui. "Cosa ti fa male? Hai dolore?"

"Articolazioni... doloranti."

Fece una smorfia. "Non mi sorprende. Hai lavorato quasi tutto il giorno. Non aver paura di prenderti una pausa per ghiacciare le articolazioni, o per fare un massaggio di recupero."

"Ha bisogno di calorie" disse Max. "A questo punto, un massaggio non l'aiuterebbe."

"Forse sì" argomentò Finn. "Manca ancora molto tempo."

"Perciò dovrebbe passare a fare rifornimento."

Li guardai accigliata. Si comportavano in modo strano, erano quasi in competizione tra loro.

E in un lampo di intuizione, mi resi conto: l'avevano capito.

Sapevano che stavo vedendo entrambi.

Maledizione!

Mi si formò una fitta sul fianco. Toccai il pulsante della velocità del tapis roulant e lo rallentai fino alla marcia. Mi premetti le dita sul fianco, e la folla gemette.

Finn e Max si precipitarono per offrirmi aiuto, ma rifiutai con un gesto della mano. "Sto bene. Ho solo bisogno di un momento."

Dopo un minuto di riposo, ripresi il ritmo della corsa. Continuai per tre minuti, poi la fitta si fece così forte che dovetti riprendere a camminare. Alternai la corsa e la camminata ancora un paio di volte, cercando di andare avanti, per mantenere il vantaggio su Brody, ma si stava rivelando uno sforzo senza speranza.

FASCIA D'ETÀ 25-29 ANNI
KATHERINE D: 20.326
BRODY F: 20.318

Era proprio dietro di me. Mancava ancora più di un'ora a mezzanotte, e aveva un sacco di tempo per superarmi. Oramai era sicuro, era solo questione di tempo.

Cercai di riprendere fiato e sentii una stretta al petto. Brody non si schernì, né mi guardò, ma lo vidi sorridere. Dall'altra parte, Finn e Max erano preoccupati. Vedevo nei loro volti la sconfitta e la delusione.

Ma sapevo che non erano delusi solo per il concorso.

Cosa mi era preso, a stare con tutti e tre allo stesso tempo? Era assolutamente stupido cercare di destreggiarmi tra Finn, Max e Brody. Avrei dovuto scegliere tra loro molto tempo fa, lasciando gentilmente gli altri. Invece, avevo rimandato quella decisione fino a quando non sarebbe crollato tutto.

Sentivo una stretta alla gola, che mi rendeva difficile respirare. La folla che si stringeva attorno ai tapis roulant mi faceva sentire come in un acquario. Avevo bisogno di un po' di spazio.

Premetti Pausa sulla macchina. "Ho bisogno di una pausa."

Passai tra la gente che mormorava degli incoraggiamenti, ma le loro parole non significavano niente per me.

Attraversai la palestra zoppicando, poi salii al piano di sopra. Camminare mi faceva male quanto correre. Raggiunsi il Nutrition Bar e mi sedetti con un lamento. Le luci erano spente e non c'era nessuno dietro al bancone. Avevo dimenticato che chiudeva alle nove.

Finn e Max apparvero in cima alle scale. "Che cosa vuoi?" chiese Finn. "Ti faccio quello che vuoi."

"Fragola e banana, per favore."

"Arriva subito."

Seduta sulla sedia, guardai Max. "Voi due avete parlato, vero?"

Incrociò le braccia e annuì.

"Devo dirlo, siamo un po' scioccati" disse Finn da dietro il bancone.

Poggiai la testa sul tavolo e gemetti. "Mi dispiace. Sono un'idiota. È tutta colpa mia. Prima ho giocato con Finn, ma visto che è proibito, abbiamo detto di mantenere la relazione platonica. Poi ho iniziato a uscire con Max, ed è stato fantastico, divertente e nuovo. Ma allo stesso tempo, io e Finn stavamo ancora flirtando e stuzzicandoci, e alla fine abbiamo smesso di preoccuparci delle proibizioni..."

"È un po' colpa mia" disse Max con una smorfia. "Sono stato io a dirgli di seguire il cuore e di non preoccuparsi delle regole. Ma non sapevo che quella che gli piaceva eri tu."

"Avrei voluto sapere di Max" disse solennemente Finn. "Non so se avrebbe cambiato qualcosa, ma..." scosse la testa e mi portò il frullato. "Avrei voluto saperlo."

"Mi odiate?" chiesi loro, con le lacrime agli occhi. "Lo capirei. Capirei se non voleste vedermi mai più."

Si guardarono l'un l'altro. Tra di loro ci fu una conversazione tacita.

"Non è necessario parlarne ora" disse Max.

Finn annuì. "Devi concentrarti sulla gara. Questa è l'unica cosa che conta. E siamo entrambi qui per sostenerti."

"Ma..." protestai.

Max tirò fuori un altro gel. "Prendi uno di questi. Immagino che non ne vuoi più, ma entrerà nel tuo sangue più velocemente del frullato."

Ero troppo stanca per oppormi, così succhiai il gel simile al dentifricio e mi sciacquai rapidamente la bocca con il frullato.

Finn si inginocchiò e iniziò a palparmi la caviglia. "Hai detto che ti fanno male le articolazioni. Dove? Non servirà a molto, ma posso toglierti un po' di gonfiore..."

Max si avvicinò allo schienale della mia sedia e mi massaggiò delicatamente le spalle. "Ho visto che ti sei irrigidita sul tapis roulant. Provo a lavorare sui trapezi..."

Mentre bevevo il mio frullato, i miei due allenatori, e amanti, si presero cura del mio corpo. Ma per quanto fosse bello, pensavo solo al fatto che stavamo rimandando una conversazione molto imbarazzante.

Alle undici, mi rialzai dalla sedia e mi preparai a tornare al piano di sotto, seguita da un applauso della folla. Senza guardare lo schermo, sapevo cosa era successo.

FASCIA D'ETÀ 25-29 ANNI
BRODY F: 20.329
KATHERINE D: 20.328

Il direttore annunciò: "Oggi, per la terza volta, cambia la persona in testa! Brody riuscirà a mantenere il comando fino all'ultima ora?"

Quando tornai al mio tapis roulant, la folla mi fece sorrisi di pietà piuttosto che di incoraggiamento. Probabilmente avevo l'aria di un relitto, mentre Brody stava ancora correndo a un ritmo costante e senza sforzo.

"Dai, Kat" sussurrò Brody quando ricominciai a correre. "Metticela tutta."

"Ci sto provando" risposi.

Mi guardò con preoccupazione, più che con orgoglio.

Ricominciare a correre fu più duro che il primo giorno di

palestra, tre mesi prima. Tutte le parti del corpo ricominciarono a farmi male: caviglie, ginocchia, il lato della coscia. Inoltre, ora il muscolo dell'inguine sembrava teso.

Ma presi il ritmo con le braccia e andai avanti.

Cercai di non guardare il tabellone. Sapevo cosa c'era scritto. Brody era davanti a me e il suo vantaggio stava aumentando. Anche se avesse rallentato il passo, sarebbe rimasto davanti a me.

Era finita.

Ma continuai ad andare avanti per i due uomini alla mia destra, un piede dolorante davanti all'altro. Max e Finn mi incoraggiavano sorridendo e gridavano: "Forza, Kat!" come dei cheerleader personali. Avevano lavorato duramente per portarmi fino a quel punto e non volevo deluderli.

Sapevo anche che appena avrei smesso, avremmo dovuto fare quella discussione imbarazzante sulle nostre relazioni. Rispetto a quello, il dolore della corsa era preferibile.

Con quella cosa che incombeva su di me, e la sconfitta imminente, sprofondai in un umore nero. Mi resi conto che quel concorso era l'unica cosa che mi aveva motivato, ultimamente. Per tre mesi ci avevo investito tutto il mio tempo, le energie e le aspettative. Certo, Pacifica avrebbe aperto in aprile e il mio negozio stava per chiudere, ma almeno avevo il concorso su cui concentrarmi. Almeno potevo vedere i miei begli allenatori.

Ora, vedevo che era stata tutta una perdita di tempo. Avrei perso il concorso, e le relazioni con Finn e Max sarebbero crollate.

Altri fallimenti da aggiungere al mucchio. Per poco non mi misi a piangere.

E poi, all'improvviso, Brody gridò di dolore.

Un momento prima, correva senza sforzo, e improvvisamente urlò di dolore, inciampò e saltò giù dal tapis roulant. La folla gli fece spazio, lui si lasciò cadere in posizione seduta e si afferrò il piede con entrambe le mani.

"È il tallone." Cercò di piegare il piede, ma gemette.

"Non provare... a fammi vincere" lo avvertii tra un respiro e l'altro.

"No" ringhiò, più per il dolore che per la rabbia.

Finn e un altro allenatore si chinarono vicino a lui per aiutarlo a togliersi la scarpa e il calzino. Appena gli toccarono il piede nudo, Brody emise un verso di angoscia.

"Andiamo nella sala di recupero" disse un allenatore, aiutando Brody ad alzarsi. "Possiamo metterci il ghiaccio, se necessario."

"Fa' qualunque cosa per farmi tornare su quella macchina" disse Brody.

Sparirono al piano sopra.

Il mio ritmo era poco più di una passeggiata, ma continuavo ad andare avanti. I dolori della parte inferiore del corpo stavano peggiorando. Sentivo che correvo in modo terribile, perché avevo iniziato a usare dei muscoli secondari al posto di quelli principali.

Eppure, i miei punti continuavano ad aumentare e Brody rimaneva fermo.

Rimase via per dieci minuti, poi quindici. Ricominciai ad alternare la camminata e la corsa, per riprendere fiato. Ogni volta che ricominciavo a correre, sentivo degli aghi nelle gambe.

Sarebbe stato più facile arrendersi, ma ero solo dieci punti sotto Brody.

"Stai andando bene, signora capo!"

Guardai a sinistra. "Paul?"

Il mio dipendente strafatto si guardava attorno nella palestra, meravigliato. "Questo posto è pazzesco. Molto al di sopra della mia paga. Ma stai andando alla grande."

La sua vista mi fece sorridere. "Grazie. Come va... il... negozio?"

"Sempre uguale. Ma lascia stare. Continua a pistare... O come vi dite voi corridori."

Improvvisamente i punti di Brody ricominciarono ad aumentare. Un punto, poi un altro. "Che cosa sta facendo?" chiesi.

Max corse al centro della stanza e guardò verso la balconata del secondo piano. "È in bicicletta."

Gemetti. Era fatta. Se aveva trovato il modo di pedalare leggermente per il tempo rimanente, sarebbe rimasto davanti a me.

Proprio quando stavo pensando di mollare, Finn arrivò di corsa. "Il piede di Brody. Pensiamo che sia una frattura da stress!"

"Non importa" dissi, mentre camminavo. "Se sta ancora pedalando, vincerà."

Finn scosse la testa. "Ha dovuto fermarsi dopo pochi minuti. Ha chiuso, Kat. Hai la possibilità di batterlo!"

Guardai l'ora. Erano le undici e quaranta.

Nonostante le gambe protestassero, aumentai la velocità del tapis roulant e ripresi a correre. Avanzavo trascinando i piedi, e mi sfuggì dalle labbra un gemito di dolore. Dovetti afferrare le barre laterali per evitare di cadere in avanti, ma così facendo potei continuare a muovere le gambe.

L'orologio si avvicinava a mezzanotte. Presto, anche alzare lo sguardo verso il tabellone era diventato uno sforzo troppo pesante, così guardai dritto davanti a me.

Un piede davanti all'altro. Un passo alla volta.

Pensai a Brody di sopra. Stava fingendo, per lasciarmi vincere? Nel mio cervello affaticato, sembrava probabile. Forse stava cercando di essere cavalleresco.

Sarà meglio che non finga, pensai amaramente. *O non lo perdonerò mai.* Volevo guadagnarmi la vittoria, non che mi lasciasse vincere per pietà.

Ero stufa della pietà degli altri. Era successo alla morte dei miei genitori, e negli anni successivi, e da quando avevo capito che Pacifica stava per aprire. Non volevo la pietà di nessuno.

Volevo avere successo.

Improvvisamente tutta la folla ansimò, poi esultò. Alzai gli occhi al tabellone.

FASCIA D'ETÀ 25-29 ANNI
KATHERINE D: 20.334
BRODY F: 20.333

"Ce l'hai fatta!" urlò Max davanti a me. "Kat, hai vinto!"

Gemetti. "Mancano... ancora... dieci minuti. Se ricomincia..."

Prima che potessi finire la frase, Max scosse la testa. "Brody ha perso! È finita! Hai vinto!"

Ci misi ancora qualche secondo per capirlo, poi spinsi il grande pulsante rosso STOP e caddi in ginocchio.

Ce l'ho fatta, pensai, tra gli applausi di tutti i presenti. *Ho vinto!*

32

Katherine

Max mi aiutò ad alzarmi, e poi anche Finn, dall'altra parte. Mi portarono vicino al muro e mi fecero sedere su uno sgabello accanto allo scaffale degli asciugamani. Potermi sedere fu bellissimo.

Cercai di prendere un panno antisettico e dissi: "Devo pulire la mia macchina. È piena di sudore. Sono le regole."

"Per questa volta, penso che possiamo ignorare le regole" disse Finn, sorridendomi calorosamente. "Kat, sono veramente fiero di te!"

Brody scese le scale, aggrappandosi alla ringhiera. Aveva il piede destro avvolto in una benda e portava un impacco di ghiaccio in mano. Con l'aiuto di un altro allenatore si avvicinò a me, zoppicando, e allungò la mano.

"Mi hai battuto. Congratulazioni, Kat, l'hai meritato."

Guardai la sua mano. "Mi hai lasciato vincere?"

Mi guardò strizzando gli occhi. "Posso assicurarti che questa ferita al piede è reale. Hai vinto tu. Ora stringimi la mano prima che decida di essere un cattivo perdente."

Alla fine gliela strinsi e ci scambiammo un sorriso stanco.

I dieci minuti successivi sono sfocati. Il direttore annunciò che ero la vincitrice, e disse che mi avrebbero accreditato un altro anno di iscrizione Platinum. Sarei stata iscritta alla RMF fino al 2022.

Poi Finn e Max mi aiutarono a salire al Rejuvenation Lounge, dove mi aspettava una grande vasca di acqua ghiacciata. Mi calarono nell'acqua gelida e lanciai un grido. Mi sembrò di essere punta con degli aghi sulle gambe, ma ero troppo esausta per tentare di uscire, e presto la parte inferiore del corpo si intorpidì.

"Rimani qui per quindici minuti" disse Finn. "Fidati di noi. Domani ci ringrazierai."

Gli feci un segno con il pollice in su e chiusi gli occhi.

Per quanto possa sembrare assurdo, mi appisolai nella vasca gelata. Quando mi svegliai, avevo la pelle viola e tremavo.

Max e Finn non c'erano più.

Mi issai fuori dalla vasca e mi asciugai. Allungai le gambe: in realtà mi facevano molto meno male. Era come camminare con delle gambe di gomma, ma almeno il dolore era sparito.

La palestra era praticamente vuota. Andai nello spogliatoio a fare la doccia. Immaginai che tutti fossero andati via, dopo la fine della gara. Il tabellone segnapunti sul muro era già stato azzerato: accanto ai nostri nomi c'era una colonna di zeri.

Mi feci la doccia e mi cambiai, e quando uscii trovai qualcuno che mi aspettava nell'atrio.

Brody mi sorrise debolmente. "Ehilà, campionessa."

"Ehilà, secondo." Mi guardai intorno. "Hai visto Finn e Max?"

Indicò la porta col pollice. "Se ne sono andati circa venti minuti fa. Hanno detto che andavano a un bar a ubriacarsi e parlare di alcune cose. Non so cosa volessero dire."

"Boh." Feci finta di non sapere cosa significasse. *Forse è un bene che io non sia presente a quella conversazione.*

Dopo la giornata che avevo avuto, l'ultima cosa che volevo era parlare coi due ragazzi che frequentavo. Volevo solo andare a casa e dormire per venti ore.

Notai che Brody era agitato. "Senti, ho un favore da chiederti. Diciamo che... devo tornare a casa ma non riesco a guidare." Sporse il piede bendato. "Ti dispiacerebbe accompagnarmi?"

Risi. "Allora non stai fingendo? Basta chiamare un Uber."

"Lo farei, ma non voglio lasciare qui la mia auto tutta la notte." Fece una smorfia. "Ti preeeego? È il minimo che tu possa fare, dopo avermi fatto il culo nella gara. Sii una vincitrice generosa e abbi pietà di me."

Presi le chiavi, andai a prendere la sua Subaru dal parcheggio in fondo alla strada e lo raggiunsi davanti alla palestra. Poi mi lasciai guidare dalle sue indicazioni per andare al suo appartamento. Parcheggiai nel garage e scendemmo dalla macchina.

"Ti chiamo un Uber" disse. "Ti ringrazio molto."

Guardai all'interno del condominio. "Quanto devi camminare?"

"Oh, solo fino in fondo al corridoio, fino all'ascensore." Fece una pausa. "Poi, al quinto piano devo tornare da questo lato dell'edificio. Ma ce la faccio."

Guardai l'ora e sospirai. "Andiamo. Ti accompagno di sopra."

Gli misi un braccio attorno alla vita e lo aiutai ad arrivare all'ascensore.

"Mi sorprende che tu riesca ancora a camminare" disse, mentre salivamo al quinto piano.

"È vero. Il bagno ghiacciato mi ha aiutato molto."

"Fa male, ma funziona."

La porta dell'ascensore si aprì e lo aiutai ad arrivare in fondo al corridoio.

"Ehi, una domanda" gli dissi. "Hai detto a qualcuno che usciamo insieme?"

"Oh, ehm. Sì, l'ho detto a un paio di persone."

Mi irrigidii. "Chi, per esempio?"

"Amici. Un collega in California. L'ho detto anche a mia madre. Non dovevo farlo?"

Risi, sollevata. "No! Non c'è problema."

Arrivammo alla sua porta e lo aiutai a entrare. "Caspita, che bell'appartamento."

"Non è frutto del mio buon gusto" rispose. "Era già completamente arredato. Grazie per avermi aiutato ad arrivarci."

"Come vincitrice del concorso trimestrale, è stato un piacere" scherzai.

Brody si voltò e mi prese tra le braccia. "Se proprio dovevo perdere, sono felice che abbia vinto tu."

Mi baciò teneramente. Un bacio di ringraziamento e di congratulazioni. Si allontanò, continuando a guardarmi con i suoi occhi incredibilmente blu.

Inarcai un sopracciglio. "Ora penso che tu abbia finto tutto, come stratagemma per portarmi nel tuo appartamento."

Mi accarezzò la guancia con il pollice. "È vero, Kat. È tutto vero."

Mi baciò di nuovo, e questa volta fu più appassionato e desideroso, come se fossi il Gatorade di cui aveva bisogno dopo una lunga giornata di esercizio. E sfinita com'ero, lo desideravo quanto lui.

Sulla porta dell'appartamento, le nostre mani esplorarono i nostri corpi poi, sempre baciandoci, arrivammo alla camera da letto. L'arredamento era tutto di buon gusto, in mogano. Sul letto king size c'erano cuscini e lenzuola color crema. Ci lasciammo cadere insieme sul morbido piumone, e i nostri baci divennero più veloci e desiderosi.

In pochi secondi ci spogliammo. Brody ebbe bisogno di aiuto per sfilarsi i pantaloni dal piede bendato. Mi arrampicai su di lui e mi calai sul suo cazzo. Dopo tutti i baci, e le volte che avevamo quasi fatto sesso negli ultimi mesi, quella penetrazione fu un piacere immenso. Mi riempì perfettamente, come se i nostri organi sessuali fossero stati creati per combaciare. Due pezzi di un puzzle che finalmente si uniscono.

Avevo le gambe stanchissime, ma trovai l'energia per cavalcarlo con costanza. Mi abbassai verso di lui e lui prese uno dei miei capezzoli tra le labbra, lo succhiò delicatamente causandomi delle scintille elettriche nel petto. Poi mi avvolse con le braccia e ci fece rotolare su un fianco. Le nostre labbra si ritrovarono e ci baciammo appassionatamente, mentre facevamo l'amore, correndo insieme verso il traguardo di una gara completamente diversa.

Dopo, ci addormentammo abbracciati l'una dietro l'altro. Col viso tra i suoi capelli biondi, respiravo profondamente il suo profumo. Anche se si era fatto la doccia in palestra, sentivo una traccia del suo odore salato, sotto l'odore dello shampoo.

Dormivo profondamente, sognando di correre sul tapis roulant verso la vittoria mentre Brody, Max e Finn si congratulavano con me con abbracci e baci, come se nulla fosse.

Mi svegliai nel cuore della notte, quando Brody si alzò per andare in bagno. Mi accorsi vagamente che era inginocchiato accanto al letto e cercava tra i vestiti. Poi sentii un tintinnio di chiavi.

"Che stai facendo?" mormorai, mezza addormentata.

Il tintinnio delle chiavi si fermò. "Sto cercando i pantaloni."

"Perché, te ne vai?"

"Devo andare in bagno."

Mi voltai e sospirai. "Vacci nudo."

"Fa freddo!" si lamentò.

Risi e mi riaddormentai. Mi svegliai solo quando sentii di nuovo il tintinnio delle chiavi, mentre si toglieva i pantaloni per tornare a rannicchiarsi nel letto con me.

Alle sette mi suonò la sveglia. Premetti Snooze due volte, e finalmente la spensi per poter continuare a dormire accoccolata con Brody, che dormiva come un sasso. Un sasso caldo e muscoloso che potevo abbracciare e tenere stretto.

Non volevo andarmene. Avrei voluto che quella sensazione durasse per sempre.

Sarebbe possibile, se mi trasferisco in California con lui.

Quel pensiero mi attraversò la mente e non lo scartai completamente. Ciò che mi tratteneva a Denver erano Darryl e i miei nipoti, oltre al negozio di dischi. E probabilmente, nonostante i miei sforzi per la svendita della prossima settimana, avrei dovuto chiudere il negozio. Quella era la dura realtà.

Non sarebbe stato il momento perfetto per partire e ricominciare da capo?

Il telefono di Brody vibrò sul comodino con uno squillo lieve. Era troppo lontano e non potevo raggiungerlo, quindi svegliai delicatamente Brody.

"La sveglia del tuo telefono sta suonando."

Lui mugugnò: "Le sveglie sono cattive. Dovrebbero essere proibite."

"Sono d'accordo."

Allungò una mano e diede uno schiaffo alla cieca sul comodino, poi strinse le dita attorno al telefono e toccò lo schermo. Il suono e la vibrazione cessarono, ma non era la sveglia.

Una voce uscì dal telefono: "Brody?"

Sbuffai "Penso che abbia acceso il vivavoce."

"Ci sei?" chiese la persona al telefono.

"Eh?" gemette Brody.

"Brody, parla il Armbruster, di Pacifica Vinyl. Volevamo parlarti dei dati che hai inviato ieri..."

Mi sedetti di scatto nel letto.

"Lavori per Pacifica?"

33

Katherine

Brody passò dallo zombie assonnato al maniaco schizzato. Saltò su e schiaffeggiò il telefono come se fosse una zanzara. "Cazzo, cazzo, cazzo!"

"Brody, va tutto bene?" continuò la persona al telefono. "L'analisi di mercato che hai condotto sulla zona urbana di Denver per la primavera..."

Brody finalmente afferrò il telefono. "Signor Armbruster, la richiamo."

Agganciò e posò lentamente il telefono.

Il silenzio calò tra di noi. La quiete prima della tempesta. Fissai Brody, ma lui non mi guardò. Mi sembrava che mi avesse pugnalato al petto. Alla fine, i suoi occhi si alzarono per incontrare il mio sguardo. Gli occhi blu erano pieni di colpa.

Indicai il telefono come se fosse un serpente velenoso. "Dimmi che è uno scherzo di merda del primo aprile" sussurrai.

"Kat, posso spiegarti" iniziò.

"Mi hai detto che eri un analista di dati" sospirai. "Hai detto che lavoravi per la Bay Area Analytics."

"È vero" disse lentamente, come se stesse disinnescando una bomba. "Facciamo consulenza per altre aziende..."

Ripassai rapidamente gli ultimi tre mesi nel mio cervello. "Per tutto questo tempo in palestra, accanto a me, facevi ricerche per Pacifica sul tuo tablet..."

Tese le mani per calmarmi. "Sono solo miei clienti. In questo momento lavoro per quattro società..."

"L'uomo al telefono ha parlato del rapporto di primavera, per la zona di Denver." Spalancai gli occhi. "Analisi di mercato... Brody, è grazie a te che hanno deciso di costruire un negozio in fondo alla strada?"

"Il mio lavoro era studiare la zona e determinare la posizione migliore. Magnolia Street è una zona in crescita..."

"E un negozio di dischi c'è già!" urlai. "Il mio!"

"Allora non ti conoscevo" si difese. "Kat, come potevo saperlo?"

"Ma poi mi hai conosciuto, ci stiamo frequentando. Lo sapevi da tanto tempo..." Rabbrividii. "Sei venuto a letto con me, sapendo che stavi distruggendo il mio negozio!"

Si passò una mano tra i capelli biondi e disordinati. "Ecco perché lo rimandavo! Trovavo delle scuse perché sapevo che non avrei dovuto..."

Si avvicinò a me, sul letto. Mi allontanai, ma lui mi afferrò le braccia. Mi tenne ferma e mi fissò profondamente negli occhi.

"Sono innamorato di te, Kat" disse, con la voce piena di emozione. "Non ho potuto fare a meno di innamorarmi di te. Tutte le escursioni, le uscite sugli sci, le nuotate e tutte le volte che abbiamo flirtato in palestra..."

Brody mi stava aprendo il cuore. Se mi avesse fatto quel discorso la sera prima, probabilmente gli avrei detto che anch'io ero innamorata di lui. Ma ora, riuscivo a pensare solo al fatto che stava letteralmente distruggendo la mia attività, che era stata tutta la mia vita negli ultimi cinque anni, e per di più mi aveva anche scopata.

Mi stava tornando quel buco nello stomaco. Lo stesso buco senza fondo che si era formato dopo la morte dei miei genitori, e che da allora cercavo di riempire. Dopo quel tradimento, era tornato più grande che mai.

"Di' qualcosa" implorò. "Di' qualsiasi cosa, Kat!"

"Avresti potuto dirmelo." Le lacrime iniziavano ad offuscarmi la vista.

Brody sorrise dolorosamente. "Se te l'avessi detto, mi avresti odiato."

"Esatto!" gridai. "Se avessi saputo chi sei veramente, ti avrei evitato in tutti i modi!"

"Kat..."

Mi tolsi di dosso le sue mani e mi vestii in fretta. Brody mi guardava, sconfitto, inginocchiato sul letto.

Uscii dalla camera da letto, e sentii che cercò di seguirmi. Ma il dolore al piede doveva essere ancora acuto perché sentii un forte tonfo, e poi imprecò per il dolore.

Oramai ero già fuori. Camminai per due isolati, poi chiamai un Uber. Appena mi trovai sul sedile posteriore, iniziai a singhiozzare incontrollabilmente.

L'autista non disse una parola. Non guardò nemmeno nello specchietto retrovisore, e gliene fui grata. Cinque stelle e una buona mancia. Arrivai traballante fino al mio appartamento e mi lasciai cadere sul letto, senza neanche tirarmi su le coperte.

Era il giorno libero di Paul, e non avevo voglia di aprire il negozio, quindi decisi di lasciarlo chiuso, e mi presi anche un giorno di riposo dalla palestra. Mi dissi che dopo la folle maratona di ieri, avevo bisogno di un giorno di riposo, ma in realtà non riuscii a trovare la forza di scendere dal letto.

Prima, Finn e Max avevano scoperto l'uno dell'altro. Poi avevo scoperto che Brody era praticamente una spia di Pacifica Vinyl. In un batter d'occhio ero passata da tre magnifici pretendenti, a zero.

Sembrava che tutto il mio mondo mi stesse crollando addosso.

Brody mi chiamò dieci volte e mi lasciò una mezza dozzina di messaggi. Non li ascoltai. Non volevo parlare con nessuno, e tanto meno con lui.

Poi, quella sera, mi scrisse Finn.

Finn: Sei viva? Oggi ti ho portato un frullato al negozio, ma era chiuso.

Finn: Mi dispiacerebbe molto se ieri ti abbiamo fatta morire.

I suoi messaggi mi fecero piacere.

Io: Sto bene. Mi sto solo prendendo una giornata di riposo, il mio corpo ne ha bisogno. Ma l'idea del frullato è stata molto premurosa, da parte tua!

Finn: Vuoi che venga a farti un massaggio per il dolore? Di solito non facciamo visite a domicilio, ma penso di poter fare un'eccezione.

Io: È allettante, ma penso che rinuncerò.

Finn: Se cambi idea, fammelo sapere. Domani vieni in palestra? Inizia il nuovo trimestre, e come campionessa in carica devi difendere la corona.

Io: Vedremo come mi sento domattina :-)

Finn: Non costringermi a venire a trascinarti fuori dal letto. Non ho paura di usare i metodi da sergente.

Mi mandò una GIF di un sergente che urlava "VERME!" a uno che faceva le flessioni. Per la prima volta, quel giorno, sorrisi.

Poi mi ricordai di quello che era successo la sera prima, in palestra.

Ero così concentrata su Brody, che non avevo pensato molto a Finn e Max. Avevo supposto che entrambe le relazioni fossero rovinate, ma Finn mi stava scrivendo come se niente fosse.

Iniziai a scrivergli un messaggio per chiedere come andava con Max, e di cosa avevano parlato la sera prima al bar. Scrissi e cancellai quattro o cinque messaggi, sempre insoddisfatta di come li avevo formulati. Come potevo esprimere una domanda del genere?

Infine, mandai il messaggio più semplice possibile:

Io: Ehi, tra noi va tutto bene?
Finn: Certo!

La sua risposta non mi fece affatto sentire meglio. Forse ero stata troppo vaga.

Ordinai cibo cinese per cena, che non ordinavo da un bel po'. Mi giustificai proponendomi di mangiare solo metà del riso fritto al pollo, ma poi divorai tutto. Più quattro involtini primavera. E una Pepsi.

Stavo pensando di andare al negozio all'angolo a comprare un gelato, quando ricevetti un altro messaggio:

Max: 114 chilometri.
Io: Che vuol dire?
Max: Stavo controllando i registri degli iscritti. È la distanza

che hai percorso ieri!

Max: 2,5 chilometri a nuoto, 94 in bicicletta, e quasi 18 tra corsa e marcia sul tapis roulant. Più tutti i pesi che hai sollevato!

Max: Praticamente hai fatto metà di un triathlon Ironman!

Io: Ho fatto un sacco di pause, però. Ci ho messo tutto il giorno.

Max: Comunque, è un gran bel risultato. Specialmente per una che due mesi fa non aveva neanche i pantaloncini da ciclismo.

Max: A proposito di triathlon, hai pensato al mio invito? Vuoi venire a San Francisco a tifare per me nella gara di Alcatraz?

Rimasi stupita. Proprio come Finn, faceva finta che non fosse successo niente. Era strano.

Poi mi ricordai che avevo già prenotato un volo per San Francisco per il fine settimana, con Brody. Non avevo acquistato l'assicurazione di viaggio quindi non avrei potuto ottenere il rimborso.

Io: Ci ho pensato, e ho già comprato il biglietto :-)

Max: Fantastico. Per me significa molto che tu ci sia.

Io: Dopo tutto il sostegno che mi hai dato per il concorso, sono felice di ricambiare il favore!

Giovedì mi svegliai e mi obbligai ad andare in palestra. Ero ancora un po' dolorante, ma mi sentivo abbastanza bene, sul tapis roulant.

Brody non si fece vedere. I punti sul tabellone erano stati azzerati e il suo punteggio era ancora zero. Venerdì fu lo stesso; era come se fosse svanito. Aveva troppa paura di mostrarmi la faccia?

Quel pomeriggio chiesi notizie a Finn, mentre sollevavamo i pesi.

"Ho sentito che ha sospeso l'iscrizione ad aprile. Ha una frattura da stress al piede e rimarrà fermo per almeno un mese."

"Oh wow, allora non stava fingendo l'infortunio per farmi vincere."

Finn fece una smorfia. "Povero ragazzo. Ha dovuto rinunciare al triathlon in California. Dev'essere brutto, allenarsi tutto quel tempo e poi farsi male la settimana della gara."

"Sì, deve essere brutto" dissi in modo blando. Sentii una momentanea gioia maligna alla notizia del suo infortunio, ma scomparve rapidamente.

Almeno non ci sarebbe stato l'imbarazzo durante il volo verso San Francisco.

Mentre sollevavamo pesi, Finn si comportava come se niente fosse, come se non avesse saputo che avevo una relazione anche con Max. Avrei voluto parlarne senza mezzi termini, ma non riuscii a trovare la forza.

"Questo fine settimana non lavoro" disse Finn alla fine. "Se hai bisogno di aiuto, ti assegneranno un altro istruttore."

"Grazie per l'avvertimento" dissi, anche se sapevo che non sarei venuta.

Quella sera feci le valigie. A San Francisco avrebbe fatto freddo, ma comunque sarebbe stato più caldo che a Denver.

Il giorno dopo, Max venne a prendermi a casa.

"Ho una prenotazione all'Hotel Zelos" disse, mentre andavamo all'aeroporto. "È proprio accanto alla stazione BART di Market Street, e a una fermata d'autobus dal punto di partenza. E potremo andare a piedi fino a Chinatown."

"Non sono mai stata a San Francisco" dissi, eccitata. "Sarà divertente!"

"È una città fantastica. Non ci vivrei mai, visto com'è cara, ma è una bella città per andarci in vacanza." Mi sorrise di traverso. "E ho una sorpresa per te."

"Una sorpresa? Mi piacciono le sorprese."

Mi squillò il telefono, era di nuovo Brody. Lo lasciai andare alla segreteria, poi ascoltai il messaggio.

"Kat, sono io. Possiamo parlare, per favore? Non mi piace il modo in cui abbiamo finito..."

Agganciai. Per quanto mi riguardava, non c'era niente di cui parlare.

"Va tutto bene?" chiese Max.

"Sì, solo una cosa al negozio."

Parcheggiammo all'aeroporto e scaricammo le valige. Io avevo solo una piccola valigia a mano, ma Max aveva un borsone enorme pieno di attrezzatura, più la bici. Era imballata in una grande scatola di cartone che sembrava contenere un televisore, piuttosto che una bicicletta. Però era più sottile di una bicicletta; come faceva il manubrio a entrare lì dentro?

Dopo aver registrato le borse di Max, portammo la bici in una zona di carico speciale. "State attenti con lei, è un carico prezioso" disse agli assistenti aeroportuali.

Quelli grugnirono, senza dargli troppo peso.

Superammo il controllo di sicurezza con circa dieci minuti di anticipo. "Il nostro cancello è di là" disse lui.

Davanti al cancello c'era un uomo enorme seduto su un sedile, con uno zaino tra le gambe. Pensai tra me e me che somigliava a Finn... e poi si alzò e ci sorrise.

"Finn?" esclamai. "Che ci fai qui?"

Diede un pugno amichevole a Max e mi abbracciò. "Pronta per il nostro viaggio?"

"Il nostro viaggio?"

"Questa è la sorpresa" rispose Max. "Viene anche Finn."

34

Finn

Cavolo, come rimase sorpresa! Mi guardò come se fossi un orso polare in procinto di salire su un aereo, piuttosto che il suo personal trainer. Max e io ci sorridemmo. Le sorprese sono migliori quando la persona è veramente scioccata.

"È stata un'idea dell'ultimo minuto" spiegai. "Brody ha dovuto ritirarsi a causa della frattura, ma il suo biglietto era trasferibile, quindi l'ho comprato io." Diedi a Max una pacca sulla spalla. "Ne vale la pena, per tifare per il mio amico e vederlo qualificato per Kona. E non sono mai stato a San Francisco."

"È... è fantastico" disse Kat. "Sono molto sorpresa, tutto qui."

Max mi guardò. "L'altra sera, Finn e io siamo usciti a bere una birra, dopo la tua vittoria, e abbiamo parlato di te."

"Abbiamo parlato molto" aggiunsi.

Kat deglutì. "E cosa vi siete detti?"

Proprio in quel momento, annunciarono l'inizio dell'imbarco del nostro volo.

"Ne parleremo a San Francisco" disse Max.

Vidi che questo aveva messo Kat completamente a disagio,

come se pensasse di essere finita in una trappola. Ci avviammo verso l'aereo, e l'abbracciai per rassicurarla.

Mentre percorrevo il corridoio dell'aereo cercando il numero del mio posto, Kat si fermò di fronte a me. Guardai i due sedili, ed erano uno accanto all'altro, in classe Economy Plus.

"Non può essere" dissi. "Sei nel 12C? Io sono nel 12A!"

"Davvero?" rispose lei.

Afferrai la sua borsa e la posai nel vano portaoggetti sopra il sedile. "Se Brody non si fosse tirato indietro, sareste stati seduti uno accanto all'altra. Che coincidenza, eh?"

"Ah! Sì, una coincidenza" rispose lei con una risata.

Max mi guardò confuso, mentre andava verso il suo posto.

Il volo si svolse senza nulla da segnalare. Guardai la metà di un film e mi appisolai sul sedile. Kat sollevò il bracciolo che ci separava, appoggiò la testa sulla mia spalla e mi strinse il braccio, poi si addormentò.

Infilai la mano sotto la sua coperta e le accarezzai la gamba. Un gesto del tutto innocente e non sessuale.

Kat spostò il sedere verso di me, facendo scivolare le mie dita verso lo spazio tra le sue gambe. Poi si spinse in avanti, finché le mie dita non sfiorarono la cucitura dei suoi jeans.

Era calda, e diventava sempre più calda ad ogni secondo che passava.

Abbassai lo sguardo. Aveva ancora gli occhi chiusi, faceva finta di dormire. Mossi lentamente le dita su e giù, sfiorandole la figa. Lei aprì leggermente la bocca ed emise un sospiro che solo io potevo sentire.

Mi guardai attorno nell'aereo. Nessuno ci stava guardando, ma anche se ci avessero guardato, Kat aveva una coperta sulle ginocchia.

Lentamente, le affondai le dita nell'inguine. Il sospiro di Kat divenne un piccolo gemito, come lo sbadiglio di un piccolo animale.

Poi sentii le sue dita che scivolavano sulla mia coscia, sotto la coperta. Andò dritta al cazzo, che era diventato un bastone duro, lungo la gamba dei pantaloni. Sospirai, e il suo tocco divenne un movimento dolce e costante.

Non era la prima classe, era ancora migliore. Io e Kat ci accarezzavamo e ci palpeggiavamo, muovendo le dita sempre più velocemente. Lei sollevava il petto al respiro sempre più rapido. Dalla scollatura della camicia, vedevo i suoi seni gonfiarsi.

Alla fine sussultò e irrigidì la schiena sullo schienale. Sentii le sue cosce tremare sotto le mie dita, stava venendo. Lei girò la testa e schiacciò la bocca sul mio bicipite per attutire le grida dell'orgasmo, in modo che io fossi l'unica persona a sentire la sua estasi.

Mi strofinò sempre più velocemente. Era così bello, e sentivo quel formicolio, la sensazione di vuoto nelle palle, ero così vicino...

Me le afferrai il polso, per tenerla ferma in quella posizione.

Alla fine aprì gli occhi e mi sorrise. "Manca poco?"

"Pochissimo" sussurrai. "A differenza di te, mi sarà molto più difficile nascondere le prove."

"Mi dispiace per te." Mi baciò delicatamente il bicipite e tornò a dormire.

Sospirai e ripresi il mio posto. Partire in questo viaggio era stata sicuramente una buona decisione.

35

Katherine

Atterrammo a San Francisco nel primo pomeriggio. Recuperammo i bagagli, poi salimmo sul BART verso il centro città e scendemmo alla stazione di Market Street. Max faceva fatica a trasportare l'enorme scatola della bicicletta, poi finalmente la prese Finn e se la sollevò sopra la testa come se fosse un foglio di carta.

"Smettila di sorridere" disse Max, prendendo una delle borse che stava portando Finn.

"Perché? Sono contento che Kat veda quanto sono più forte di te."

"In cardio ti batto" brontolò Max. Finn mi fece l'occhiolino e io ridacchiai.

L'Hotel Zelos era un vecchio edificio in mattoni nel quartiere dello shopping di San Francisco. Quando arrivammo nella stanza, mi resi conto che l'aggiunta di Finn complicava la sistemazione: c'erano solo due letti matrimoniali.

Sembrava che per loro due non fosse un problema, quindi non chiesi niente.

Passammo un'ora ad aiutare Max a disimballare la bicicletta. Finalmente vidi come aveva fatto ad infilarla così facilmente nella scatola: aveva svitato il manubrio e l'aveva girato lateralmente, rendendo il tutto più piatto. Io stavo seduta sul pavimento accanto a lui e gli porgevo gli strumenti, mentre lui sistemava le ruote e stringeva le viti. Quando ebbe finito, tutto girava perfettamente.

Poi, portammo la bici all'expo della gara, che si trovava a nord della città, vicino a Fisherman's Wharf. C'era un'area recintata con un nastro, con biciclette e borsoni in fila, coi numeri corrispondenti. Max spiegò che era la zona di accesso per il triathlon e che avrebbe lasciato la sua attrezzatura lì durante la notte. Poi cercò il coordinatore della gara, che gli diede un pacco con il pettorale e il contrassegno della bici. Max gironzolò ancora un po' nella zona della expo, e poi tornammo in hotel.

Da lì andammo a piedi fino a Chinatown, che distava quattro isolati, e trovammo un ristorante turistico che serviva noodle per cena. Mentre aspettavamo i piatti, Finn scherzò con Max sulla gara. Io e Finn bevemmo una birra, ma Max si attenne all'acqua.

Non riuscivo a smettere di sorprendermi del fatto che tutto fosse ancora così normale. Non avevamo ancora discusso di niente. Ed eravamo in vacanza fuori città tutti tre insieme, a mangiare noodles sulla costa del Pacifico. Per quanto tempo ancora avremmo potuto evitare la discussione?

Alla fine, dopo due birre, trovai il coraggio di dire: "Che diavolo succede tra di noi?"

Entrambi mi guardarono. "Lo tiri fuori così, eh?" chiese Max.

"Beh, non è venuto fuori naturalmente, e nessuno dei due sembra avere intenzione di parlarne" risposi. "Non so perché state evitando l'argomento, ma penso che sia giunto il momento di parlarne."

Max prese il bicchiere, scosse il ghiaccio e poi bevve un sorso. "Sai perché non ne abbiamo parlato in palestra, quella sera quando abbiamo scoperto che stavamo con te allo stesso tempo?"

"Perché?" chiesi nervosamente.

"Perché non volevamo distrarti dalla gara. Sapevamo che era

importante per te, perciò abbiamo deciso di rimandare. Quindi, che ne dici di metterci una pietra sopra fino a domani, dopo che avrò vinto la mia grande gara?"

Feci un lungo sorso di birra, e mi sentii sciocca. "Mi dispiace."

"Vuoi dire dopo che avrai ottenuto il secondo posto nella tua grande gara" scherzò Finn. "Quel tizio che era accanto a te, sembrava molto veloce."

"Non costringermi a darti uno schiaffo" rispose Max.

"Pensi che ci sia un allibratore, da queste parti?" rifletté Finn. "Scommetterei cinquanta dollari su quello là."

"Ora sei solo fastidioso."

Ridacchiai, mentre loro si stuzzicavano, felice che avessero cambiato argomento.

Quando tornammo all'hotel, si ripresentò il problema della disposizione dei letti.

"Vi dispiace dormire insieme?" chiese Max. "Se avrò un letto tutto per me, dormirò meglio, prima della gara."

Finn e io ci guardammo. "Per me non c'è problema" dissi.

Mi ci volle un po' per addormentarmi. Sdraiata sulla schiena, fissavo il soffitto e ascoltavo i due uomini respirare. Era proprio vero? Eravamo tutti e tre nella stessa stanza, a dormire come se non ci fosse nulla di strano?

Finn si girò e mi strinse il petto con l'enorme braccio. Poi mi tirò nella posizione a cucchiaio, proteggendomi nella curva del suo corpo muscoloso. Sentivo il suo respiro caldo sul collo.

In quella posizione, mi addormentai facilmente.

Max si alzò presto per preparare la colazione in camera: farina d'avena nel forno a microonde, uova fritte e pane tostato, su un fornellino elettrico che aveva portato. Io feci la doccia per prima, poi toccò a Finn. Raccogliemmo gli ultimi pezzi dell'attrezzatura di Max e uscimmo dall'hotel.

Quando arrivammo a Fisherman's Wharf era ancora buio. In lontananza, a nord, Alcatraz era una macchia scura sullo sfondo ancora più scuro della baia. Il vento ululava verso l'entroterra, facendomi volare i capelli dappertutto e il mare della baia era inquieto, e le onde avevano le creste bianche.

"Hai intenzione di nuotare lì?" chiesi.

Max sorrise. "Nessuno ha detto che sarebbe stato facile. Ecco perché era così difficile evadere da Alcatraz."

Ci salutammo, e poi Max salì su una barca con tutti gli altri atleti. Stretta nel cappotto, rabbrividii mentre li vedevamo scomparire in lontananza. Finn mi avvolse in un braccio e mi strinse al suo corpo, facendomi sentire subito meno freddo.

"Finn, io non ce la faccio ad aspettare" dissi.

"Neanche io. Ma sono sicuro che Max andrà benissimo."

Scossi la testa. "No, parlo di tutto quello che c'è tra di noi. Non ne posso più di aspettare per scoprire se voi due non vorrete vedermi mai più. Va tutto bene tra me e te? E con Max? Stiamo tutti bene?"

Finn mi strinse tra le braccia e mi baciò sulla fronte. "Puoi rilassarti. Non è niente di che."

"Niente di che? Dici sul serio?"

Risuonò uno sparo, che riecheggiando nella baia. Riuscimmo a malapena a vedere delle piccole figure sull'isola di Alcatraz che si tuffavano nell'acqua. La gara era iniziata.

La corrente era davvero forte come sembrava. Gli atleti iniziarono a nuotare dritti verso il molo, ma venivano spinti lateralmente verso l'interno della baia. I nuotatori si distanziavano, formando una lunga curva come un boomerang. Quando si rendevano conto che stavano andando alla deriva e fuori rotta, cercavano frettolosamente di correggere la rotta verso il traguardo.

Finn ed io aspettavamo sulla rampa dove i nuotatori sarebbero usciti dall'acqua per correre verso la zona di transizione. Sei o sette nuotatori avevano distanziato il gruppo. La folla di spettatori esultò rumorosamente quando il primo atleta uscì dall'acqua e corse sulla rampa, togliendosi la tuta bagnata mentre correva.

Cercai di vederlo, mentre passava. "Dannazione. Quello non è Max!"

Finn guardò l'acqua. "No."

Non era neanche il secondo che arrivò sulla rampa. Né il terzo, né il quarto e il quinto. Alla fine riconobbi la sesta persona; i suoi capelli dorati spettinati furono evidenti quando si tolse il cappuccio della muta.

"Max!" gridammo Finn e io allo stesso tempo. "Sì, Max, bella nuotata, vai, vai, vai!"

Mi mandò un bacio mentre passava, ma sembrava stanco.

"Non va bene" dissi cupamente. "Oggi deve avere un buon risultato per qualificarsi per Kona."

Finn mi diede una pacca sulla spalla. "Il nuoto è il punto debole di Max. Recupererà sulla bici."

"Me lo auguro."

Lo osservammo nella zona di transizione. Corse verso la sua bici, si lasciò cadere a terra sul sedere e si tolse il resto della tuta. Per alcuni secondi, si spalmò dell'olio sulle cosce per evitare lo sfregamento. Indossò rapidamente le scarpe da ciclismo e il casco, poi spinse la bicicletta fino alla fine della zona di transizione. Appena uscito, agganciò le scarpe nei pedali e partì verso la città.

"Dai, prendiamo l'autobus!" disse Finn.

Per le due ore successive, ci spostammo per la città per vedere Max in diversi passaggi della gara. Il percorso non passava sul Golden Gate Bridge, ma lo vedemmo passare sul sentiero sotto l'entrata del ponte. Poi andammo nel quartiere con tutti i bar gay e gli spettacoli drag. Sui balconi c'erano uomini con lunghe parrucche ed elaborati reggiseni di pizzo, che applaudivano ai ciclisti. Per noi quello spettacolo fu divertente quanto la gara stessa. Poi, il percorso portò i ciclisti a sud, verso il Mission District, per poi tornare alla partenza.

Quando Max arrivò nella zona di transizione, era al secondo posto. C'era solo un atleta davanti a lui.

Sotto i nostri urli e applausi, si cambiò di scarpe, afferrò la bottiglia d'acqua e corse via.

"Vai Max, vai!"

La corsa era di dieci chilometri. Max avanzava sul percorso, e sembrava sempre più forte ogni volta che lo vedevamo. E ogni volta che passava, era più vicino al primo.

"Dai, Max" pregai, quando tornammo a guardare il traguardo. "Metticela tutta."

Finn e io ci posizionammo sulla dirittura d'arrivo, proprio dietro la ringhiera, accanto al gigantesco arco gonfiabile. Se i nostri calcoli erano corretti, mancava ancora qualche minuto.

"Che pensi di Vinyl High?" mi chiese.

Lo guardai. "Cosa vuoi dire?"

Rimase pensieroso. "Che ne pensi della grande svendita della prossima settimana? Sei ottimista?"

Avevo evitato quell'argomento per vari giorni. Emotivamente, non ero in grado di pensarci, in quel momento.

"Penso di sì" risposi. "Sto cercando di essere ottimista, perché altrimenti mi metto a piangere."

Finn mi strinse a sé con un braccio e non disse altro.

Cercammo di guardare in lontananza, insieme a tutti gli altri spettatori. A diversi isolati di distanza si alzò un applauso, ancora lontano dalla vista. Divenne più forte, e poi due corridori girarono l'angolo.

Max e un altro corridore!

"Max!" gridammo.

Da lontano i due uomini sembravano spalla a spalla, ma mentre si avvicinavano, vidi che Max era un passo indietro.

Stava perdendo.

36

Katherine

Finn e io agitavamo le braccia, urlando come due maniaci al passaggio dei corridori sulla dirittura d'arrivo. A quel punto, Max cambiò marcia. Con l'ultimo impulso di energia che gli rimaneva, sorpassò l'avversario e tagliò il traguardo.

Io e Finn ci abbracciammo esultando. "Ce l'ha fatta! Max ha vinto!"

L'altoparlante annunciò: "Al primo posto del Triathlon Escape From Alcatraz, Maxwell Baker!"

"Ce l'ha fatta" disse Finn, quasi incredulo. "Quel fulmine ce l'ha fatta!"

Girammo attorno alle barriere e raggiungemmo Max vicino al podio. Stava stringendo la mano all'altro corridore, che non sembrava turbato. Erano tutti e due sorridenti.

"Andrai a Kona!" gli dissi, gettandogli le braccia al collo.

Max rise e mi abbracciò. "Probabilmente puzzo."

"Non fa niente! Sono orgogliosa. Non pensavo che l'avresti battuto proprio alla fine." Lasciai Max e feci un sorriso all'altro atleta. "Mi dispiace, uhm, per il tuo secondo posto."

L'altro scosse la testa. "Non preoccuparti. I primi due di questa gara andranno a Kona. Quello scatto verso il traguardo è stato solo per l'orgoglio." Diede una pacca sulla spalla a Max. "Ci vediamo alle Hawaii."

Poi toccò a Finn congratularsi con Max. "Non sei mai stato in testa, fratello. Solo gli ultimi tre metri."

"È l'unica parte che conta" disse Max con un sorriso stanco. "Grazie per avermi incoraggiato. Vedervi vicino al traguardo mi ha dato una sferzata di energia."

"Lo dici solo per dire" disse Finn.

"È vero. Ma stavo parlando più di Kat che di te."

"Amico!"

Assistemmo alla cerimonia di premiazione, poi aiutammo Max a recuperare tutte le sue attrezzature e riportammo tutto in hotel. Max si immerse nella vasca da bagno, e io e Finn facemmo un pisolino. Poi ci cambiammo per uscire.

Mentre uscivo dal bagno, Finn mi disse: "Sei stupenda." Indossavo un vestito da cocktail nero che non avevo indossato fin dal college. Finalmente mi entrava di nuovo. A giudicare da come mi guardavano i ragazzi, metteva in risalto le mie curve nel modo giusto.

"Oh, questo vecchio vestito?"

Max e Finn indossavano entrambi dei jeans, Max con una bella camicia col colletto abbottonato, e Finn con una polo blu scuro. Avevamo prenotato un tavolo in un ristorante abbastanza carino, ed eravamo vestiti col giusto equilibrio tra elegante e casual.

Erano solo le tre del pomeriggio, quindi visitammo un po' la città. Prendemmo la funivia per tornare a Fisherman's Wharf a fare foto alle foche che prendevano il sole sulle rocce, assaggiammo il pane fresco appena uscito dal forno e guardammo gli artisti di strada in Ghirardelli Square. Fu come un lungo appuntamento pomeridiano... con due fidanzati.

Arrivati al ristorante, ordinammo subito da bere. Ora che la gara era finita, Max poteva concedersi qualche bicchiere. Dopo la sua vittoria, potemmo ridere e scherzare, pieni di buon umore. Mi chiesi come sarebbe stata questa cena, se non fosse riuscito a qualificarsi per Kona.

"Va bene" disse finalmente Max. "Immagino che ora dovremmo parlare di noi."

Finn fermò il cameriere. "Ho bisogno di altre due birre."

"Anch'io" dissi, anche se la mia birra era ancora a tre quarti. "Voglio iniziare dicendo che non ho mai avuto intenzione di uscire con entrambi allo stesso tempo. È solo che è andata così. Finn e io eravamo d'accordo che non potevamo stare insieme, e dopo quella discussione, ho iniziato a vedere Max."

"Sembra una stronzata" rispose Finn. Nelle sue parole non c'era rabbia, solo scetticismo. "Non potevi stare con me perché avrebbe messo a rischio il mio lavoro, ma poi ti giri e vai a scopare con lui?"

"Ha detto che avrebbe lasciato la RMF per allenarsi a tempo pieno!" protestai. "Inoltre, non aveva nessun problema a infrangere le regole che vi impediscono di frequentare le clienti, mentre tu ne eri terrorizzato."

Finn sollevò i palmi. "Va bene, va bene..."

Feci un lungo sorso di birra per ritrovare il coraggio. "Come dicevo, ho iniziato entrambe le relazioni con buone intenzioni, ma poi i flirt con Finn sono diventati sempre più provocanti. Cercavamo di spingerci al limite di ciò che è consentito. E poi, una sera Finn è entrato nella palestra della boxe e mi ha baciato, e mi ha tirato a terra..."

"Ehi, ehi, ehi" intervenne Max, "non voglio sapere tutti i dettagli."

Sospirai. "Allora ho iniziato a stare con entrambi. Ma era tutto così informale! Nessuno aveva parlato di una relazione esclusiva. Non si poteva neanche dire che stavamo insieme. Era più che altro una relazione fisica. E più andava avanti, più sapevo che dovevo prendere una decisione e confessare tutto, ma è stato più facile rimandare fino a quando non mi è esploso tutto in faccia... ed è così che siamo arrivati a questo punto. Era ovvio che l'avreste scoperto da soli ed è stato stupido da parte mia pensare che non avreste parlato di quel genere di cose."

Presi la mano di Max. "Mi dispiace di non averti detto quello che avevamo fatto con Finn." Poi mi rivolsi a Finn e gli strinsi l'enorme mano. "E mi dispiace di non averti detto di Max. Spero che entrambi possiate perdonarmi."

Il cameriere tornò con le nostre birre. Iniziò a chiederci se fossimo pronti per ordinare da mangiare, ma poi si rese conto che stavamo facendo una conversazione pesante e si allontanò dal tavolo.

Max mi sorrise. "Hai finito?"

Ingoiai il nodo che avevo in gola e annui. "Penso di sì."

Finn piantò i gomiti sul tavolo e iniziò a farsi scrocchiare le nocche delle dita. Era un gesto minaccioso, di quelli che farebbe un mafioso prima di minacciare qualcuno. Max si passò una mano tra i capelli castani corti. La vaga stanchezza nei suoi occhi lo faceva sembrare più rilassato. Come se la situazione non fosse grave. Questo mi aiutò a rilassarmi, prima che parlasse.

"Come ti abbiamo detto, Finn e io siamo usciti insieme, la sera del concorso. Abbiamo bevuto qualcosa insieme."

"Più di qualcosa" aggiunse Finn.

"Abbiamo definito le nostre relazioni come le hai descritte tu, adesso" continuò Max. "A Finn piacevi, ma all'inizio era solo un'attrazione fisica. Non avrebbe potuto vantarsene in pubblico, motivo per cui non me l'ha detto subito. Per quanto riguarda me, sapevo che mi piacevi fin dall'inizio, ma avevo l'impressione che tu non stavi cercando una relazione seria. Eri preoccupata per il tuo negozio e per il tuo proposito di Capodanno. Non avevi tempo per una relazione, figuriamoci per una relazione seria. Quindi, ci siamo divertiti ogni tanto, quando i nostri impegni ce lo permettevano."

"Quello che Max sta cercando di dire, è che non ci hai ingannati." disse Finn in modo definitivo. "Non ci sentiamo ingannati."

Max annuì. "Avremmo voluto che fossi più sincera, e sarebbe stato bello sentirlo da te piuttosto che scoprirlo da soli. Ma non siamo arrabbiati. È tutto nel passato, ora."

"Aiuta il fatto che siamo già colleghi di lavoro" spiegò Finn. "Ci conosciamo e andiamo d'accordo. Siamo riusciti a sederci, ubriacarci e parlarne. Se fosse stato qualcun altro, le cose sarebbero andate diversamente."

"Il fatto di ubriacarci e parlarne ci ha permesso anche di arrivare a un'altra conclusione" disse Max. Fece un respiro profondo ed espirò lentamente, il petto si sgonfiò sotto la camicia. "Ci siamo resi conto che nessuno di noi vuole solo una relazione fisica con te. Entrambi proviamo dei forti sentimenti per te."

"Non posso farci niente" disse Finn, allargando le braccia. "Hai qualcosa di speciale, Kat."

"E nessuno di noi vuole lasciare il posto all'altro." Max fece tre sorsi di birra, poi si asciugò la bocca con il dorso della mano. "Quindi abbiamo deciso di non farlo."

Sbattei gli occhi. "Deciso di non fare, cosa?"

"Di non lasciarti all'altro" disse Finn con un sorriso. "Continueremo entrambi a stare con te."

"Ti divideremo" disse Max con un cenno del capo. "Se te la senti, ovviamente."

Li fissai a bocca aperta. Non mi aspettavo che la conversazione andasse così. Invece di perdere uno o entrambi i miei ragazzi, potevo averli entrambi?

"Mi dividete?" riuscii a dire.

"Continueremo a fare quello che stiamo già facendo" spiegò Finn. "Io e te ci vediamo e ci divertiamo insieme. E uscirai anche con Max e gli spazzolerai i suoi bei capelli, o quello che fa lui con le donne."

Max gli alzò con disinvoltura il dito medio.

"Vogliamo dire che non ci intralceremo l'un l'altro. E

continueremo a farlo finché funzionerà."

Il mio sguardo incredulo rimbalzava tra di loro. Mi aspettavo che iniziassero a ridere e dicessero che era tutto uno scherzo.

"Trovo difficile credere che stiate contenti di dividermi."

Max alzò le spalle. "Insomma, preferirei averti tutta per me. Ma preferisco anche dividerti piuttosto che non averti affatto."

Finn lo indicò col pollice. "Questo qui fa il presuntuoso, perché pensa di poterti conquistare."

"So di poterlo fare" disse semplicemente Max.

Finn scoppiò a ridere.

"Quanto sei avventuroso in camera da letto?" chiese Max. Abbassò la voce e disse: "Io e Kat abbiamo fatto le cose da dietro."

"Nel culo!" sbottò Finn.

La coppia al tavolo accanto a noi ci guardò. Bevvi rapidamente un sorso di birra per coprire il mio rossore.

Finn si sporse in avanti sul tavolo. "Non sapevo che ti piacesse!" sussurrò.

"Neanch'io!" risposi subito. "Non l'avevo mai fatto."

Max si appoggiò allo schienale della sedia e incrociò le braccia sul petto, con un grande sorriso sul viso.

"Che ne dite se smettiamo di parlare di questi dettagli in pubblico?" dissi. "Solo perché siete disposti a dividermi, non significa che voglio che vi scambiate gli appunti alle mie spalle."

"Non lo siamo facendo" sottolineò Finn. "Lo stiamo facendo davanti a te."

Il cameriere tornò al nostro tavolo. "Bene! Siete pronti a ordinare da mangiare, forse un antipasto...?"

"Amico, osserva" disse Finn seccamente. "Siamo nel bel mezzo di una discussione."

Max si sedette più dritto. "Veramente, gli involtini di maiale mi attirano molto. E le patatine, e il formaggio fuso. Oh, e anche gli spiedini di pollo alla satay."

Il cameriere scomparve ed entrambi fissammo Max.

"Sto morendo di fame" disse sulla difensiva. "Qualcuno di voi è evaso da Alcatraz, oggi? Appunto, non credevo."

Finn allargò le mani forti. "Allora, Kat. Ecco come stanno le cose. Possiamo dimenticare e perdonare tutto, ma d'ora in poi vogliamo completa trasparenza."

"Su tutto" aggiunse Max. "Anche se ti rendi conto che vuoi stare esclusivamente con un affascinante triatleta."

"O con un campione statale di sollevamento pesi" ribatté Finn.

Mentre si prendevano in giro a vicenda, il senso di colpa tornò a scendere su di me. Sembrava tutto a posto, ma non ero ancora stata del tutto sincera con loro. E se c'era un momento per confessarsi, era quello.

"C'è una cosa che devo dirvi."

In qualche minuto, gli dissi tutto di Brody, che avevamo iniziato a frequentarci, prendendola molto lentamente. Il fatto che ci fosse un terzo uomo li rese molto tesi, finché arrivai a raccontargli che Brody lavorava per Pacifica.

"Ora è tutto finito, ovviamente" conclusi. "Ma in nome della trasparenza, volevo che lo sapeste."

"Dannazione" disse Finn. "Quindi, per tutto questo tempo, l'analisi dei dati e le ricerche di mercato che faceva, erano per la Pacifica Vinyl?"

"Lascia stare" disse Max. "Sapeva che stava praticamente distruggendo la tua attività, e ha comunque fatto del suo meglio per vincere il concorso a punti? Il minimo che avrebbe potuto fare era rallentare e lasciarti vincere."

Risi amaramente. "Non ci avevo pensato da quel punto di vista."

Finn strinse le dita in un pugno. "E io l'ho aiutato ad allenarsi. Vuoi che lo facciamo cacciare dalla palestra? Scommetto che troveremo un motivo. Forse l'ho visto scattare foto ad altri iscritti."

"Io dirò che fa la pipì in piscina" propose Max. "Sono i peggiori."

Scossi la testa. "Il vostro entusiasmo è dolce, ma non c'è bisogno di arrivare a quel punto." Guardai Finn. "Anche se la tua idea di incendiare Pacifica è sempre più allettante."

Batté il pugno sul tavolo. "L'incendio risolve tutti i problemi!"

Ridemmo e ci sbizzarrimmo a lanciare idee finché non arrivò il cibo.

"Allora, supponiamo che siamo tutti d'accordo sull'idea di dividermi" dissi, mentre mangiavamo, "come funziona quando siamo tutti insieme? Come stasera, per esempio? Dormo nel letto di Max, visto che ieri ho dormito con Finn?"

Si guardarono e Finn sorrise.

"Veramente, abbiamo un'altra idea. Se per te va bene."

37

Katherine

Finimmo di mangiare chiacchierando di altri argomenti, ma non riuscivo a smettere di pensare a cosa avevano in programma di farmi, quando saremmo tornati in hotel.

Non è possibile che dicano sul serio. O sì?

Sulla strada del ritorno, tutti e tre a braccetto, mi sentivo a disagio.

I passanti ci guardano in modo strano? E il senzatetto seduto all'angolo?

Poi ci fu il fattorino nella hall dell'hotel. Lui aveva sicuramente capito cosa stavamo per fare. Dovevo avercelo scritto in faccia.

Anche la signora nell'ascensore sembrò guardarci con sospetto, quando scese al suo piano.

Finn aprì la stanza e mi tenne la porta. Entrai nella stanza, un po' offuscata e con l'espressione impassibile, ma dentro di me formicolavo di anticipazione. Era la stessa sensazione di quando si fa la fila per le montagne russe. C'ero quasi arrivata, ma non era troppo tardi per tirarmi indietro.

Poi Finn mi baciò. La sua bocca sapeva di birra al luppolo e cibo salato, e appena le sue labbra toccarono le mie, gemetti. Le sue braccia forti mi circondarono come facevano sempre, un rassicurante scudo di muscoli che mi fece sciogliere nel suo abbraccio, al sicuro da tutti i problemi del mondo. Nulla avrebbe potuto farmi del male, mentre ero tra le sue braccia.

Ci baciammo, ci accarezzammo, e poi si allontanò.

Ora toccava a Max. Arrivò delicatamente, come quando i ballerini cambiano compagno. Mi mise una mano sulla parte bassa della schiena, e l'altra sulla guancia, e mi infilò la lingua in bocca. Era più focoso di Finn, il suo bacio fu più forte. Sembrava che non avesse pensato ad altro per tutto il giorno, durante la gara, e ora che ero qui non riusciva più a trattenersi.

I caratteri diversi dei miei amanti si completavano perfettamente, ed io mi scioglievo tra le loro braccia e i loro baci.

Alla fine, Finn mi prese in braccio e mi posò sul bordo del letto. Mi tirò su il vestito e mi tolse le mutandine umide. Mi mise le braccia tra le gambe e mi spalancò. Sentii l'aria fresca sulla figa bagnata, ma Finn vi porse rimedio, avvicinando la testa per assaggiarmi con le labbra e la lingua. Premette il viso nella figa finché non iniziai a gemere e sussultare, e inarcai la schiena.

Dietro il suo corpo robusto e muscoloso, vidi Max che iniziava a spogliarsi lentamente. Si sbottonò i polsini, poi passò ai bottoni sul petto che si aprirono uno ad uno, rivelando il suo torace nudo. Non era massiccio e muscoloso come Finn, ma era incredibilmente magro e scolpito, e le linee e i solchi dei suoi muscoli spiccavano nell'oscurità.

Godetti alla vista di lui che si slacciava la cintura, mentre Finn continuava a leccarmi, con la lingua che vorticava e mi succhiava il clitoride. Stava succedendo davvero. Stavo per fare un triangolo.

Quando Max si tolse gli ultimi indumenti, il suo cazzo balzò fuori dai boxer, già duro come una roccia, con la punta luccicante di liquido pre seminale. Mi alzai sui gomiti e gli feci segno col dito di avvicinarsi al letto.

Non ci fu bisogno di altro per convincerlo. Si infilò nel letto e prese il comando, mi spinse sulla schiena e mi infilò il cazzo in bocca. Spalancai le labbra per lui, desiderosa di fargli piacere, desiderosa di prendere il suo cazzo il più in profondità possibile. Gemetti intorno alla sua grossa virilità e lui gemette insieme a me con un rumore animale, inclinando la testa all'indietro.

Finn, occupato sulla mia figa, mormorava felice.

Stava succedendo ciò che non avrei mai osato sognare: due uomini allo stesso tempo. Una lingua nella figa e un cazzo nella bocca. Il solo pensare a ciò che stava accadendo, era eccitante quanto l'azione stessa.

Sto avendo un rapporto a tre.

Finn mi diede un ultimo bacio nella figa e si alzò. A differenza di Max, si spogliò rapidamente. Si tirò via la polo da sopra la testa mettendo in mostra ogni muscolo dalla vita al collo. Poi si tolse i jeans, rivelando il cazzo duro come il metallo. Strofinò una mano sulla figa, per ricoprirsi del mio liquido, poi se lo spalmò sulla punta del cazzo. Si stava lubrificando.

Mi afferrò entrambe le gambe e spinse in avanti.

Ero così bagnata che scivolò dentro con facilità, nonostante la sua circonferenza. Emisi un grido di sorpresa e piacere che fu attutito dal cazzo di Max che avevo tra le labbra. Finn espirò lentamente, abbassò lo sguardo sul mio corpo e sorrise.

Iniziò a muovesi e Max mi afferrò una manciata di capelli per potersi spingere ancora più in dentro. Strinse la presa sui capelli e mi scopò la bocca sempre più velocemente, facendomi gemere forte.

Credetti che stesse per venirmi in gola, ma poco prima mi allontanò la testa dal suo cazzo. "Non è lì che voglio venire" annunciò, facendomi scivolare il cazzo nella bocca per poi toglierlo di nuovo.

Cercai di chiedergli dove volesse venire, ma il martello pneumatico di Finn nella figa mi stava inebriando di piacere e l'unica parola che riuscii a pronunciare fu: "Dove?"

Max si chinò e mi baciò. "Dovrai aspettare per vederlo."

Abbassò la testa sul mio seno e strinse un capezzolo tra le labbra. Nuovi fulmini di estasi mi attraversarono il corpo, cancellando tutti i pensieri dalla mia mente. Inarcai la schiena come se stessi facendo i pettorali, poi sospirai e sprofondai lentamente nel piumone. Ad ogni secondo che passava, il loro amore mi riempiva il corpo di calore, una marea crescente di piacere che presto mi avrebbe sopraffatta fino a farmi urlare.

Finn strinse la presa sulle gambe. "Oh Dio, Kat..."

"Sì" lo implorai. "Più forte, scopami più forte..."

Spinse il cazzo ancora più in profondità dentro di me, con un orgasmo che lo fece tremare e urlare, insieme a me. Il mio orgasmo arrivò pochi istanti dopo, e strinsi le labbra della figa attorno a lui per non lasciarlo più uscire.

Max mi baciò sulle labbra. "Tocca a me" disse con voce profonda.

Finn uscì per venirsi a sdraiare con me sul letto, lasciandomi vuota. Mi baciò alla francese, mentre Max prendeva il suo posto tra le gambe, e faceva scivolare la sua punta su e giù tra le mie labbra. Sentii un altro rumore, che mi era stranamente familiare, ma la lingua di Finn che danzava con la mia mi distrasse.

Max mi strofinò la figa con le dita... e poi continuò verso il basso.

"Oh!" ansimai.

Le sue dita girarono attorno alla mia stretta apertura posteriore, ricoprendola di lubrificante. Ecco cos'era quel rumore che avevo sentito: la sua bottiglia di lubrificante che si apriva e si richiudeva.

"Facci capire se è troppo" disse Finn.

Max ridacchiò con lussuria. "Ce la fa. O sbaglio?"

Mi morsi il labbro e annuii. Potrei farcela, pensai, ma cominciavo a dubitarne. C'era una grande differenza di dimensione, tra il butt plug con cui avevamo giocato e il suo cazzo.

"Cerca di rilassarti" disse Finn, baciandomi di nuovo. Mi

accarezzò la guancia, con le sue forti dita gentili. "Andrà piano."

Mi irrigidii. Max diresse il cazzo verso il basso, sul clitoride, poi tra le labbra... e poi ancora più in basso. La sua cappella premette sul mio buco. Una fitta di nervosismo mi attraversò il corpo. Non ci sarebbe mai entrato: era così grande...

E poi, all'improvviso, scivolò dentro.

Rimasi senza fiato per la sorpresa. Il mio anello stretto si strinse sulla cresta del suo pene, bloccandolo lì. Un ampio sorriso si diffuse sul viso di Max.

"Ci siamo. Non è così difficile, visto?"

Ridacchiai. "Oh, sembra molto difficile."

Max mi accarezzava le gambe, mentre Finn mi baciava e mi accarezzava il seno. Lentamente, cominciai a rilassarmi, poi Max si infilò più in profondità, oltre il glande. Come quando avevamo usato il giocattolo, sentivo la pressione dell'oggetto che mi riempiva il culo, ma non c'era dolore.

"Di più" sussurrai. "Posso prenderlo di più."

Allungai una mano tra le gambe e iniziai a massaggiarmi la figa. Questo non era un butt plug, era il cazzo di Max che scivolava nella profondità del mio culo. E la sensazione era molto più piacevole, più reale.

Il bel viso di Max iniziò a rilassarsi per il piacere.

"Cazzo, è un culetto stretto" sussurrò, e iniziò a muoversi avanti e indietro, un centimetro alla volta.

Io mi masturbai più velocemente. "Ti piace?"

"Sì." Max lanciò un'occhiata a Finn. "Il suo culo ti piacerà."

Finn rise e mi strinse il capezzolo tra le dita. "Lo immagino."

Gemetti rumorosamente mentre Max iniziava a scoparmi da dietro con gusto. Il suo grosso membro scivolava dentro e fuori facilmente. Da quell'angolazione, il suo cazzo sfregava sulle pareti della figa dall'interno, una sensazione incredibile, nuova ed emozionante.

Presto, i miei occhi si chiusero contro la mia volontà e il respiro si accelerò. Era così bello, molto più bello di quanto mi aspettassi. Soprattutto con Finn che mi leccava il capezzolo...

Visto che mi aveva già scopato la bocca, Max non durò molto. Le linee cesellate del suo viso si irrigidirono e mi strinse forte le gambe. Spalancò gli occhi color smeraldo e mi fissò, ansimando.

"Oh, Kat" sospirò, "sto per venire..."

"Vienimi nel culo" supplicai, massaggiandomi rapidamente la figa. "Riempimi il culo, per favore..."

Poi gli sfuggì dalla gola un verso più animale che umano. Spinse il cazzo più in profondità e ansimò quasi dolorosamente, e iniziò ad eiaculare. Il cazzo si contrasse e tremò dentro di me, una sensazione erotica unica.

Tirai un sospiro di liberazione e di piacere, mentre mi godevo la vista di lui che prendeva ciò che voleva.

"Te l'avevo detto che ce l'avrebbe fatta" disse compiaciuto.

*

Poi ci sdraiammo tutti nel letto, completamente esausti. Max riusciva a malapena a muoversi. Aveva avuto una giornata intensa. In effetti, dal movimento delicato del suo petto, sembrava che si fosse già appisolato.

Ma Finn era sveglio e mi accarezzava la schiena con le sue dita spesse. Sospirai sotto il suo tocco.

"Ok" dissi. "A me piace, quando siamo tutti insieme, ma siete sicuri che piaccia anche voi?"

"Perché no?" chiese Finn dolcemente.

"Non lo so. Voi siete due, insieme, con me."

"Esatto" rispose semplicemente. "È questo che lo rende eccitante. Qual è il problema?"

"Pensavo che sarebbe stato imbarazzante." Alzai una spalla. "Per voi."

"È stato decisamente insolito" rispose Finn, "ma in senso positivo. Lo rifarei."

Bene, pensai. Perché volevo proprio farlo di nuovo.

Il mio telefono vibrò nella borsa. "Mmm, troppo lontano" borbottai. "Me lo prendi?"

"Ma così non potrò vedere il tuo culo sexy che attraversa la stanza" rispose Finn.

Lo baciai sul petto. "Ti preeeego? Ti do un bacetto?"

Finn mi diede una pacca sulla spalla, poi scivolò giù dal letto. Nella penombra della stanza, era un dipinto ad olio di muscoli che prendevano vita. Vidi i muscoli che si increspavano e si contraevano, mentre attraversava la stanza, pescava nella mia borsa e poi ne tirava fuori il telefono. Me lo lanciò sul letto.

Quando riconobbi il numero che aveva chiamato, aggrottai la fronte. "Paul? Va tutto bene?"

"Il negozio, signora capo" rispose concitato Paul, "è stato scassinato."

38

Katherine

Atterrammo a Denver lunedì verso mezzogiorno. Max doveva portare tutta la sua attrezzatura a casa, quindi Finn si offrì di accompagnarmi direttamente al negozio. Mentre Finn accostava, osservai ansiosamente la vetrina. Non c'erano vetri rotti, né segni di effrazione sulla porta. Sembrava tutto a posto.

"Vuoi che entri?" chiese.

"Posso sbrigarmela da sola. Grazie di tutto."

Alzò le enormi spalle. "Era sulla strada di casa."

"Volevo dire tutto questo fine settimana. Non vedo l'ora di rifarlo."

Sogghignò. "Anch'io."

Ci baciammo e io saltai giù dalla macchina.

Paul stava assistendo un cliente. Perlustrai impazientemente il negozio nell'attesa che finisse. Non sembrava che avessero rubato niente e la cassa sembrava a posto.

"Grazie per l'acquisto, buona giornata amico" disse Paul al cliente. Appena fu fuori dalla porta, mi disse: "Ehi, signora capo. Com'è la California?"

"Lascia stare. Dimmi cos'è successo!"

Mi mostrò i filmati della sorveglianza sul computer. Avevamo due telecamere: una nel negozio e una nell'ufficio sul retro. Il primo video mostrava un angolo del negozio. In primo piano c'era il bancone, e la porta d'ingresso era in secondo piano. Secondo l'orario in sovrimpressione, erano le dieci di sera.

Una figura scura passò davanti alla vetrina, all'esterno, poi si fermò davanti alla porta d'ingresso. Sembrò che provasse ad abbassare la maniglia per controllare se la porta era aperta. Mi aspettavo che forzasse la porta con un piede di porco o qualcosa del genere, ma poi la porta si aprì normalmente.

Paul giurò di aver chiuso, quando se n'era andato. "Deve aver forzato la serratura, o qualcosa del genere."

La persona entrò e si chiuse la porta alle spalle. Aveva una corporatura snella e camminava lentamente, con circospezione, come se avesse paura di far scattare un allarme. Si avvicinò alla telecamera e vidi che indossava un passamontagna scuro. Entrò nell'ufficio sul retro.

Paul chiuse il video e ne aprì un altro. L'ufficio era quasi tutto oscurato dalle pile di scatole della grande svendita del fine settimana. Era visibile solo l'angolo della mia scrivania. L'intruso andò dietro la scrivania e scomparve dalla vista, nascosto dalle scatole.

"Dannazione, cosa sta facendo?"

"Non ne ho idea" rispose Paul.

L'intruso rimase dietro la mia scrivania per tre minuti Poi tornò in vista ed uscì dalla stanza. Paul tornò all'altra telecamera, per vedere l'intruso che tornava alla porta d'ingresso. Non aveva niente in mano, ma forse nascondeva qualcosa sotto la felpa.

Si chiuse la porta alle spalle e scomparve fuori.

Paul scosse la testa. "Quando le telecamere hanno rilevato il movimento, ho ricevuto la notifica sul telefono e sono venuto subito, ma era già andato via. E allora ti ho chiamato."

"Hai chiamato la polizia?"

Paul spalancò gli occhi. "I poliziotti? Mi rendono nervoso. Inoltre, volevo mostrarlo prima a te."

"Va bene. Hai fatto la cosa giusta, Paul." Sospirai. "Devo controllare se manca qualcosa dalla scrivania. Non ci sono contanti né oggetti di valore, ma abbiamo le ricevute delle carte di credito di due mesi."

"No, è questo il punto" rispose Paul. "Non manca nulla dalla scrivania. Nemmeno, qualcosa fuori posto."

Che strano!

"Forse dovremmo fare l'inventario completo di tutto ciò che si trova nella stanza sul retro" dissi. "Forse si è infilato qualche album sotto la felpa."

Paul sorrise. "Sono più avanti di te, signora capo. Ho contato tutti gli articoli e li ho confrontati con le vendite. I numeri combaciano. Non manca niente. Le scatole hanno ancora l'involucro termoretraibile."

"Quindi, quel tizio è entrato e non ha preso nulla?" chiesi incredula.

"Strano, vero?" Uno sguardo cospiratore si diffuse sul volto di Paul. "Non pensi che il governo sia venuto a piazzare una cimice nel nostro ufficio?"

"Dev'essere proprio quello" dissi seccamente. "I negozi di dischi d'epoca sono dei covi di terroristi..."

Chiamai la polizia. Vennero e presero le nostre dichiarazioni. Alla fine dell'interrogatorio, Paul stava sudando profusamente, come se si aspettasse che i poliziotti gli facessero un test antidoping. Quando ebbero finito, si scusò e uscì a fare una passeggiata.

"Signora Delaney, conosce qualcuno che avrebbe motivo per entrare nel suo negozio?" chiese uno degli agenti.

"No, nessuno."

"Ed è sicura che il ladro non abbia preso nulla?"

"Abbiamo controllato tutto" dissi incredula. "Non è strano?"

I due agenti si guardarono. "A volte, i criminali fanno un giro di perlustrazione. Controllano le porte e gli allarmi, fanno un sopralluogo e se ne vanno. Poi restano nelle vicinanze e osservano cosa succede dopo l'effrazione. Quindi tornano più tardi con un camion e ripuliscono tutto."

"Farebbe meglio a rafforzare la sicurezza" disse l'altro ufficiale. "Potrebbe aggiungere un allarme alle telecamere."

"Grazie per il consiglio."

Quell'irruzione mi fece sentire a disagio per tutta la giornata. Mi sentivo violata, personalmente. Se il ladro avesse ripulito la cassa, sarebbe stato più semplice, l'avrei capito. Ma non aveva preso niente.

Cosa stava cercando?

Il giorno dopo, mi ero già dimenticata del ladro. Io e Paul eravamo completamente presi dai preparativi dell'enorme svendita di venerdì. Sistemammo gli espositori del negozio per renderli più attraenti, con grandi cartelli di cartone per indicare i generi musicali. Chiamai la società di catering per verificare che avessero preparato tutto correttamente, e Paul parlò con un tizio di un negozio di birra locale che ci avrebbe consegnato due fusti. Una società di noleggio ci avrebbe consegnato degli altoparlanti e tavoli per la vendita all'esterno. Disimballammo tutta la merce nel retro, poi etichettammo i dischi coi post-it in modo da poterli trovare facilmente durante la svendita.

Pubblicai delle pubblicità sui giornali locali e sui social media. Gli annunci di Facebook attirarono molta attenzione e reazioni da parte della gente di Denver. Era incoraggiante.

E ritrovai anche il mio ritmo alla Rocky Mountain Fitness. I preparativi per la svendita mi occupavano quasi tutto il giorno, ma riuscii comunque ad andare in palestra la mattina prima del lavoro e di nuovo all'ora di pranzo. Era bello sollevare pesi insieme a Finn, martedì e giovedì, e seguire la lezione di spinning di Max il mercoledì. Entrambi si comportavano in modo professionale, all'interno della palestra, ma mi lanciavano dei sorrisi enormi quando ci incrociavamo, e vedevo che avevano uno sguardo speciale negli occhi.

Dopo alcuni giorni, ebbi il piacere di rivedere il mio nome sul tabellone.

FASCIA D'ETÀ 25-29 ANNI
JONNY K: 488
JAMES P: 462
MARCIA J: 314
KATHERINE D: 290

L'assenza di Brody era evidente, sia sul tabellone che in palestra. Anche se avevo saputo che aveva sospeso l'iscrizione ad aprile a causa della frattura al piede, mi aspettavo sempre di vederlo entrare. Non venne, e probabilmente fu un bene. Avrei potuto prenderlo a pugni, se l'avessi visto.

"Sì, è tutto pronto" dissi a Finn giovedì mattina, mentre caricavo i pesi nello squat rack. "Ora devo solo aspettare e sperare che vada tutto bene."

"Hai fatto pubblicità?" chiese Finn.

"Denver Post e Facebook" risposi. "Ho anche fatto il giro dei negozi locali che conosco e li ho convinti ad affiggere i volantini della svendita. Domani dovremmo avere un sacco clienti." Gli diedi una gomitata scherzosa. "Senti, pensi che possa mettere dei volantini nella palestra?"

Finn si agitò. "Ehm, il regolamento proibisce di mettere annunci pubblicitari esterni. Potremmo finire nei guai. Mi dispiace."

"Non preoccuparti" dissi. "Dalla palestra si vede che c'è una svendita, due porte più in giù."

Mi posizionai sotto il bilanciere e Finn si avvicinò. "Vorrei poterti aiutare. Forse posso farmi perdonare, stasera? A casa tua?"

Con la sbarra sulle spalle, feci un passo indietro e mi abbassai per fare lo squat, poi mi rialzai. "La proposta potrebbe interessarmi."

Completai il resto degli squat con un sorriso sciocco sul viso.

Fedele alla sua parola, venne da me e mi fece un allenamento ancora più intenso di quello che avevo fatto in palestra. Mi fece l'amore lentamente, cullando il mio corpo col suo come se stesse cercando di far toccare tutta la superficie della nostra pelle. Amavo essere circondata dalle sue braccia, muri di muscoli che mi facevano sentire sicura e amata.

Ci coccolammo nel letto e lui si addormentò, ma io rimasi sveglia, nervosa. L'indomani avrebbe determinato il resto della mia vita. L'indomani avrei saputo se il mio negozio era spacciato o meno.

39

Katherine

L'inaugurazione di Pacifica Vinyl sarebbe stata alle due del pomeriggio, quindi noi programmammo l'inizio dei saldi a mezzogiorno.

La mattina fu densa di attività. Ci furono consegnati gli altoparlanti, i tavoli e altre piccole apparecchiature, poi arrivarono i due fusti di birra. Non ce li consegnarono coi contenitori di ghiaccio, così dovetti andare da Wal Mart a comprare due bacinelle di plastica e dei sacchetti di ghiaccio per tenerli al fresco.

Dopo arrivò il catering, insieme a un pallone gonfiabile a forma di disco di vinile. Lo ancorammo a terra e superava il negozio di quattro metri. Avrebbe sicuramente attirato l'attenzione di chiunque sarebbe passato a due isolati dal negozio.

Darryl si offrì di aiutarmi, e arrivò accompagnato da sua moglie e dai gemelli. Mi abbracciò e spiegò: "Volevano aiutarti anche loro."

"Non era necessario."

Mia cognata mi abbracciò. "Non voglio neanche sentirlo. Siamo venuti ad aiutarvi." Tirò fuori un paio di guanti igienici dalla borsa, li indossò e iniziò a sistemare il cibo del catering su un tavolo.

Io mi accovacciai davanti a Ethan e Nathan. "Voi due sarete i miei grandi aiutanti, oggi?"

"Solo se ci dai un disco!" cinguettò Ethan con la sua voce acuta.

"Stiamo negoziando, eh?"

Darryl rise. "Gli ho promesso che gli avrei comprato un disco, se ti avessero aiutato. Le loro motivazioni non sono altruistiche."

"Venderemo tutti i dischi!" annunciò Nathan felice.

Baciai mio fratello sulla guancia. "Questo sembra lavoro minorile."

"Non è illegale, se si tratta della famiglia" disse Darryl, sorridendo.

Mise il rubinetto a un fusto e iniziò a suonare la musica dagli enormi altoparlanti. Quando aprii la porta, la musica esplose su Magnolia Street.

La svendita era iniziata.

I clienti tardarono ad arrivare. Non mi sorpresi: queste cose richiedono tempo. Ma davanti alla porta di Pacifica cominciò a formarsi la fila. La gente aspettava la grande inaugurazione.

"Perché non vengono qui, mentre aspettano?" brontolai. "Abbiamo del cibo! E la birra! E dischi in vinile in svendita!"

All'una, non avevamo ancora ricevuto nessun cliente. Impaziente e frustrata, andai alla fila della Pacifica. "Scusate, signori? Volevo solo informarvi che stiamo facendo una grande svendita da Vinyl High Records. È un'attività locale, non una grande catena di negozi. Ci sono cibo e birra gratis."

Le persone in fila sembravano a disagio. Una si avvicinò con uno sguardo di scusa. "Pacifica offre un cofanetto dei Led Zeppelin in edizione limitata alle prime cinquanta persone. Facciamo la fila per quello."

Dannazione, pensai, *avrei dovuto organizzare una lotteria o qualcosa del genere.*

"Quando avrete ricevuto l'album gratuito, venite nel nostro negozio!" dissi alla folla, e me ne andai.

Entrai nel mio negozio. Avevamo un sacco di merce, cibo e alcol... ma zero clienti. Il mio peggior incubo si stava avverando.

Poi si avvicinò uno con pantaloncini da ginnastica e una maglietta dry-fit, come se fosse appena uscito dalla RMF. Prese un panino, si aggirò tra i corridoi del negozio e infine andò alla cassa per comprare due album.

Uno è meglio di niente, pensai.

Lentamente ma inesorabilmente, la gente iniziò ad affluire al negozio. La maggior parte proveniva dalla direzione opposta di Pacifica. Sembrava che molti venissero dalla Rocky Mountain Fitness. Presto ci fu una nutrita fila di persone in attesa di una birra, che poi entravano nel negozio a fare acquisti.

"Benvenuto da Vinyl High!" dissi allegramente a un ragazzo, "vieni dalla RMF, o hai sentito parlare di noi?"

"Me ne ha parlato il mio allenatore" rispose.

La prossima persona a cui lo chiesi, disse qualcosa di simile. "L'ha detto il mio istruttore durante la lezione di spinning."

Più chiedevo, più era chiaro cosa stava succedendo. Soprattutto quando una donna mi disse: "In palestra mi hanno detto che avremmo ottenuto dei punti per l'acquisto di un prodotto da voi. Sono al primo posto nella fascia di età tra i 30 e i 34 anni e devo rimanere in vantaggio."

A quel punto, il negozio era affollato. "Paul, puoi occupartene tu per qualche minuto?"

Paul mi fissò da dietro il registratore di cassa, dove si era formata la fila. "Fa' presto, signora capo. Forse, quando torni dovremo aprire la seconda cassa."

Sul marciapiede c'era un flusso costante di persone provenienti dalla palestra. La ragazza amichevole alla reception guardava accigliata tutte le persone che uscivano. "C'è un'esercitazione antincendio? Cosa sta succedendo?" chiese a nessuno in particolare.

Attraversai la palestra fino alla sala di spinning. Era affollata, e Max stava dando una lezione.

"Tenete quel ritmo!" gli disse. "Ogni punto che guadagnate sarà raddoppiato..."

Poi mi vide vicino alla porta. "Oh."

"Posso parlarti a tu per tu, un momento?"

Max rallentò e saltò giù dalla bici. "Continuate a pompare! Altri cinque minuti!" disse alla classe, poi mi seguì fuori. "Ehi, che succede?"

"Vuoi dirmi cosa stai combinando?"

Mi sorrise. "Sto solo incentivando la gente."

"Continua..."

"Ho trovato un modo per dare dei punti bonus col mio login di dipendente. Così ho detto a tutti che gli raddoppierò i punto di oggi, se mi mostrano una ricevuta del tuo negozio."

"Max! Ti metterai nei guai!"

Scrollò le spalle. "Me ne andrò comunque tra due settimane. Comincerò ad allenarmi a tempo pieno per Kona. Aiutarti non mi costa niente."

"E Finn?" chiesi.

"Lui non c'entra niente" disse rapidamente. "Certo, sta aiutando a diffondere la voce, ma l'offerta viene da me. La colpa sarà mia. Ehi, tu non dovresti essere al negozio?"

Non sapevo cosa pensare. Era incredibilmente dolce. Il negozio era pieno zeppo, però non erano il tipo di clienti fedeli che stavo cercando di attirare.

"Grazie" dissi sinceramente. "Il tuo aiuto mi commuove."

Mi puntò un dito. "Ringraziami più tardi. Ho molti altri iscritti da mandarti." E tornò verso la sala di spinning. "Bobby! Non rallentare! Ti mancano ancora cinque chilometri alla fine!"

Tornai al negozio, che era affollato di clienti, sia all'interno che all'esterno, e vidi con soddisfazione che stavamo anche attirando i clienti dalla fila di Pacifica. Nessuno voleva arrivare per primo, ma ora che c'era la folla, tutti avevano paura di perdersi qualcosa di importante.

Paul stava cercando di far fronte alla fila di clienti in attesa di pagare. Quello mi entusiasmò, poiché era la prova che la gente non veniva solo per il cibo e le bevande gratuite. Mi feci strada tra la folla fino al bancone e aprii la seconda cassa.

"Il prossimo, prego!" gridai sopra il vociferare dei clienti.

Paul mi fece un pollice in su per ringraziarmi.

Pacifica Vinyl aprì alle due. Lo capii perché la fila iniziò a muoversi, e poi vidi la gente che passava con le borse col marchio Pacifica. Molti venivano nel mio negozio, dopo. Molte persone avevano solo il cofanetto gratuito dei Led Zeppelin nei sacchetti di Pacifica, non avevano comprato nient'altro.

"Signora capo?" disse Paul, quando ci fu un breve rallentamento nella fila della cassa. "Non voglio portare sfortuna, ma stiamo andando bene!"

Toccai il legno del bancone. "Sembrerebbe di sì."

Darryl prese il mio posto alla cassa e io uscii per controllare che andasse tutto bene. Il cibo e gli spuntini stavano finendo, ma ci era rimasta molta birra. Eravamo ancora al primo fusto. Con il passare del pomeriggio, sempre più persone si fermavano a bere birra e ad ascoltare la musica degli altoparlanti. Era come una festa di quartiere.

Verso le cinque arrivarono Max e Finn. Finn guardò la folla. "Kat, guarda quanta gente! Cosa possiamo fare per aiutarti?"

Ethan uscì di corsa dal negozio. "Zia Kat! Papà dice che abbiamo quasi finito tutto nella zona del jazz. Io ho cercato di tirare fuori le scatole dal retro, ma sono troppo pesanti."

Finn batté le mani. "Ci penso io. Fammi vedere queste scatole, ometto."

Ethan lo fissò come se fosse un supereroe. "Come hai fatto a diventare così forte?"

"Allenamento, ometto. E ho mangiato verdure ogni sera."

"Le verdure? Incredibile!"

"Sì. Vedi, non si diventa forti in palestra, si diventa forti a tavola."

"Tu devi essere la persona più forte del mondo!"

Finn ridacchiò. "Dovresti vedere i miei fratelli, Atanas e Dragan. Davanti a loro, sembro minuscolo."

"Woooooow."

Scomparvero insieme nel negozio.

Max mi mise un braccio attorno al collo e fece un gesto. "Pensi ancora che il mio piano sia stata una cattiva idea?"

"Ha messo in marcia tutto questo" ammisi. "Sono in debito con te."

"Mi ripaghi più tardi in camera da letto" sussurrò Max. "La scopata della vittoria."

Lo baciai sulla guancia. "Stasera sarò occupata a pulire, dopo la svendita. Ma alla fine della settimana, farò quello che vuoi."

Nei suoi occhi verdi brillò uno sguardo malizioso. "Non credo che tu abbia molta scelta. Prenderò quello che voglio."

Ridacchiai. "Per me va benissimo."

"Vado a rendermi utile." Max attraversò la strada e iniziò a fermare i pedoni che entravano e uscivano dal grande magazzino. Lo sentivo dire: "Là abbiamo la birra gratis, e tonnellate di musica!"

La moglie di Darryl si avvicinò e mi sussurrò: "Chi è quello?"

Cercai di comportarmi in modo naturale, ma mi si diffuse sul volto un grande sorriso. "È solo un amico."

Mi diede uno schiaffo scherzoso sul braccio. "Ho visto quel

bacio. E stai sorridendo come se fossi innamorata."

Forse lo sono, pensai.

Avevo iniziato a sorridere all'arrivo di Max e Finn, e continuai per l'enorme successo della vendita promozionale. La gente continuò ad andare e venire fino a sera. Il negozio il marciapiede di fronte erano affollati come un formicaio. Le riserve nella stanza sul retro si ridussero e presto stavamo esaurendo le scorte. Anche da Pacifica c'era un flusso costante di clienti, ma molto meno che da noi.

Iniziai a pensare che avesse funzionato.

40

Katherine

In una giornata normale al Vinyl High Records, facevamo tra venti e trenta vendite. Nei fine settimana, quel numero spesso raggiungeva i quaranta. Nei giorni speciali arrivavamo a cinquanta.

Durante la vendita promozionale, vendemmo settecentoquarantanove dischi.

Quella sera tardi, quando non c'era più nessuno, dopo aver ripulito tutto, controllai i numeri sul computer. Non riuscivo a crederci, quindi rifeci tutti i calcoli due volte. Quando fui sicura della cifra, urlai di eccitazione.

Come se non fosse abbastanza, centocinquantadue persone avevano sottoscritto l'abbonamento mensile di Vinyl High. Era molto meglio di quello che mi aspettavo, rappresentava entrate future garantite da una base clienti fedeli.

La vendita era stata un enorme successo sotto ogni punto di vista, anche dopo aver sottratto il costo della pubblicità e delle forniture.

Quella notte, ero così eccitata che dormii pochissimo, probabilmente solo quattro ore. La mattina dopo mi alzai presto, con l'impressione di avere una nuova prospettiva di vita.

Andai in palestra a nuotare. Senza Brody, avevo tutta la piscina per me. Dopo, trovai Finn che sistemava i pesi nella sala di sollevamento pesi. Era bello, con i pantaloncini neri e la maglietta nera aderente, e i muscoli luccicanti di sudore dopo l'allenamento mattutino.

"Allora?" mi chiese quando mi vide. "Hai già fatto i conti? È andata bene?"

Gli gettai le braccia al collo in un grande abbraccio. "È andata meglio di quanto avrei mai potuto immaginare!"

Mi strinse forte e rise felice. "È fantastico, Kat."

"Non avrei potuto farlo senza il tuo aiuto" dissi. "Tuo e di Max."

Finn trasalì. "Sì, a proposito." Indicò dall'altra parte della palestra, dove il manager stava discutendo con un allenatore. Qualunque cosa stessero dicendo, il manager non sembrava contento.

"Cos'è successo?"

"Il piano dei punti di Max" rispose. "Il capo non è contento che prometta punti in regalo a chi acquista qualcosa nel tuo negozio. Onorerà i punti, poiché sarebbe ancora peggio deludere tutti quegli iscritti, ma gli altri allenatori sono arrabbiati."

Feci una smorfia. "Lo temevo."

"Diciamo solo che è una fortuna che Max vada via presto per allenarsi a tempo pieno. È l'unico motivo per cui non lo licenziano."

"E tu?" chiesi. "Anche tu sei nei guai?"

Sorrise e abbassò la voce. "Per fortuna, no. Max si sta prendendo tutta la colpa."

Tirai un sospiro di sollievo. "Grazie al cielo! Se ti fossi messo nei guai, o se fossi stato licenziato per avermi aiutato... non so cosa avrei fatto."

Inclinò la testa. "Ti importa più del mio lavoro che di quello di Max?"

"Max sapeva che si sarebbe messo nei guai" risposi. "Tutto qui."

Finn scosse la testa e sorrise. "No, ho capito che ci tieni più a me che a Max, e per me va benissimo."

Era incredibilmente sexy mentre scherzava, e avrei voluto baciarlo, ma sapevo che quello lo avrebbe messo sicuramente nei guai.

"Non fare il presuntuoso" sussurrai, sfiorandogli il braccio con un gesto sensuale.

Tirò fuori il telefono. "Troppo tardi. Sto scrivendo a Max."

Risi. "Ci vediamo più tardi per il mio allenamento."

Mi feci la doccia, mi cambiai e andai ad aprire il negozio. Avevo dato a Paul il giorno libero, quindi avevo il negozio tutto per me. Dopo il caos di ieri, sembrava tranquillo e pacifico. Era bello.

Per le prime ore.

Era una giornata tranquilla. Molto tranquilla. Anche dopo la chiusura per il pranzo e la riapertura pomeridiana, le cose non migliorarono. Ci furono solo quattro clienti in tutto il giorno, due dei quali acquistarono qualcosa. Mi dissi che c'era da aspettarselo, dopo la vendita del giorno prima.

Ma anche la domenica fu lenta. Era deserto. Lavorai in ufficio sull'inventario e la contabilità, mentre Paul era alla cassa, ma ogni volta che tiravo fuori la testa, vedevo il negozio vuoto.

Quando tornai dal mio allenamento di mezzogiorno, dissi a Paul: "Puoi prenderti il pomeriggio libero."

"Sei sicura, signora capo? La domenica di solito è il giorno più pieno..."

Gli indicai il negozio. "Chiaramente oggi non è così. Va' a casa a giocare ai videogiochi o fa' quello che vuoi. Ti pago tutte le otto ore di lavoro."

Non dovetti dirglielo due volte. Spalancò gli occhi e sorrise. "Va bene! Ho ricevuto il nuovo Call of Duty e muoio dalla voglia di giocarci per qualche ora..."

Il pomeriggio fu noioso. Entrò una persona, guardò la zona dell'Heavy Metal e poi se ne andò. Guardai fuori dalla vetrina e lo vidi andare verso Pacifica. Avevo l'inventario più basso del solito, ma avevo comunque tutti gli ultimi album Heavy Metal. Qual era il problema?

Dopo alcune ore che mi giravo i pollici, girai il cartello da APERTO a CHIUSO e andai a vedere i miei avversari.

Entrare da Pacifica era come entrare in una biblioteca universitaria. Aveva il soffitto alto, che dava al negozio una sensazione aperta e ariosa. L'illuminazione era calda e invitante. Le file di dischi erano pulite e organizzate, con ampi spazi tra una fila e l'altra. In confronto, il mio negozio sembrava angusto.

Dovetti riconoscere a malincuore che lì dentro ci si sentiva bene. Nell'angolo c'era un bar che serviva caffè, e aveva anche quattro birre artigianali alla spina. C'erano delle persone che bevevano e chiacchieravano dell'ultimo album di Eminem, uscito inaspettatamente qualche mese prima.

Con sgomento, vidi che non erano gli unici clienti. C'era un sacco di gente che sfogliava gli album. In tutto il negozio erano sparse comode poltrone in pelle, vicino a dei tavoli con dei giradischi. Erano quasi tutte occupate da clienti che ascoltavano la musica con le cuffie.

Ecco come dovrebbe essere una domenica pomeriggio normale.

"Benvenuta da Pacifica Vinyl!" disse di sfuggita un dipendente. "Posso aiutarla a trovare qualcosa?"

"Sto solo curiosando, grazie." Mi fermai. "Veramente, sto cercando un disco. Avete la versione limitata di Aja, di Steely Dan?"

Strinse gli occhi, pensieroso. "La versione del 1977? Su vinile color oro e arancione?"

"Esatto" dissi sorpresa. Era una richiesta strana che un cliente mi aveva fatto durante la svendita di venerdì. Non riuscivo a credere che quel ragazzo di vent'anni conoscesse quel disco.

"Penso che ne abbiamo ancora uno o due nel retro. Mi aspetti qui."

Corse via e tornò un minuto dopo con l'album in mano.

"È fortunata, questa è l'ultima copia."

"Sono colpita che tu abbia capito di quale album stavo parlando" dissi lentamente. "Vi fanno fare una formazione?"

Lui si mise a ridere. "Nessuna formazione sulla conoscenza della musica. Ieri ne ho vendute due copie, quindi mi sono ricordato dov'era." Poi toccò il cartellino del prezzo. "Su quel prezzo va applicato lo sconto della grande svendita di lancio che stiamo facendo. Venti percento di sconto su tutti i dischi."

Guardai il prezzo. Era novantanove dollari, che era molto poco per un album in edizione limitata come quello. Normalmente costava centocinquanta.

"Desidera qualcos'altro?" chiese.

Aggrottai la fronte. "E gli audiolibri? Ne avete su vinile?"

Fece un'espressione dispiaciuta. "Purtroppo no."

Provai un momento di soddisfazione, poi continuò.

"Alcuni dei nostri negozi hanno gli audiolibri, ma non si vendono molto" disse semplicemente. "Non vale la pena di tenere in magazzino centinaia di dischi solo per fare tre vendite al mese!"

Sobbalzai. E io che pensavo che quello mi avrebbe salvato il negozio. Presi l'album che mi aveva portato e dissi: "Grazie per questo."

"Di niente!" rispose allegramente.

Continuai a girare per il negozio per altri dieci minuti. Tutti i loro prezzi erano competitivi rispetto ai miei. Anche più economici, in molti casi. Alla fine comprai l'album degli Steely Dan perché ero troppo imbarazzata per dire al venditore che non lo volevo. Il cassiere mi disse che avrei ricevuto un ulteriore cinque percento di sconto se mi fossi iscritta alla loro newsletter. Digitai il mio indirizzo e-mail sullo schermo, e uscii con il mio album.

Quando arrivai al mio negozio, avevo un'email di conferma nella casella di posta, con un buono sconto di venti dollari sul prossimo acquisto di oltre cento dollari.

Sconti su sconti, su sconti. Come potevano permetterselo? Forse, grazie al grande numero di negozi, potevano fare acquisti più grandi con prezzi minori? O vendevano intenzionalmente sottocosto per conquistare una quota di mercato?

La promozione via e-mail era una buona idea. Anche io avrei dovuto raccogliere le e-mail dei clienti, in occasione della vendita promozionale. Ogni indirizzo e-mail mi avrebbe permesso di contattare un cliente senza pagare un annuncio pubblicitario.

Mi sentii giù di morale per il resto del pomeriggio. Quelli di Pacifica sapevano il fatto loro. Rispetto a loro, io ero una dilettante. La svendita del venerdì poteva essere stata una vittoria momentanea, ma era chiaro che era proprio quello: momentanea. Pacifica era come un treno merci che avanza costantemente e inesorabilmente.

A lungo termine, non avrei potuto competere con loro.

Quella sera verso le otto, quando chiusi il negozio, avevo intenzione di andare in palestra a sfogare un po' di stress sul tapis roulant, ma era una bella serata di aprile, fresca ma non fredda. Il clima perfetto per correre all'aperto.

Mi cambiai nel negozio e andai a correre sul marciapiede. Mi resi subito conto che era più faticoso che correre in palestra. Per spingere il corpo in avanti sono necessari muscoli diversi, rispetto alla semplice corsa sul posto, su un tapis roulant. Nei primi minuti, mi sentii fuori forma.

Rallentai il passo e trovai il ritmo. Notai che la brezza mi aiutava a rimanere più fresca che in palestra. Il sudore che mi gocciolava sul viso e sul collo, assorbiva il calore dalla mia pelle. Era rinfrescante.

Correre fuori mi faceva sentire libera.

Correndo su Magnolia Street e nei quartieri adiacenti, riuscii a distrarmi e lasciai che la mente scivolasse via. Pensai subito a Max e a Finn. Con loro ero più felice che mai. Il loro piano di dividermi mi rendeva ancora ansiosa. Sicuramente non sarebbe durato per sempre.

Prima o poi, uno di loro mi avrebbe voluta tutta per sé.

Ma fino ad allora, sarei stata felice di seguire la corrente. Mi piaceva la loro possessività, erano sempre in lizza per la mia attenzione e il mio affetto. Durante la svendita, avevano cercato di superarsi a vicenda per vedere chi mi avrebbe aiutato di più. Mi facevano sentire una donna sexy e desiderabile. Era molto tempo che non mi sentivo così.

Eppure, per quanto fossi soddisfatta con loro due, non riuscivo a smettere di pensare a Brody. Il suo tradimento era ancora fresco, soprattutto ora che Pacifica Vinyl aveva aperto e andava a gonfie vele. Lui aveva contribuito ad orchestrare il tutto. Senza di lui, Pacifica non sarebbe stata lì.

Mi chiedevo se sarebbe stato meglio se me l'avesse detto a gennaio, non riuscivo a capirlo. Almeno, non mi avrebbe spezzato il cuore.

La parte più frustrante della faccenda era che mi mancava. La sua presenza nella mia vita e in palestra, mi aveva spinto ad allenarmi di più. Mi aveva spinta a vincere il concorso. Senza di lui, non avrei migliorato la mia condizione fisica. Era un fatto che non potevo negare.

Peggio ancora, avevo iniziato a pensare a un possibile futuro insieme a lui. Avevo pensato di trasferirmi in California con lui, alla fine del suo contratto, soprattutto se il mio negozio fosse stato in crisi. Là, avrei potuto ricominciare da capo. Il suo tradimento mi bruciava, perché significava che quel possibile futuro era sparito per sempre.

Era un bene che Max e Finn avessero accettato di dividermi. Senza di loro, non so come avrei fatto a dimenticare Brody.

Attraversai i quartieri adiacenti a Magnolia Street, su e giù tra le case Craftsman dei primi del secolo. Corsi per un'ora e tornai al negozio. A due isolati dal negozio, rallentai al passo, per il raffreddamento. Tutto era buio e tranquillo, molto diverso dalla palestra illuminata. Mi piaceva. Mi proposi di farlo più spesso.

Girai l'angolo verso Vinyl High, e rimasi bloccata sul posto.

A un isolato di distanza, vidi una figura scura di fronte al mio negozio. Aveva la testa coperta da un cappuccio. Tirò fuori qualcosa dalla tasca e l'inserì nella porta. Delle chiavi.

La porta si aprì e lui scomparve dentro. Pochi secondi dopo, ricevetti la notifica sul telefono che nel negozio era stato rilevato del movimento.

"Figlio di puttana" imprecai. Il ladro era tornato!

Tirai fuori il telefono e chiamai la polizia. "Abbiamo una volante a tre chilometri" disse la donna al telefono. "Pensa che il sospettato abbia un'arma?"

"Non ne ho idea. Ero troppo lontano."

"Non lo avvicini finché non arrivano i nostri agenti" mi disse.

La ringraziai e riattaccai. *Col cavolo che non lo avvicino.*

Mi avvicinai lentamente al mio negozio, abbassandomi sotto le finestre. Raggiunsi la porta, e sbirciai attraverso il vetro. Non era nel locale principale. Girai lentamente la maniglia ed aprii silenziosamente la porta. La lasciai socchiusa per la polizia, poi mi intrufolai nel negozio verso la stanza sul retro. Sentivo un fruscio proveniente dall'interno.

Sul bancone, accanto alla cassa, c'era un taglierino. Estrassi la lama e lo distesi davanti a me, presi un respiro profondo e poi mi precipitai nel retro dell'ufficio.

"Non ti muovere, cazzo!" urlai.

Quando lo sorpresi, il ladro era chino sulla tastiera del mio computer. Si raddrizzò e alzò le mani con cautela. Da vicino, vidi che non indossava un cappuccio ma un passamontagna, proprio come nel video che Paul mi aveva mostrato. Il passamontagna era marrone, con piccole macchie bianche. Mi sembrava di averlo già visto.

Ero confusa, finché non capii di cosa si trattava.

"Cioccolata calda... marshmallow... è il mio passamontagna!"

Rimasi senza fiato.

"Brody?"

41

Katherine

Non potevo crederci. La mia mente non poteva accettarlo, anche dopo che aver pronunciato il suo nome. Non era possibile che Brody si trovasse nel mio negozio in quel momento. Non poteva essere stato Brody a fare irruzione nel mio negozio, la prima volta.

Si tolse lentamente il passamontagna, togliendomi anche ogni dubbio. Aveva i capelli biondi spettinati e il viso più rosso del normale, ma quegli occhi blu cristallino erano inconfondibili. Ora sì che era chiaro. Il ladro non camminava lentamente per precauzione, ma perché aveva una frattura al piede.

L'uomo che era entrato nel mio negozio era Brody. Una persona alla quale mi ero aperta, e con cui ero andata a letto.

"Kat" disse con cautela, "posso spiegarti."

Lo schermo del computer era nero con del testo bianco, in un programma che non avevo mai visto. C'era chiavetta USB inserita nel computer. Sembrava che stesse copiando dei dati.

"Mi stai rubando dei dati?" gli chiesi.

"Ne ho bisogno" rispose. "Volevo vedere i risultati della tua vendita promozionale, per analizzarli e confrontarli con l'inaugurazione di Pacifica..."

"Non è stato sufficiente convincerli ad aprire?" gli urlai. "Ora li aiuti rubandomi i dati delle vendite?"

Fece un passo verso di me. Provai a fare un passo indietro, ma urtai una pila di scatole di dischi. "Kat, se mi dai qualche minuto, posso spiegarti tutto."

"Qualche minuto? La verità sembra chiara" risposi. "Non voglio sentire le tue scuse e le tue bugie."

Mi toccò il braccio, gli occhi gli brillavano. Lo spinsi via. Improvvisamente, da sola nella stanza sul retro, mi sentii in pericolo.

"Sono ancora innamorato di te" disse dolcemente. "Non riesco a toglierti dalla mia testa, Kat. Sento di aver rovinato tutto."

"È vero! Hai rovinato tutto nascondendomi la verità!"

Mi afferrò per un braccio e mi baciò.

Mi vergogno ad ammettere che per qualche breve istante, mi piacque. Mi sciolsi tra le sue labbra e il suo abbraccio, e dimenticai tutto quello che era successo. Mentre ci baciavamo, iniziai a pensare che forse potevamo semplicemente lasciarci tutto alle spalle e tornare a come eravamo due settimane prima.

Ma poi la sensazione finì, e lo spinsi via.

"Come hai fatto ad entrare nel mio negozio?" gli chiesi. "Mi hai rubato le chiavi quando ho dormito con te, e ti sei svegliato nel bel mezzo della notte?"

Deglutì a fatica. "Ho dovuto farne una copia, per entrare senza che tu lo sapessi..."

Feci un verso sconvolto. "È stato prima che scoprissi che lavori per Pacifica! Io ero beatamente ignorante, e tu stavi tramando contro di me!"

"Non volevo che lo sapessi" insistette. "Finché non fosse finita. Sto cercando di aiutarti, Kat, devi solo fidarti di me!"

Gli risi in faccia. "Come potrei fidarmi di te?"

Si sentì un rumore fuori dal negozio, e qualcuno bussò forte.

"Polizia di Denver!"

"Siamo qui dietro" risposi. "È disarmato."

"Ti prego, Kat" mi supplicò. "Dammi cinque minuti per spiegare..."

La polizia entrò rapidamente nella stanza. Uno di loro spinse Brody contro il muro e lo ammanettò. L'altro si voltò verso di me e disse: "Lei è Katherine Delaney, la proprietaria del negozio?"

"Sì."

Fecero alcune domande a Brody e lui ammise di essere entrato nel negozio con una chiave che mi aveva rubato. Lo condussero fuori dal negozio fino alla volante, che stava inondando la strada di luci blu e rosse. Aprirono la porta posteriore e lo spinsero dentro.

Poi una grande figura arrivò di corsa verso di noi. "Kat! Che sta succedendo?" chiese Finn.

"Signore, per favore stia indietro..." disse un agente.

"Lui è con me." Mi rivolsi a Finn. "Era Brody. Ha fatto irruzione nel mio negozio."

Il viso solitamente rilassato di Finn si contorse dalla rabbia. Mi passò accanto e sbatté il palmo aperto sul finestrino dell'auto della polizia. "Figlio di puttana!" gridò. "Giuro su Dio che se ti avvicini di nuovo a lei..."

Cercai di allontanare Finn, ma era come tirare un muro di mattoni. Si tirò indietro solo quando l'agente lo spinse via minacciandolo di colpirlo con il taser. Aveva ancora i pugni stretti, e trasudava forza e rabbia.

Guardò l'auto che si ripartiva.

Dovevo ammetterlo: vedere Finn incazzato fu davvero eccitante. Non sono il tipo di ragazza che vuole essere protetta dal suo uomo, ma quando apparve lui, scattò un meccanismo primario nel mio cervello. Con uno come lui vicino, mi sentivo sicura. Protetta.

Avrei voluto saltargli addosso.

Poi arrivò Max di corsa. "Va tutto bene? Cos'è successo?"

Improvvisamente, fui sopraffatta dalla situazione. L'adrenalina diminuì e iniziai a tremare, come se stessi per piangere.

"Andiamo a bere qualcosa" dissi.

Camminammo per un isolato fino a un pub. Sull'enorme televisore c'era una partita dei Colorado Rockies, ma scegliemmo un separé isolato, nell'angolo posteriore. Finn prese una birra e io ordinai un Long Island Iced Tea. Max non prese niente, a causa dell'allenamento.

Feci un sorso del mio tè e mi crollò tutto addosso, e iniziai a piangere.

"Kat, cos'è successo?" chiese Max gentilmente.

Finn mi strofinò la schiena con la mano. "Il coglione che ha fatto irruzione nel negozio di Kat è Brody. Le stava rubando i dati del computer."

"Non è... per... quello..." tentai di dire, ma ero in preda al pianto ed era difficile respirare.

Cercarono di riconfortarmi per qualche minuto, mentre mi riprendevo dal pianto a dirotto.

"Brody è entrato nel mio negozio per rubarmi i dati delle vendite, per Pacifica. Ma non è per questo che sto piangendo."

Il viso di Finn si oscurò. "Cos'altro ti ha detto? Giuro che la prossima volta che lo vedo..."

"Il mio negozio sta fallendo" sbottai.

Entrambi sembravano confusi. "Ma la vendita della scorsa settimana è andata benissimo! O no?"

"Sì" concordai. "Ma non basta. Da allora, abbiamo avuto pochissimi clienti, e Pacifica è pieno. I loro prezzi sono migliori dei miei. Hanno un bar con birra artigianale alla spina."

"Potresti prendere la licenza per gli alcolici" suggerì Max.

"Il mio negozio è troppo piccolo. È già troppo pieno così

com'è." Agitai una mano. "Ma non è questo il punto. Pacifica è forte, il loro negozio è cinque volte più grande del mio. Hanno una varietà incredibile. Hanno personale cordiale e competente. Sono migliori di me. Non sarò in grado di competere con loro. Prima lo accetterò, più sarà facile."

Non cercarono di dissuadermi, e gliene fui grata. Finn alzò la mano e ordinò due shot di vodka. "Facciamo tre" disse Max. "Questo è più importante del mio allenamento."

Ci ubriacammo insieme e ci lamentammo per le sorti del mio negozio, e per il fatto che le società più grandi fanno fallire quelle più piccole. Era ciò di cui avevo davvero bisogno: crogiolarmi nei miei dolori. E a quanto pare, avere due fidanzati significa avere il doppio del sostegno.

Dopo mi accompagnarono a casa e mi rimboccarono le coperte. "Coccole!" chiesi, ubriaca. "Per sentirmi meglio ho bisogno di coccole."

Senza lamentarsi, si misero entrambi nel letto con me. Finn mi accarezzava la guancia sussurrandomi cose felici, mentre Max mi massaggiava delicatamente la schiena. Mi addormentai sotto il tocco delle loro mani. Fu più sensuale del sesso.

42

Brody

Sono stato il più grande idiota del mondo.

Mentre la polizia mi portava via, ripensavo a tutto quello che avevo fatto. Accettare l'incarico di venire a Denver a studiare il mercato di Pacifica Vinyl. Diventare amico di Kat in palestra. Chiederle di uscire insieme, anche dopo aver saputo che era la proprietaria di Vinyl High, e poi continuare a uscire con lei mentre stavo lavorando per Pacifica. E il modo in cui l'aveva scoperto...

Avevo un sacco di cose di cui rammaricarmi.

La polizia mi fece la foto segnaletica, mi registrò e mi mise in cella. Mi sdraiai sulla panca dura e passai la notte a fissare il soffitto. La mattina dopo la polizia mi informò che non c'erano prove che fossi entrato per rubare qualcosa di valore. Questo mi fece ben sperare, ma poi mi spiegarono che ero accusato di effrazione, cioè che ero entrato illegalmente in una proprietà privata, ma le motivazioni erano da chiarire.

Poi fui rilasciato su cauzione. Recuperai i miei effetti personali, mi rimisi i vestiti civili e chiamai un Uber per tornare a casa.

Mi feci una doccia che mi tolse la puzza della prigione, ma non giovò al mio senso di colpa. Poi mi sedetti al computer e iniziai a inserire dei numeri in un foglio di calcolo. Forse non avevo prelevato dal negozio di Kat tutti i dati, ma ne avevo abbastanza per ciò che dovevo fare.

Mentre controllavo i numeri, mi sentivo perso, come se fossi stato staccato dalla realtà, sospeso nell'esistenza senza meta. Chi ero? Una persona che lasciava fallire una ragazza a cui teneva, solo perché era il mio lavoro?

Spero che Katherine possa perdonarmi, pensai, e premetti Invio sull'e-mail. Poi chiamai il manager della Pacifica Vinyl.

"Salve, sono Brody" dissi. "Le ho appena inviato il rapporto più recente. Dobbiamo parlarne."

43

Katherine

Proprio come avevo fatto in primavera, mi tuffai nell'esercizio per sfuggire alla triste realtà che la mia attività era destinata a fallire. A differenza della primavera, non pensavo più al concorso a punti, ma mi concentravo sul foglio di calcolo degli esercizi che Finn aggiornava continuamente. Guardavo i numeri salire man mano che diventavo più forte. Presto riuscii a fare squat con un peso maggiore del mio peso corporeo. Il mio peso diminuiva e i miei muscoli diventavano più tonici.

Correvo all'esterno, non più sul tapis roulant. Con l'aria fresca e il vento tra i capelli, era più rilassante e piacevole, anche se non guadagnavo dei punti. È una vera soddisfazione, muoversi nel mondo, piuttosto che correre sul posto. Visitai dei quartieri adiacenti che non avevo mai visto e arrivai ad apprezzare il carattere di quella zona in modo nuovo.

Ma questo mi deprimeva ancora di più, perché il negozio stava fallendo e quella non sarebbe più stata la mia zona.

Brody aveva lasciato la sua chiavetta collegata al mio computer. Quando la polizia se ne fu andata, l'aprii ed esaminai i file. Aveva copiato dati finanziari, informazioni sull'inventario e i risultati delle vendite, a cominciare dai dati risalenti a due anni prima! Tenetti la chiavetta e non la dichiarai alla polizia. Brody era accusato di effrazione e per me, andava bene.

Nelle due settimane successive, ci fu poca frequentazione nel negozio. Dopo il picco della svendita promozionale, non ci eravamo più risollevati. Paul cercava di scherzarci sopra, ma capivo che era preoccupato. Ed ero preoccupata anch'io.

Un giorno, Darryl passò dal negozio. "Ero nei paraggi. Posso offrirti il pranzo?"

Andammo in un ristorante a pochi isolati da lì. Io ordinai un'insalata e Darryl un cheeseburger. "Spero che non ti venga l'acquolina in bocca" disse.

Sorrisi. "Ho molta forza di volontà. Anche se potrei rubarti una patatina fritta, o tre."

Darryl digitò qualcosa sul suo telefono, poi lo spense e se l'infilò in tasca. "Come stai, Kat?"

"Sto bene."

Mi guardò fisso. Lo stesso sguardo che mi faceva quando eravamo bambini e gli dicevo una bugia.

"Non è facile" dissi.

"Paul mi ha detto che il negozio non sta andando molto bene."

Gemetti. "Sapevo che questo pranzo non era casuale. Avevo detto a Paul di non parlarne con nessuno..."

"Sono felice che mi abbia chiamato" rispose Darryl. "Ha detto che c'è qualcos'altro che ti preoccupa. Sei distaccata e fredda e pensa che non sia solo per le sorti del negozio. Forse è a causa dell'effrazione?"

Aggrottai le ciglia. "L'hai saputo?"

"Perché me l'ha detto Paul. Cos'è successo?"

Guardai fuori dalla vetrina. Stavo cercando di non pensare a tutti quei fatti. Darryl incrociò le braccia e aspettò con calma. Non dicemmo nulla per diversi minuti.

Io cedetti per prima e raccontai tutto al mio fratello maggiore. Dopotutto, la prima volta che Brody mi aveva chiesto di uscire, lui era presente. Gli raccontai dei nostri appuntamenti e del concorso a punti, e poi di come avevo scoperto che lavorava per Pacifica.

"Mia moglie ha detto che stavi con quell'allenatore della palestra" disse Darryl. "Quello alto. Finn."

Sospirai. "In un certo senso, ho frequentato vari ragazzi contemporaneamente. Ma questa è un'altra storia."

Darryl rise, ma in modo complice, non derisorio. "Va bene. Quindi oltre alla chiusura del negozio, hai il cuore spezzato?"

"Forse sì" ammisi. "Ma ciò che mi preoccupa di più è la chiusura del negozio. Dopo la svendita mi ero fatta delle illusioni. È stata una benedizione, ed ho guadagnato molto, ma perderemo comunque la guerra."

Mi diede una pacca sulla mano. "Mi dispiace. Hai pensato a prendere un avvocato?"

"Per cosa?"

"Beh, se Brody ha fatto irruzione nel tuo negozio per conto di Pacifica, potresti fare causa per danni a tutti e due. Penso che in Colorado le leggi sullo spionaggio societario siano piuttosto severe."

"Ci penserò" dissi, ma l'idea di andare in tribunale non mi attirava. Se la mia attività doveva fallire, preferivo dargli un taglio netto.

Con il passare del tempo, mi concentravo sempre più sugli allenamenti. A quel punto, erano l'unica cosa che andava bene nella mia vita, a parte la strana relazione con Finn e Max. La mattina mi svegliavo con la paura di andare al mio negozio, così passavo sempre più tempo in palestra.

La RMF mi aveva cambiato la vita in meglio. Ero una persona nuova. Mi allenavo quotidianamente, pianificavo i pasti e mangiavo sano anche quando avevo la tentazione di esagerare.

Ero diventata così e mi sentivo bene, nonostante tutto il resto andasse a rotoli.

Verso la fine di aprile, Max lasciò la palestra per iniziare ad allenarsi per il triathlon. Gli organizzarono una grande festa di addio, anche se il direttore della palestra non sembrava entusiasta. Era ancora arrabbiato con Max per i punti che aveva regalato a chi veniva alla mia svendita.

Una sera, mentre ero a casa sua, Max mi disse: "Stamattina ho ottenuto il mio secondo sponsor!" Eravamo a letto, mezzi vestiti, e lui aveva i capelli sudati per l'allenamento sessuale che avevamo appena fatto.

"È meraviglioso! Chi è?"

"Una nuova startup di bevande sportive. Praticamente lo stesso del Gatorade, ma più diretto ai triatleti."

"Che cosa devi fare? Indosserai il loro logo sulla divisa durante le gare?"

Grugnì. "Magari fosse solo quello. Sono anche obbligato per contratto a parlare del loro prodotto quattro volte al mese sui social media."

Risi sonoramente. "Tu? Sui social media? Almeno hai Facebook?"

"A partire dalla prossima settimana, dovrò espandere il mio pubblico." Gemette. "Le odio, quelle cose. Farò la figura dello stupido."

"Oh, chiudi il becco. Sei molto fotogenico." Gli baciai il petto nudo e mi distesi sul suo corpo. "Com'è il tuo allenamento?"

"Tre volte al giorno" rispose. "Il lunedì, mercoledì e venerdì, nuoto di mattina. Il martedì e il giovedì, faccio un allenamento Brick la mattina presto: un lungo percorso in bicicletta seguito da una breve corsa. Il sabato faccio lunghe pedalate in montagna. E la domenica delle lunghe corse. Inoltre, due giorni alla settimana sollevo pesi per mantenere la massa muscolare, e vari altri sprint e corse sparse."

"Per te, cos'è una corsa lunga?" gli chiesi.

"Trenta chilometri" rispose.

Stavo per soffocare. "È praticamente una maratona!"

"Sì."

"Max, tu sei pazzo. Lo sai?"

La sua risata gli fece vibrare il petto. "Non mi hanno ancora ricoverato. Non dirlo a nessuno che sono pazzo."

Ridacchiai e lo presi in giro, e ci addormentammo insieme.

Un pomeriggio, il proprietario del locale del negozio venne a controllare il condizionatore d'aria e a sostituire i filtri. Era un brav'uomo di nome Frank, e si era sempre occupato di tutto ciò di cui avevo bisogno nel negozio.

"Frank?" dissi mentre era sulla scala. Mentre cercavo le parole, mi so formò un nodo in gola. "Volevo avvisarla che... bch... forse il mio negozio non durerà molto."

Inspirò e smise di lavorare. "Signorina Delaney! No!"

"Temo di sì" dissi, mentre scendeva la scala. "Pacifica Vinyl mi sta uccidendo, è solo questione di tempo. Volevo avvertirla ora, in modo che non sia una sorpresa quando dovrà trovare un nuovo affittuario."

Il suo abbraccio mi sorprese. "Mi dispiace. So quanto è importante questo negozio per lei. La vita è ingiusta."

"Non fa niente. Lo sapevo già da un po'."

"È sempre stata l'affittuaria perfetta" si lamentò. "Paga l'affitto in tempo, non si lamenta mai. E mi piace che questo sia un negozio di dischi. Mi fa sentire giovane."

"Beh, ora c'è un altro negozio di dischi proprio in fondo alla strada."

"Non è la stessa cosa. Quel posto non ha carattere, soprattutto dopo tutte le ristrutturazioni che hanno fatto all'edificio."

"Lo so bene. Le manderò la comunicazione scritta che non intendo rinnovare il contratto d'affitto quando scadrà, a settembre, ma potrei andarmene anche prima. Almeno riuscirà a trovare rapidamente un nuovo affittuario."

Mi abbracciò di nuovo. "Speriamo che sia bravo come lei."

Non so perché, la sua reazione mi toccò più di chiunque altro. Mi ricordò che il negozio non stava a cuore solo ai miei amici e alla mia famiglia. Faceva parte del quartiere.

Faceva.

Ogni giorno, per andare al lavoro, passavo davanti a Pacifica. Avrei potuto passare dall'altra parte per arrivare al mio negozio, ma mi obbligavo a passarci davanti, per vedere come stavano andando. Avevano sempre molta clientela, che fosse una mattina feriale o un sabato sera.

Con il passare del tempo, accettai a malincuore la sconfitta. Ormai era una certezza, era solo questione di tempo. Probabilmente avrei tenuto aperto il negozio per un altro mese o due, per avere i dati finanziari di un trimestre completo come base per la mia decisione, ma ormai era inevitabile.

Diedi la notizia a Paul. Mi abbracciò forte e pianse anche un po'. Era più triste per me che per la perdita del suo lavoro.

"Puoi lavorare per Pacifica" gli dissi gentilmente. "Hai molta esperienza."

"Neanche per sogno!" disse con fervore. "Non andrò mai al lato oscuro."

"Per quanto sia felice di sentirti così leale, sarebbe una decisione intelligente. Questa è la tua passione, Paul. Non dovresti rinunciarci solo perché Pacifica mi ha fatto fallire." Gli diedi una pacca sulla spalla. "Anche se, forse, loro non saranno così indulgenti sul fatto che fumi l'erba."

"Mi rovinerebbero completamente l'atmosfera" mormorò, ma vidi che ci stava già pensando.

Informai anche Finn, mentre bevevamo un frullato al Nutrition Bar della palestra. "Che brutto, Kat. Mi dispiace."

"Grazie. Se conosci qualcuno che assume, presto inizierò a

cercarmi un lavoro."

Gli si illuminarono gli occhi. "Che ne dici di lavorare qui?"

Mi misi a ridere. "Cosa farei, venderei frullati? O starei alla reception?"

"Potresti diventare una personal trainer" rispose lui. "La RMF ha un programma di formazione per ottenere il certificato. Ti pagherebbero per fare quello che stai già facendo: stare in palestra tutto il giorno. L'unica differenza è che di tanto in tanto dovresti aiutare qualche iscritto a non rimanere schiacciato nello squat rack."

Guardai il mio frullato. "Sai, non è una cattiva idea."

"Certo che è buona."

Ci pensai per qualche giorno. Più mi girava nella testa, più diventava attraente. La Rocky Mountain Fitness pagava i personal trainer venti dollari l'ora, più i benefit. Eppure, per quanto sembrasse interessante, mi rattristava il pensiero di non gestire più un negozio di dischi. Sarei sopravvissuta, ma sarebbe stato un fallimento.

E poi un giorno, passai davanti a Pacifica e le luci erano spente. Il cartello sulla porta era girato:

CHIUSO

Mi fermai un attimo. Erano le otto e un quarto: avrebbero dovuto essere già aperti. Forse il direttore era in ritardo o qualcosa del genere.

Fu allora che mi resi conto che qualcuno mi stava aspettando fuori dal mio negozio. Lo riconobbi immediatamente. Aveva i capelli biondi perfettamente pettinati sul suo bel viso e i suoi occhi blu mi guardarono mentre mi avvicinavo. Teneva in mano un passamontagna con i disegni di tazze di cioccolata calda e marshmallow, e aveva un sorriso dispiaciuto.

"Posso spiegarti" disse Brody dolcemente, "ma solo se prometti di ascoltarmi."

44

Katherine

Non sapevo cosa dirgli. Avevo immaginato quel momento per settimane, fantasticando sul modo migliore di attaccarlo con la perfetta frase arguta sul suo tradimento.

Ma in quel momento, aprii istintivamente il negozio e gli tenni la porta aperta.

"Non dovrei nemmeno farti entrare" dissi seccamente.

"Me lo meriterei" rispose lui, mentre entrava. "Ma dovresti ascoltare quello che devo dirti."

"Ne dubito."

"Si tratta della chiusura di Pacifica."

Sbattei gli occhi. "Ti sto ascoltando."

Si tolse la giacca e la gettò sul bancone. Si grattò goffamente la nuca, come se all'improvviso non sapesse cosa dire. Rimasi a distanza di sicurezza con le braccia incrociate, in attesa.

Alla fine disse: "Tutto quello di cui mi hai accusato, è vero."
"L'azienda per cui lavoro è stata incaricata da Pacifica di studiare l'area di Denver, per istallare un nuovo negozio. Magnolia Street è una delle zone di crescita più rapida, quindi è una posizione ideale. Nel mio

rapporto iniziale, a novembre, gli ho riferito questo."

"Era ideale anche se c'è già Vinyl High?" chiesi scetticamente.

"Soprattutto per questo" insistette. "Hai mai notato che Home Depot e Lowe's sono sempre uno accanto all'altro? È perché scelgono la posizione in base alla domanda e alla demografia, non alla presenza della concorrenza. Il tuo successo è la prova che in questa zona c'è una domanda di dischi d'epoca. Sulla base dei dati che ho fornito a Pacifica, nel peggiore dei casi sarebbero riusciti a coesistere con te. Nel migliore, ti avrebbero costretto a chiudere."

"E credi che mi faccia piacere ascoltare questo? Arriva al punto, Brody, o chiamo la polizia."

Agitò una mano. "Non sono stato incaricato solo di fornire i dati per l'apertura del negozio. Ho analizzato i dati del mercato e delle vendite di Pacifica dopo il lancio, per valutare se la decisione fosse stata buona. Ho confrontato le vendite di Pacifica con le loro proiezioni, e con le tue vendite stimate, per poi fare una proiezione per la crescita futura. Ecco perché il mio contratto arriva fino all'estate."

"Ti dedichi molto coscienziosamente al tuo mestiere, se sei entrato illegalmente nel mio negozio per rubarmi i dati delle vendite" mormorai.

"È quello che volevo dirti" insistette. "Quello che stavo cercando di fare..."

Finn entrò dalla porta con due tazze di caffè del bar in fondo alla strada. "Ehi, tesoro, hai visto che Pacifica è..."

Quando vide con chi stavo parlando si bloccò e lasciò cadere le tazze di caffè. Prima che toccassero il pavimento, l'aveva già afferrato per il collo e l'aveva spinto contro il muro. Con la sua enorme mano, sollevò l'uomo più piccolo da terra di cinque centimetri. Brody fece un rumore di soffocamento.

"Ho detto a Kat che se ti avessi rivisto..." ringhiò.

Mi risvegliai dallo shock. "Finn! Fermati! Stavamo solo parlando!"

Finn mi guardò, sempre tenendo Brody sospeso. "Parlavate?"

"Sta confessando tutto. Mettilo giù! Ti prego!"

Finn esitò, poi lasciò cadere Brody, che si accovacciò a terra e tossì, stringendosi il collo.

"E ti ho anche allenato" ringhiò Finn. "E mi eri pure simpatico. Hai cinque minuti per finire di dire le tue bugie, e poi ti butto fuori, sotto le macchine."

Brody annuì vigorosamente e si alzò in piedi.

"Cazzo, il caffè." Finn corse nella stanza sul retro a prendere uno straccio per ripulire il casino che aveva fatto.

Brody ricominciò a parlare con voce stridula, poi ritrovò il suo tono normale. "Come ti dicevo, stavo raccogliendo dati dal tuo negozio per mostrarli al manager di Pacifica."

"Non ti conviene dirlo" disse Finn, impassibile.

Brody gli lanciò un'occhiataccia. "Ho mostrato dei dati al manager di Pacifica per convincerlo che l'apertura del nuovo negozio è stata un errore!"

"Aspetta. Davvero?" chiesi.

"Ho lavorato a stretto contatto con il manager" spiegò Brody. "Avrebbe voluto aprire in modo permanente, ma prima stava aspettando di vedere come andava il negozio nei primi tempi. Gli ho mostrato i tuoi dati e li ho proiettati. Lui ha convocato un incontro con tutti i pezzi grossi di Pacifica. Fin dall'apertura, il nuovo negozio ha fatto margini sottili. Hanno venduto a prezzi più bassi per cercare di farti concorrenza e guadagnare quote di mercato."

"E sta funzionando" dissi. "Le mie vendite sono terribili da quando ha aperto Pacifica. Sono in una spirale discendente, mentre Pacifica è sempre pieno."

Brody scosse la testa, facendo ondeggiare i capelli biondi. "Il piano era di abbassare i prezzi per uno o due mesi, poi aumentarli lentamente fino al livello normale. Ma confrontando i tuoi dati coi loro, sono riuscito a convincerli che non stanno guadagnando quote di mercato abbastanza velocemente. perché la tua clientela è troppo fedele. Le mie proiezioni hanno mostrato che dovrebbero vendere in perdita per oltre due anni, prima di iniziare a fare profitti."

"Ma... i dati non dicono quello" sostenni. "Sono in difficoltà. Inoltre, ti hanno arrestato prima che potessi raccogliere tutti i dati. Ho la tua chiavetta USB nella scrivania."

Lui sorrise debolmente. "Beh, ho inventato alcuni dati molto favorevoli a te, quando era necessario. E ha funzionato."

"Che vuol dire che ha funzionato?" chiese Finn.

Brody rise e indicò. "Hai visto Pacifica? Stanno chiudendo!"

Un formicolio mi pervase la schiena. *Non è possibile. Non può essere vero!*

"Non ha senso" gli dissi. "Sono appena arrivati! Ci hanno messo mesi a ristrutturare quell'angolo dell'edificio..."

"L'edificio non è di loro proprietà" rispose subito Brody. "Sono in affitto. E in questo momento, stanno trattando coi proprietari dell'edificio per rompere il contratto. Perderanno un bel po' di soldi per interrompere il contratto prima dei termini, ma è meglio che avere un negozio in perdita per vari anni."

Brody fece un passo verso di me. Io avevo troppa paura, per muovermi. Avevo paura che fosse tutto uno scherzo.

"Kat, è vero. Pacifica sta chiudendo il negozio. È finita." Indicò attorno a sé. "Vinyl High è salvo!"

Avrei voluto abbracciarlo, ma ero molto consapevole che Finn era lì, con le mani ancora strette a pugn0.

"Perché dovrebbero credere ai tuoi dati?" gli chiesi. "Soprattutto dal momento che contraddicono i dati che li hanno convinti ad aprire."

Scrollò le spalle. "I dati sono stati convincenti. E a quanto pare, la tua grande svendita promozionale li ha spaventati."

Finn mi diede scherzosamente una pacca sulla spalla. "Quella svendita è stata un'idea mia!" Guardò Brody come se fosse un animale selvatico di cui ancora non si fidava. "Si sono incazzati con te per aver cambiato idea?"

"Un po'" rispose Brody. "Mi hanno licenziato."

"Cosa?" chiesi.

"Hanno preso come scusa il mio arresto, ma la vera ragione è che ho sbagliato l'analisi di Pacifica. Un tale errore mette in cattiva luce la società di marketing, e io ero il miglior capro espiatorio."

Mi si formò un nodo in gola che mi rese difficile parlare. "Non posso credere che tu l'abbia fatto per me."

"È perché... ci tengo a te." Si fermò e scosse la testa. "Ma no, non è vero. Non solo ci tengo a te. Sono innamorato di te, Kat. È innegabile come i calcoli su un foglio di calcolo. In effetti, non ho mai incontrato nessuna donna come te. Sono stato subito attratto da te, dal momento in cui ti ho vista in palestra, il tuo primo giorno. Il fatto che Pacifica si preparava ad aprire, mi distruggeva. Volevo trovare il modo giusto per dirti la verità, ma ero terrorizzato all'idea che saresti scappata. E poi l'hai scoperto da sola, ed era troppo tardi. Avevo perso quello che poteva essere l'amore della mia vita. So che sembra molto drammatico, ma è vero."

Improvvisamente si ricordò della presenza di Finn e sbatté le palpebre come se si fosse reso conto di qualcosa. "Voi due... state insieme?"

"Cazzo, sì" disse Finn.

Annuii mestamente. "Sì."

Reagì alla notizia come se avesse ricevuto un pugno allo stomaco, ma poi cercò di sorridere debolmente. "Beh, suppongo di aver perso la mia occasione. Comunque, dovevo sistemare le cose con te. So che forse non ti interesserai mai più a me, posso accettarlo, ma spero che un giorno tu possa perdonarmi."

Si fece avanti e mi baciò sulla guancia. Un bacio educato e rispettoso.

Un bacio d'addio.

"Pensaci. Ti lascio un po' di spazio per digerire tutto. E se non ci riuscirai mai... va bene lo stesso." Fece un gesto attorno a sé. "Spero che Vinyl High vada a gonfie vele per molto tempo. Te lo meriti. Addio, Kat."

Brody prese la sua giacca, fece un cenno a Finn e uscì dalla porta.

Finn lo fissò, confuso. "Che cazzo è successo?"

45

Katherine

Anche dopo aver digerito la notizia, non mi sembrava reale. Mi aspettavo di svegliarmi dal sogno e di tornare dove ero prima, con Pacifica Vinyl dall'altra parte della strada, aperto e affollato.

Ma poi, vari clienti di Pacifica entrarono nel mio negozio. Molti di quei clienti non li avevo mai visti, ed esploravano il mio negozio con interesse. "Questo negozio ha più carattere dell'altro" disse uno al suo amico.

Dopo un'ora, arrivò Paul. "Ehi, signora capo. Che sta succedendo da Pacifica? Stanno ristrutturando o qualcosa del genere?"

Gli raccontai cos'era successo. Quasi non mi credeva, e poi iniziò a esultare così forte che tutti i clienti lo guardarono. Un fattone paffutello che cercava di twerkare, era una bella scena.

Alla fine, il suo entusiasmo mi contagiò.

Ci fu un buon afflusso di clienti per tutta giornata, e anche il giorno dopo. Divenne presto chiaro che non solo sarei sopravvissuta, ma avrei prosperato.

E dovevo tutto a Brody.

Nei prossimi giorni pensai spesso a lui. Mi diede il mio spazio, come aveva promesso, ma quasi desideravo che mi scrivesse, che facesse il primo passo.

Ci tenevo ancora molto a lui. È difficile cancellare una relazione, dopo essere stati insieme per diversi mesi. Per me, non era mai finita veramente. Quindi, il fatto che tutto fosse improvvisamente cambiato di nuovo...

Non riuscivo a scrollarmi di dosso la sensazione che mi aveva tradito. Aveva avuto centinaia di possibilità di dirmi la verità sul suo lavoro, ma l'aveva tenuto nascosto. Quella ferita era ancora fresca, e ogni volta che ci pensavo, mi bruciava. Se mi aveva tenuto nascosto quello, cos'altro avrebbe nascosto? Avrei mai potuto fidarmi di una persona del genere?

Come dovevo sentirmi?

In palestra, Finn mi chiese come stavo, ed evitai l'argomento. Lui mi rispettò e non indagò oltre. Eppure, vedevo sul suo viso che si stava chiedendo cosa pensassi. Si chiedeva cosa avrei fatto.

Quella sera vidi Max, che fu molto più schietto.

"È normale essere confusi" mi disse. "Convincere Pacifica a chiudere è stato un bel modo per tornare nelle tue grazie. Non è necessario che tu prenda una decisione proprio adesso. Concediti un po' di tempo."

L'opinione di Paul fu molto più di parte. "Signora capo, quel Brody si è comportato come un agente segreto! Un James Bond. Ha distrutto Pacifica dall'interno. C'è voluto un sacco di coraggio. Dovresti perdonarlo. Puoi ricominciare a uscire con lui."

Sarebbe stato semplice, tranne per il fatto che mi vedevo anche con Finn e Max. Ma Paul ancora non lo sapeva, esattamente, e non ero pronta a dirglielo.

Nel corso della settimana, pranzai di nuovo con mio fratello. Gli dissi tutto di Brody, e perché mi sentivo così indecisa. "Non so se riesco a superare quello che ha fatto" dissi. "Certo, alla fine ha fatto la cosa giusta, ma questo non cancella il fatto che mi ha nascosto la verità."

Darryl annuiva, mentre mangiava le patatine.

"Sei molto silenzioso" dissi. "Io parlo da dieci minuti e tu hai detto solo due o tre parole."

"Non so se ti piacerà quello che ho da dire" disse piano.

"Dimmelo. Sono aperta a qualsiasi suggerimento e opinione."

Mangiò altre due patatine, poi parlò. Quando iniziò, fissò il suo piatto senza guardarmi negli occhi. "Sono andato a trovare l'uomo che ha ucciso mamma e papà."

Sentii il corpo irrigidirsi. "Cosa?"

"È successo quattro anni fa, circa un anno dopo l'incidente" continuò, studiando ancora il suo piatto. "Quel pensiero mi stava torturando e il mio psicanalista mi ha detto che forse avevo bisogno di una conclusione. Quindi sono andato alla prigione di Arrowhead. È a un'ora a sud di qui."

Sentendo quella notizia, mi arrabbiai. "Perché non me l'hai detto?"

"Non l'ho detto a nessuno, neanche a mia moglie. Ci sono andato con l'intenzione di urlargli che aveva rovinato la mia vita e la tua. Volevo il confronto, capisci?"

Lo sapevo. Avevo fantasticato di fare la stessa cosa, a quell'autista ubriaco che si era schiantato contro l'auto dei miei genitori, uccidendoli, quella notte di Capodanno di molto tempo fa.

Darryl alzò lo sguardo su di me, poi guardò di nuovo giù. "Mi hanno portato dentro. Mi hanno perquisito completamente per vedere se non portavo qualcosa di contrabbando. Poi mi hanno fatto sedere in una grande stanza vuota, ad aspettare. Dieci minuti dopo, è entrato. Era molto più mal messo di quando l'avevo visto nell'aula del tribunale. Barba ispida, capelli lunghi. Era come se avesse smesso di curarsi. Non sapeva chi era venuto a trovarlo, perché quando è entrato era contento, finché non mi ha visto. Allora è sembrato terrorizzato. Si è seduto di fronte a me, tenendosi più lontano possibile, come se fossi un serpente che stava per morderlo."

Ingoiai la bile che mi stava salendo in gola. "E poi?"

Darryl sospirò. "Mi ha raccontato la sua storia. Era la stessa che abbiamo sentito in tribunale, durante la sentenza. Aveva appena perso il lavoro, quindi era uscito per ubriacarsi. Non ricordava niente, ma non avrebbe mai voluto farlo."

"E mi sono reso conto" disse pesantemente, "che la rabbia verso di lui, anche se giustificata, non serviva a niente. Mi stava divorando dall'interno. Anche se avessi urlato all'uomo che ha ucciso i nostri genitori, non mi sarei sentito meglio, e di sicuro non li avrebbe riportati indietro. Così l'ho perdonato."

"Cosa hai fatto?"

"In un certo senso, mi è uscito spontaneamente" spiegò. "Gli ho detto che non avrei mai dimenticato quello che aveva fatto, ma l'ho perdonato. E sai, Kat, è stato come togliermi un peso dalle spalle. Per la prima volta dalla morte di mamma e papà, ho potuto ricominciare a respirare. L'ho perdonato, lui mi ha ringraziato con le lacrime agli occhi, e quando sono uscito da quel carcere mi sentivo un uomo nuovo."

Sentii le lacrime accumularsi agli angoli degli occhi. Le trattenni, e chiesi a mio fratello: "Perché mi stai raccontando questo?"

Allungò la mano sul tavolo e prese la mia. "La gente commette degli errori. A volte la cosa migliore è andare avanti, continuare a vivere la tua vita, finché puoi. Siamo fortunati di poterlo fare, Kat. Non serve a niente continuare a pensare al passato. Fa solo male."

Annuii e mi asciugai le lacrime. Se Darryl poteva perdonare quell'uomo, allora io potevo perdonare Brody.

Quel fine settimana, mi presi il giorno libero dal lavoro e andai a fare un'escursione da sola. Andai verso le montagne e parcheggiai nello stesso posto dove aveva parcheggiato Brody per il nostro primo appuntamento. Ora che il tempo era bello, era più affollato, ma non mi dava fastidio. Salii tranquillamente la montagna, sorridendo a tutti quelli che incontravo.

Quando arrivai al punto dove Brody mi aveva sorpreso con il

picnic, mi sedetti e tirai fuori un panino dallo zaino. La cascata non era più ghiacciata; scorreva regolarmente giù dal cornicione con un rumore di fondo costante. Mangiai il mio panino osservando le acque scroscianti, e ammirai l'arcobaleno che si formava nella nebbia.

Forse c'era una metafora. Forse una cascata ghiacciata è più tranquilla, ma è normale che scorra. È meglio quando le cose si muovono. Una volta superato il bordo, nessuna goccia d'acqua ha dei ripensamenti su come è arrivata fino lì.

Era passato abbastanza tempo. Ero pronta ad andare avanti e smettere di guardare al passato.

Tirai fuori il telefono per mandare un messaggio a Brody, ma c'era già un messaggio che mi aspettava. Un messaggio di gruppo, inviato a me, Max e Brody.

Finn: Dobbiamo parlare tutti e quattro insieme.

46

Finn

Max sbatté le palpebre. "Sei sicuro, amico?"

"Sicurissimo." Mi riempii i polmoni dell'aria fresca di primavera ed espirai. "Non sono mai stato più sicuro in vita mia."

Stavamo aspettando fuori da Vinyl High. L'impiegato di Kat, lo sballato con gli occhi sempre iniettati di sangue, uscì e ci disse che Kat si era presa il giorno libero. Quando gli dicemmo che l'avremmo aspettata, sbatté le palpebre come se avesse pensato che fossimo della narcotici, e tornò dentro. Da allora, non aveva smesso di fissarci dalla vetrina.

"Inoltre" aggiunsi, "potrebbe anche non accettare. Potrebbe scappare più veloce di Usain Bolt. Ma almeno noi faremo la figura dei buoni, perché abbiamo fatto l'offerta."

Max socchiuse gli occhi. "Vuoi fare questa offerta perché è quello che vuoi, o perché vuoi fare bella figura?"

"Entrambe" dissi. "Perché non possono essere entrambe le cose?"

Rise e scosse la testa. "Tu sei pazzo, amico."

Tra Finn e me c'era un ottimo rapporto. Stranamente, il fatto di dividere una donna non ci aveva fatto allontanare per la gelosia. Anzi, ci aveva avvicinati. Eravamo diventati quasi come fratelli.

E come fratelli, ci dicevamo un sacco di cazzate.

Max mi diede un colpetto nel petto. "Tra cinque mesi, quando Kat deciderà che ama Brody più di noi due, darò la colpa a te."

"Va bene. Ma è un rischio che dobbiamo correre, soprattutto perché è l'unico modo per fare veramente felice Kat."

L'atteggiamento provocante di Max scomparve. "Sì. Sono d'accordo, anche se adesso non sembro felice." Scosse la testa. "Eccolo."

Mi voltai. Brody stava arrivando sul marciapiede, con le mani in tasca. Quando mi vide rallentò.

"Non vuoi strozzarmi, vero?"

Gli diedi una pacca sulla spalla così forte che barcollò di lato. "Rilassati, amico. Ti sei riscattato con la storia di Pacifica."

Sbatté le palpebre. "Stai cercando di farmi abbassare la guardia..."

"Sta' tranquillo, fidati" disse Max. "Smetti di tremare!"

Feci sparire il sorriso dal mio viso. "Ma se fai di nuovo soffrire Kat in quel modo... avrai più di una frattura da stress. Te lo prometto."

Brody annuì. "Mi avete invitato qui per minacciarmi, o c'è un altro scopo?"

"Vogliamo proporti una cosa" risposi. "Un accordo che farà contenti tutti. Soprattutto Kat."

"Per lei, qualsiasi cosa" disse lui. "Cos'è?"

A quel punto, arrivò Katherine.

47

Katherine

Fu strano, vederli tutti e tre insieme. Gli uomini con cui ero andata a letto, dall'inizio dell'anno. Gli uomini coi quali ero stata, contemporaneamente.

Gli uomini di cui ero innamorata.

Brody accennò un sorriso. "Che bello vederti, Kat."

In presenza di tutti e tre mi sentii a disagio, non sapevo come comportarmi. "Andiamo dentro."

Paul stava incassando una vendita e nel negozio non c'era nessun altro. Appena quel cliente uscì, dissi a Paul: "Puoi fare una pausa sigaretta. Ci sto io per un quarto d'ora."

Guardò gli uomini vicino a me, decise che non voleva saperne niente, ed uscì. Chiusi la porta dietro di lui e misi il cartello CHIUSO. Volevo un po' di privacy, per quella conversazione.

"Allora?" chiesi. "Di cosa volevate parlarmi?"

Sospettavo di sapere la risposta. Finn e Max sapevano che provavo qualcosa per Brody. Non erano contenti del fatto che fossi confusa riguardo i miei sentimenti e volevamo costringermi a scegliere, in quel momento.

Mi ero preparata a quel discorso, durante il percorso in macchina. Almeno avevo provato a prepararmi, ma ancora non sapevo cosa avrei fatto. Come avrei potuto scegliere tra la relazione con Max, con Finn e con Brody?

Forse ci avrei visto più chiaro sul momento.

Finn incrociò le enormi braccia e ci guardò. "Max e io abbiamo parlato."

Oh, oh. Prepariamoci.

"Vogliamo suggerire che Brody si unisca al nostro gruppo."

Feci un piccolo salto. "Si unisce a cosa? Oh! Aspetta, sul serio?"

"Quale gruppo?" chiese Brody, confuso.

Finn non lo ascoltò e si diresse a me. "È chiaro che provi qualcosa per lui. È una settimana che sei distante e cerchi di fare chiarezza. Io e Max ti abbiamo dato spazio, ma..."

"È dura vederti così" aggiunse Max.

"Se rimani solo con me e Max, probabilmente te ne pentirai. Ti chiederai sempre se hai preso la decisione giusta. Potresti anche considerarci responsabili per questo, e forse la nostra relazione esploderà, quando non potrai più sopportarla. Ma noi non vogliamo che succeda questo."

Brody era a bocca aperta. "Voi due? La state frequentando entrambi?"

"La dividiamo" disse Max senza scomporsi. "Cerchiamo di essere all'altezza."

Finn mi abbracciò. Come sempre, mi sentii calda e sicura nel suo abbraccio. "Vogliamo che tu sia felice. Questa è la cosa più importante. E conosciamo già Brody, e ci piace. Almeno, ci piace di nuovo, ora che si è riscattato."

Max diede una pacca sulla spalla a Brody. "Hai fatto un bel colpo."

"Questa è la nostra proposta" disse Finn alla fine. "Non c'è molta differenza tra due ragazzi, e tre. È meglio che costringerti a prendere una decisione ora, che è chiaramente quello che sta per succedere."

"Cosa ne pensi?" chiese Max.

Non ci potevo credere. Mi volevano dare esattamente quello che volevo. Avrei potuto stare con tutti e tre allo stesso tempo. Non avrei dovuto scegliere.

Ma Brody sembrava confuso, come se avesse mal di stomaco.

"A me piace" dissi, "ma anche Brody che deve decidere se..."

"Ci sto!" disse senza esitazione.

Mi sorpresi. "Non vuoi pensarci un po' su?"

Mi prese la mano tra le sue e sorrise felice. "Sono settimane che penso a te, e nient'altro che a te. Temevo di averti persa per sempre, Kat. Voglio stare con te in ogni modo possibile... anche se significa dividerti con questi due."

"Veramente è piuttosto bello" disse Finn. "Dobbiamo solo fare metà del lavoro per soddisfarla."

"Presto sarà un terzo del lavoro" intervenne Max. "Tanto meglio, visto che il mio allenamento diventerà più intenso."

Lo guardai con gli occhi socchiusi. "Sembra che io sia un lavoro da dividersi."

"Le relazioni richiedono un sacco di impegno" rispose semplicemente. "Più siamo, più sarà facile soddisfarti."

Finn allungò una mano. "Sei sicuro di voler accettare?"

Brody gli strinse la mano. "Non sono mai stato più sicuro in vita mia."

Poi Max gli strinse la mano e si abbracciarono tutti e tre. Finn gli diede una pacca sulla spalla e rise profondamente. Io li guardavo, stordita.

"Purché siamo tutti a nostro agio" dissi. "Altrimenti, potremo cambiare l'accordo."

Max alzò un sopracciglio. "Ci stai già ripensando?"

"No! Voglio solo essere sicura che voi tre non siate in imbarazzo!"

"Non preoccuparti per noi, piccola" rispose Finn. "Siamo noi i fortunati."

Per qualche motivo, ne dubitavo: se c'era una fortunata, ero io. Ma non avevo intenzione di correggerlo.

Brody aggrottò la fronte. "Come faremo a decidere chi sta con Kat in quale giorno? C'è un modulo di iscrizione, come per le lezioni di spinning di Max?"

"Usiamo il sistema creato da Lord Xavier Dibs, nell'Inghilterra vittoriana" disse Max.

Lo guardammo tutti, confusi.

Le labbra di Max si contrassero in un sorriso. "Per esempio, per prenotare la cena con Kat, io dico Dibs sulla cena!"

Finn sbatté le palpebre. "Penso che questa storia di Lord Dibs te la sei inventata."

Max sogghignò. "Sei intelligente, lo sai?"

"Non vorrei contraddire il sistema di Lord Dibs, ma che ne dite di cenare tutti insieme, stasera?"

"La cena di gruppo è una bella idea" disse Brody. "Ho un sacco di domande da farvi su questo."

Finn diede una pacca sulla spalla a Max. "Spiacente, fratello. La tua prenotazione è stata annullata."

Qualcuno bussò alla porta. "Siamo chiusi per una riunione dei dipendenti" dissi. Poi apparve una faccia nella vetrina e vidi che era Frank, il proprietario del locale.

Aprii rapidamente la porta. "Frank! Sono felice sia venuto."

"Riunione dei dipendenti?" guardò i tre uomini. "Pensavo che Paul fosse il suo unico dipendente."

"Non fa niente" dissi con un sorriso. "Ho delle notizie bellissime. Pacifica Vinyl sta chiudendo! E io non ho nessuna intenzione di fallire!"

Mi aspettavo che saltasse di gioia, invece il suo viso rugoso perse il colore. "Oh... oh no."

"Cosa c'è che non va?"

Si strinse le mani. "Signorina Delaney, mi ha detto che potevo cercare un nuovo affittuario..."

Rimasi senza fiato. "No! Sono passati solo pochi giorni!"

"Ho trovato qualcuno! Una tavola calda. Abbiamo firmato i documenti stamattina. Stavo venendo a dirglielo!"

Mi sembrò di incassare un pugno nello stomaco. Pacifica stava chiudendo, il mio negozio era salvo... e ora, improvvisamente avevo perso il contratto di affitto.

"Forse puoi rilevare il contratto d'affitto dell'altra società?" suggerì Max.

Guardai Frank, lui sussultò. "Potrebbe essere costoso. Le acquisizioni di solito sono care. E questa tavola calda vuole proprio trasferirsi a Magnolia Street."

"Allora noi ci trasferiremo in un altro posto" disse Finn. "Noi possiamo aiutarti. Troverai un nuovo locale."

Mi appoggiai al muro. Mi girava la testa. "Non sarà una posizione bella come Magnolia Street. E anche se lo fosse, perderei un sacco di vendite nel trasloco, e ci vorranno mesi per abituare i clienti ad andare alla nuova sede. O potrei anche perderli definitivamente."

"Signorina Delaney, mi dispiace tanto" gemette Frank. "Se avessi saputo che le cose erano cambiate, non avrei firmato..."

Brody mi massaggiò la schiena e sorrise. "Conosco un posto dove cercano un nuovo affittuario."

Epilogo

Katherine
Cinque Mesi Dopo

C'erano cinque tapis roulant in fila, tutti occupati. Lanciai un'occhiata all'orologio e dissi ad alta voce:

"Mancano dieci minuti alla fine della corsa di beneficenza!"

Si alzarono grida di incoraggiamento da tutto il negozio. Non solo dagli spettatori nella sala principale dove si trovavano i tapis roulant, ma anche dal bar. Applaudirono anche i clienti che erano lì a curiosare e non sapevano cosa fosse la corsa di beneficenza.

Mi guardai intorno con orgoglio nel negozio di Vinyl High Record. Trasferirmi nel locale di Pacifica era stata la cosa migliore che potessi fare. L'affitto era economico perché il proprietario dell'edificio doveva disperatamente affittarlo, e avevo molto più spazio! Quattro volte più metri quadrati significava quattro volte più inventario. I clienti trovavano sempre quello che cercavano, al contrario del vecchio negozio dove dovevo ordinare i dischi su richiesta. Copiammo le strategie commerciali di Pacifica e richiedemmo la licenza per vendere alcolici al bar. Avevamo contratti di distribuzione con dei birrifici artigianali locali che erano contenti di vendere la loro birra da noi. Ora, le vendite di alcolici rappresentavano il cinque per cento delle entrate totali, oltre ad attirare più clientela per i dischi.

Inoltre, essendo situati all'angolo, eravamo visibili da due strade e ricevevamo molti più clienti di passaggio che nel vecchio locale. Avevamo aperto solo da un mese, ma facevamo già il doppio dei profitti. A volte mi sembrava così irreale che temevo di svegliarmi da quel sogno.

Arrivò Finn e mi abbracciò. "Te l'avevo detto che la corsa di beneficenza avrebbe avuto un successo enorme."

"Avevi ragione" ammisi.

L'idea di sponsorizzare una corsa di beneficenza nel mio negozio era stata di Finn. Era sponsorizzata dalla Rocky Mountain Fitness, per promuovere entrambe le nostre attività. I corridori potevano iscriversi per un determinato orario sui tapis roulant, e raccoglievano le donazioni mentre correvano. Il denaro andava a un ospedale pediatrico locale. I partecipanti che raccoglievano più soldi vincevano un anno di iscrizione alla RMF, e il mio negozio riceveva molta pubblicità. Non avevo ancora guardato i numeri, ma era chiaro che avevamo venduto molto di più, durante quel fine settimana.

"Sto solo dicendo che sono pieno di buone idee" disse Finn compiaciuto. "Dovresti ascoltare più me che Max."

"Lo so."

"Max voleva fare una gara all'aperto" si lamentò Finn. "Così non sarebbe entrato nessuno nel tuo negozio. Che scemo."

"Okay, okay, ammetto che hai le idee migliori." Mi avvicinai per baciarlo sulla guancia. "Grazie per il suggerimento. È stato un successo strepitoso. Meglio di qualsiasi idea di Max."

Il complimento lo fece sorridere ampiamente.

Quando mancavano gli ultimi dieci secondi alla fine, tutti i presenti nel negozio iniziarono a contare alla rovescia. Arrivati a zero, tutti gridarono e applaudirono. Paul accese e spense le luci del locale e dagli altoparlanti diffondemmo Rock You Like A Hurricane, degli Scorpions.

Io annunciai: "Tutti i concorrenti, possono andare al bar per un drink celebrativo. Due drink gratis per tutti. Avete bisogno di quelle calorie!"

Finn e altri due dipendenti della RMF iniziarono a smontare i tapis roulant e a riportarli alla palestra. Mentre se ne stavano andando, Max arrivò in sella alla sua bici da triathlon. La appoggiò al muro, si tolse il casco ed entrò. Era sexy, coi pantaloncini stretti e la maglia da ciclismo aperta fino a metà del petto. Aveva i capelli castano oro umidi per il sudore, ma non sembrava stanco.

"Dannazione, mi sono perso la fine? Quanto hai raccolto?"

"Ventiduemila!"

Gli si illuminò il viso. "È il doppio del tuo obiettivo!"

"Lo so! È incredibile. Com'è andato il tuo ultimo percorso, prima di Kona?" gli chiesi.

Mi posò un bacio sulle labbra. Aveva un sapore salato e caldo. "Novanta chilometri facili in montagna."

Risi. "Oh, tutto qui?"

"È andata bene. Mi sento benissimo. Sono pronto a rompere il culo a tutti, la prossima settimana. Tu hai fatto i bagagli?"

"Certo."

Un'ora dopo, chiusi il negozio. "Sei sicuro di riuscire a gestire tutto per una settimana?" chiesi a Paul.

"Andiamo, signora capo. Non essere così preoccupata. Non è la prima volta che resto da solo."

"Nel vecchio negozio. Ma il nuovo è più complicato."

Oltre a noi due, Vinyl High ora contava sei dipendenti a tempo pieno. E un negozio più grande significava consegne più grandi, più articoli da riordinare e tutti i compiti da svolgere per il bar.

Paul annuì fiducioso. "Fidati di me, ci penso io. Vai a divertirti in vacanza con i tuoi fidanzati." Mi fece l'occhiolino.

Alzai gli occhi al cielo. Negli ultimi cinque mesi, era stato impossibile nascondergli che uscivo con Max, Finn e Brody, ma devo riconoscere che non mi giudicò mai. Però mi prendeva sempre in giro.

"Tienimi informata se qualcosa va storto" dissi.

Mi mostrò il pollice in su. "Ricevuto, capo."

Chiuso il negozio, tornai al mio appartamento e passai la notte a fare le valigie. Avevo mentito a Max dicendo di aver già fatto valigie, perché non sapevo cosa portare alle Hawaii! Due costumi da bagno sarebbero stati sufficienti, o dovevo portarne tre? Quanti vestiti leggeri devo portare per le cene al ristorante? Per non parlare di tutta l'attrezzatura sportiva che volevo portare.

Max venne a prendermi la mattina dopo di buon'ora. Finn e Brody erano in macchina con lui, e il bagagliaio era già pieno di valigie.

"Dov'è la tua bici?" chiesi, quando prese la mia valigia.

"L'ho spedita separatamente. C'è una società dedicata che spedisce le biciclette. Non mi fido a mandare la mia bambina con Delta, prima di questa gara!"

"L'ha chiamata ancora bambina?" chiese Finn, quando salii sul sedile anteriore.

Brody scosse la testa. "Le bici sono speciali. Non giudicarci, se siamo protettivi nei loro confronti."

Finn sbuffò. "I triatleti sono strani."

Max lo indicò nello specchietto retrovisore. "Un'altra blasfemia contro i triatleti e ti faccio scendere."

Finn alzò i palmi delle mani. "Stavo solo dicendo che i triatleti sono un tipo di atleti superiore. Sono anche intelligenti. E belli."

"Così va meglio."

I cinque mesi passati insieme erano stati meravigliosi. Nonostante l'inizio complicato, ora la nostra unione era molto forte. Stavamo anche pensando di comprare una casa e andare a vivere insieme. Brody sorvegliava il mercato immobiliare attorno a Magnolia

Street, ma non avevamo ancora trovato la casa perfetta.

"Non hai avuto problemi a prenderti un po' di ferie?" chiese Max a Brody. Era rimasto senza lavoro per tre mesi, poi aveva trovato un lavoro presso uno studio di analisi di Denver. Il lavoro gli piaceva molto... tranne il fatto di essere il nuovo arrivato.

Brody fece una smorfia. "Il capo mi ha approvato le ferie, ma sembra che dovrò lavorare un po' mentre saremo alle Hawaii."

"Se ti causa un problema..." disse Max.

Brody si schernì. "Non mi perderei mai la tua gara."

"Oohhh" l'apostrofai.

"E poi, a Kona potrò vedere dei veri professionisti in gara."

Max tossì, dal posto di guida. "Io sono un professionista."

"Oh sì, certo che lo sei." Brody e Finn si sorrisero mentre Max cercava di mantenere l'espressione seria.

Il volo fu tranquillo, ma molto lungo. Finn si addormentò sul sedile accanto a me, quindi stesi strategicamente una coperta sulle nostre ginocchia e feci scivolare la mano sulla sua coscia muscolosa fino a trovare il cazzo. Si indurì in pochi secondi, ma non si svegliò immediatamente. Lo accarezzai rapidamente attraverso i jeans, con l'intenzione di divertirmi un po' con lui. Ma poi tirò dentro il fiato e si svegliò, e sentii il suo cazzo contrarsi tra le dita.

Finn si girò verso di me con gli occhi spalancati. "Kat!"

"Ops" dissi innocentemente. "Ti ho appena toccato."

Si alzò dal suo posto, coprendosi opportunamente con la coperta, prese la sua borsa e andò in bagno a cambiarsi.

Dall'altra parte del corridoio, Max strizzò gli occhi sospettoso. Gli mandai un bacio.

Atterrammo all'aeroporto internazionale di Kona la mattina dopo. Non c'erano le ballerine hawaiane ad aspettarci come in tutti i film, ma l'autista dell'hotel ci distribuì delle ghirlande di fiori.

"Mi hanno infiorato!" disse Finn.

"Sei la prima persona a fare quella battuta" disse Brody seccamente.

"No, non è vero." Finn si rivolse all'autista. "O sì?"

L'autista sorrise educatamente. "Prego, seguitemi all'automobile..."

L'hotel distava otto chilometri da Kona, sulla Queen Ka'ahumanu Highway. Alla nostra sinistra, c'era una piccola cresta di rocce vulcaniche nere, e a destra l'ampia distesa dell'Oceano Pacifico. Nell'entroterra, circondato da nuvole e lembi di nebbia, si trovava il vulcano Hualalai. Io mi stupivo davanti a quel paesaggio come una bambina nel paese delle meraviglie.

"Il percorso in bicicletta passa di qui!" disse Max eccitato. "Andiamo a nord fino alla fine dell'isola, poi torniamo indietro."

La città di Kailua-Kona era piena di pubblicità di Ironman: il logo della M col punto era dappertutto. Quando arrivammo all'hotel, Max praticamente saltò giù dal sedile.

Vedendo la stanza, rimasi a bocca aperta. C'erano i pavimenti di marmo e tre porte che si diramavano dall'ingresso principale. "Questa è una suite?"

"Sì, non ho badato a spese" rispose Max. "Ne valeva la pena, per la nostra vacanza."

"Vuoi dire che i tuoi sponsor non ti hanno pagato la stanza?" l'apostrofò Finn. "Scommetto che i veri professionisti se la sono fatta pagare."

Max lasciò cadere la borsa e indicò. "Fuori."

"Stavo solo scherzando, amico!"

Disfacemmo frettolosamente le valige e ci mettemmo i costumi da bagno. Poi scendemmo al piano terra e uscimmo dal retro dell'hotel. A quanto pare, su quell'isola non ci sono spiagge bianche e sabbiose, ma l'hotel aveva una piscina enorme con sedie a sdraio e un bar dove il barista stava già mescolando bevande colorate.

"Va bene, la mia vacanza è iniziata" annunciai. "Se qualcuno mi cerca, sarò qui fino alla gara di sabato."

Max si diresse verso l'oceano, per andare a nuotare. Noi ci rilassammo al sole. Dopo il lungo volo, sembrava il paradiso.

E così passarono i giorni successivi. Max faceva dei percorsi in bicicletta e nuotava, per abituarsi al clima locale, mentre noi ci godevamo la vacanza. Brody dovette lavorare sul portatile per un paio d'ore al giorno, ma trovò comunque un sacco di tempo per divertirsi. Io ero fiera di non aver mai chiamato o scritto a Paul per vedere come andava il negozio.

Andavo a fare jogging ogni mattina lungo il sentiero costiero. L'aria salmastra tra i capelli e sulla pelle mi faceva sentire più viva che mai.

Banchettavamo in un ristorante diverso ogni sera. E poi, dopo cena, i ragazzi banchettavano con me.

La prima notte fu tranquilla, secondo i nostri standard. Mi coprirono di carezze e baci, e mi fecero l'amore a turno. Ma da quel momento, diventammo sempre più intraprendenti. La notte dopo, Max mi lubrificò l'ano e mi scopò da dietro, mentre gli altri due guardavano, e poi mi riempirono a turno il culo con il loro seme cremoso. La notte dopo, io cavalcai Finn sul letto mentre Brody mi scopava nel culo da dietro. Mi offrirono una doppia penetrazione meravigliosa e intensa, alla quale mi ero ormai abituata. Max guardava e si masturbava, ma prima di eiaculare salì sul letto e mi infilò il cazzo in bocca per darmi tutto il suo sperma.

Da brava bambolina sessuale che ero, non ne lasciai cadere neanche una goccia.

Giovedì sera, provammo una cosa nuova: la tripla penetrazione. Era come la sera prima, con Finn nella figa e Brody nell'ano. Poi Brody si spostò di lato senza togliermi il cazzo dal culo, per fare spazio a Max. Mi spinse il cazzo nella figa, incastrandolo dentro insieme a quello di Finn. I loro due cazzi insieme diventarono una sorta di mega cazzo da Power Rangers. Purtroppo, la pressione era troppo intensa e potei sopportare solo la punta. Ma poi Max si masturbò con la punta ancora dentro, e quello mi procurò tanto piacere che presto iniziai a muovere i fianchi, e Brody riprese a scoparmi nel culo. Venimmo tutti e quattro allo stesso tempo, in una massa di muscoli sudati e contorti.

Venerdì facemmo una pausa perché era la notte prima della gara, e anche perché io avevo bisogno di recuperare. Una ragazza non può sopportare così tanto sesso!

Sabato mattina, ci svegliammo tutti presto per la gara. Max si preparò la colazione e poi andammo alla baia di Kailua, da dove partiva la gara di nuoto. La zona pullulava di migliaia di triatleti e spettatori.

Scossi la testa, stupita. "Tre chilometri e ottocento metri a nuoto. Nell'oceano aperto."

Finn rabbrividì. "No grazie. Avrei paura degli squali."

L'acqua era abbastanza fredda, e la muta era consentita. Max se la infilò e io gli chiusi la cerniera posteriore. "Comunque vada, sono fiera di te" dissi, dandogli un bacio.

Sembrava nervoso, ma si sforzò di sorridere. "Voglio solo divertirmi. Ho lavorato sodo per arrivare qui e voglio stabilire un record personale, ma voglio anche divertirmi."

"Questo è lo spirito giusto" disse Brody.

"Fanculo, vai a vincere questa cazzo di gara!" disse Finn, abbracciandolo.

E poi Max scomparve tra la folla di concorrenti.

Le gare di Ironman si svolgono tutte allo stesso modo: la gara inizia esattamente alle sette e i partecipanti hanno tempo fino a mezzanotte per tagliare il traguardo. Il cannone diede il segnale della partenza, e la massa di nuotatori saltò in acqua e iniziò a nuotare.

Osservammo con apprensione il branco di nuotatori che avanzava lentamente verso il mare aperto. Era come guardare il banchetto di un branco di piranha, con un sacco di schizzi caotici. Scomparvero in lontananza, girarono attorno a una boa e poi tornarono indietro.

Max finì verso la metà del gruppo. Io lo persi di vista tra la folla che correva sulla rampa verso la zona di transizione, ma Finn lo vide e urlò: "Eccolo!"

Saltammo e urlammo e facemmo tutto il rumore possibile, mentre lui si toglieva rapidamente la muta, prendeva l'attrezzatura e ripartiva sulla sua bicicletta.

Era difficile seguire la gara a causa di tutte le deviazioni stradali, e Max ci aveva detto che era inutile guardarlo passare in bici. Così passammo le prossime cinque ore a rilassarci in hotel. Non potevo immaginare cosa stesse passando lui, in quei momenti. Centottanta chilometri in bici sono lunghi, soprattutto con quel caldo torrido. E dopo un'ora di nuoto! Ogni pochi minuti guardavo il tracker online, che mostrava la sua posizione sulla mappa, per assicurarmi che stesse bene. A mezzogiorno pranzammo e tornammo alla zona di transizione, e lo vedemmo arrivare in bici.

"Max!" urlai. "Maaaaaax!"

Lui sorrise e ci fece segno con il pollice in su. Buon segno. Si sentiva bene.

Trovammo un bar lungo il percorso e ci sedemmo a bere mentre guardavamo gli atleti. Era bello tifare per loro, sostenerli moralmente in una delle gare più faticose del mondo. Finn iniziò a divertirsi, si tolse la maglietta per contrarre i muscoli al passaggio dei corridori. "Il traguardo è da quella parte" diceva, flettendo le braccia e indicando la direzione. Io e Brody lo guardavamo e ridevamo a crepapelle.

Quando Max era al quarantesimo chilometro, sentii qualcuno dietro di me gridare: "Ecco il mio fratellino!"

Mi voltai e vidi i tre uomini più grandi che avessi mai visto. Due avevano la nostra età, ma il terzo aveva almeno vent'anni di più. Tutti indossavano canottiere grigie, tese sugli enormi pettorali. Agitavano delle braccia grosse come tronchi d'albero, e nei loro volti c'era qualcosa di familiare...

Finn rimase a bocca aperta. "Papà?"

Uno dei più giovani abbracciò Finn e lo sollevò come se non

pesasse nulla. "Perché ti sei tolto la maglietta? Per far vedere che non hai i pettorali definiti?"

"Forse si sta abbronzando" disse l'altro fratello. "Secondo me, dovrebbe passare più tempo in palestra."

Finn rise. "Che cosa ci fate qui?

Il più anziano, il padre, abbracciò Finn. Parlava con un forte accento bulgaro. "Siamo venuti per la gara di sollevamento. È domani. Volevamo farti una sorpresa!"

"Ti stiamo cercando tra il pubblico da due ore" disse uno dei fratelli. "Poi uno ci ha detto di un ragazzo magrolino senza maglietta, e abbiamo pensato che dovevi essere tu."

Tutti risero, anche Finn. Ripensai a tutte le volte in cui aveva detto di essere piccolo rispetto ai suoi fratelli e mi era sembrato ridicolo, ma ora vedevo che era vero. I suoi fratelli lo sovrastavano!

Improvvisamente, Finn si ricordò di me. Mi si avvicinò di scatto e mi mise una mano sulla schiena. "Kat, questi sono i miei fratelli, Atanas e Dragan, e mio padre, Hristo Hadjiev. Lei è Kat. La donna di cui vi ho parlato."

Scoppiava di orgoglio, come se fossi una specie di trofeo che aveva vinto in una gara. Mi fece sentire tutta calda e formicolante dentro.

"Ciao" dissi nervosamente.

Atanas mi sollevò in un grande abbraccio che mi fece strillare. "È carina come hai detto!"

"Abbiamo pensato che stesse mentendo" disse Dragan quando mi abbracciò.

Il padre, Hristo, mi abbracciò più a lungo di tutti. "Benvenuta nella famiglia, Kat."

Risi nervosamente. Finn disse: "Andiamo, papà, stiamo solo insieme."

Hristo si batté il lato della testa e sorrise. "Ahh, ma io sono tuo padre! So cosa c'è nel tuo cuore prima di te! Ora, Kat fa parte della famiglia. Fine della discussione."

"Sono onorata" dissi. "Volete venire a cena con noi? Se non succede niente a Max nell'ultimo chilometro, festeggeremo."

"Noi abbiamo una routine pre-gara molto rigorosa" rispose Dragan. "Riso integrale, patate dolci e petti di pollo, e torniamo in albergo..."

"Siamo disciplinati con la dieta" aggiunse Atanas. "Finn è sempre stato più negligente. Ecco perché è così magro."

"E domani sera? Possiamo venire a vedere la vostra gara, e poi festeggiamo. Offro io da bere."

Finn mi diede una pacca sulla spalla. "Non sai in cosa ti stai cacciando. I miei fratelli possono bere tanta birra da mandarti in bancarotta."

"Il mio negozio sta andando alla grande. Ma per essere sicuri, pago solo i primi tre giri."

"Questo è bellissimo!" disse felice Hristo. Mi abbracciò di nuovo, così forte che pensai che mi avrebbe rotto le costole. "È stato un piacere conoscerti, Kat. Prenditi cura del mio bambino."

Li guardai andare via. "Hai sentito, Finn? Devo prendermi cura del suo bambino."

Prese tutte le sfumature di rosso. "Mi prendono sempre in giro."

"Hai provato a bere latte?" disse Brody con un mezzo sorriso. "Forse hai bisogno di calorie."

Prima che Finn potesse rispondere, spalancò gli occhi. "Eccolo! Vedo Max!"

Mi appoggiai alla barriera per guardare giù per la strada. Era inconfondibile, col suo kit da corsa, e correva verso di noi ad andatura costante.

"Max!" urlai.

Perdemmo il controllo, tutti e tre. Eravamo come la famiglia pazza alla cerimonia del diploma, che fa così tanto rumore ed è così fastidiosa che tutti si voltano a guardarli. Ma non ci importava, eravamo lì per Max.

Quando passò davanti a noi, si gonfiò di orgoglio e mi sorrise ampiamente. Sembrava esausto, ma aveva abbastanza energia per farmi l'occhiolino.

Quando attraversò il traguardo, l'annunciatore tuonò dagli altoparlanti: "Maxwell Baker. Tu. Sei. Un. Ironman!"

Corremmo da lui e lo trovammo dopo il traguardo. Il suo tempo finale fu di dieci ore e cinque minuti, circa quindici minuti più veloce del suo obiettivo. Si classificò ottavo nella sua fascia d'età, e decimo tra i professionisti.

Quando lo raggiungemmo, lo abbracciai forte. La medaglia del Campionato del Mondo di Ironman gli pendeva pesantemente dal collo. "Max, sono così fiera di te!"

"Anche se ti prendo sempre in giro, sei stato impressionante" disse Finn. "Hai spaccato, fratello."

Brody gli diede un pugno sul pugno. "Sei un'ispirazione."

"Che cosa vuoi?" gli chiesi. "Posso portarti qualcosa? Vuoi sederti? Hai fame?"

"Birra!" gracchiò Max. "Ho bisogno di una birra, subito."

Lo accompagnammo nell'area dei festeggiamenti dove si trovavano i venditori di cibo e birra. Gli presi una IPA, la sua preferita, dalla bancarella della Kona Brewing Company e la porsi alle sue braccia tese. Prese il bicchiere con entrambe le mani e ne bevve la metà in un solo sorso.

"Così va meglio" disse, quando si staccò dal bicchiere per riprendere il respiro. Si guardò intorno. "Come va, ragazzi?"

Ridemmo e lo abbracciammo di nuovo. Poi prendemmo una sedia per Max, e ci mettemmo tutti in cerchio attorno a lui.

"Allora?" mi chiese. "Ti è venuta la voglia, dopo aver visto questo?"

Sorrisi nervosamente. "Un po' sì! Faccio già nuoto, bicicletta e corsa separatamente, quindi si tratta solo di fare tutto insieme."

"Non è facile come sembra" avvertì Brody. "Ma scommetto che saresti una triatleta fortissima. Soprattutto col miglioramento che hai fatto quest'anno."

"Vuoi solo che venga a fare allenamento con te, per guardarmi il sedere."

"È un crimine?" chiese.

Lo baciai. "Anche io guarderò il tuo."

Max indicò. "A proposito, tu quando farai un Ironman?"

Brody fece un verso infelice. "Prima devo rimettermi in forma per fare un triathlon olimpico. Ho ancora paura di farmi una frattura da stress."

"Ne abbiamo già parlato" intervenne Finn. "Andrà tutto bene, se non cercherai di competere con Kat. Quando vai contro di lei, accadono brutte cose."

"Ha ragione" dissi.

Brody aggrottò le sopracciglia. "Sembri quasi soddisfatta. Quella frattura mi ha messo in panchina per due mesi!"

"E grazie a quella, io sono diventata campionessa del concorso della Rocky Mountain Fitness" dissi. "Mi dispiace, tesoro. Mi importa più dei punteggi che del tuo piede."

"Dannazione, è spietata" disse Max con una risata. "E io che pensavo di essere competitivo."

Brody indicò Finn. "Oh! Abbiamo incontrato i fratelli di Finn mentre ti aspettavamo!"

"Sono grandi come dice lui?"

"Anche di più" dissi. Imitai l'accento bulgaro di suo padre. "Davanti a loro, Finn sembra un bambinetto."

Scherzammo e ridemmo, bevendo le nostre birre nella zona dei vincitori. Anche se eravamo insieme solo da cinque mesi, il padre di

Finn aveva ragione: eravamo praticamente una famiglia. Avevo il presentimento che saremmo rimasti insieme per molto tempo.

E visto che ero incredibilmente felice, era proprio ciò che mi auguravo.

Scena Extra

Gli esercizi sexy di Katherine e dei suoi atletici amanti ti hanno appassionato? Ho scritto un capitolo EXTRA che non rientra nell'edizione del libro. Se vuoi leggerlo, visita il mio sito, cliccando il link in basso (o copialo in un browser)!

https://bit.ly/3jXArCy

Cassie Cole è una scrittrice di Romanzi sugli Harem Inversi che vive a Fort Worth, in Texas. Ha il carattere di una dolce amante, e pensa che il romanticismo sia migliore con una trama molto forte!

Altri libri di Cassie Cole (italiani)

Una tata per un Miliardario
Una tata per i Pompieri
Condivisa tra i Cowboy
Una tata per i SEAL
Condivisa tra i Miliardari
Tre uomini e una tata
Full Contact
Fuoco
I Tre Mercenari
Il Gruppo di Studio
Pacchetto di Natale

Una Tata per Babbo Natale
Sotto la Neve
Allenamento in Palestra

Altri libri di Cassie Cole (inglese)

Broken In
Drilled
Five Alarm Christmas
All In
Triple Team
Shared by her Bodyguards
Saved by the SEALs
The Proposition
Full Contact
Sealed With A Kiss
Smolder
The Naughty List
Christmas Package
Trained At The Gym
Undercover Action

The Study Group
Tiger Queen
Triple Play
Nanny With Benefits
Extra Credit
Hail Mary
Snowbound
Frostbitten
Unwrapped
Naughty Resolution
Her Lucky Charm
Nanny for the Billionaire
Shared by the Cowboys
Nanny for the SEALs
Nanny for the Firemen
Nanny for the Santas
Shared by the Billionaires

Printed by Amazon Italia Logistica S.r.l.
Torrazza Piemonte (TO), Italy

58892778R00181